나 혼자 어쩌란 말입니까?

슬픔을
눈 밑에 그릴 뿐

나 혼자 어쩌란 말입니까?

슬픔을
눈 밑에 그릴 뿐

강평원 지음

學古房

▌약력

장편소설 : 13편 – 18권·신문학 100년 대표소설 : 4권

수필집 : 1권	교양집 : 1권
소설집 : 2권	시집 : 3권
중·단편소설 : 19편	대중가요작사 : 87곡

베스트셀러–Best seller : 9권	스테디셀러–Steady seller : 11권
비기닝셀러–Beginning : 5권	그로잉셀러–Growing : 3권
특급셀러–6권	스타셀러–12권

● 약력

　麥醉 : 강평원 1948년생　　　육군부사관학교 졸업

　(사)한국소설가 협회회원　　　(현)소설가협회 중앙위원

　上古史학자·공상 군경 : 국가유공자~6급 2항 북파공작원 팀장

　한국가요작가협회회원·재야사학자 월간지·주간지·신문사·본사 3곳 기자

● 장편소설

　『애기하사.꼬마하사 병영일기–전 2권』 1999년·선경신문학 100년 대표소설

　『저승공화국TV특파원–전2권』 2000년·민미디어신문학 100년 대표소설

　『쌍어속의 가야사』 2000년·생각하는 백성베스트셀러

　『짬밥별곡–전3권』 2001년·생각하는 백성국방부 군납용–12만부

　『늙어가는 고향』 2001년·생각하는 백성KBS 라디오 설날 특집방송

　『북파공작원–전2권』 2002년·선영사베스트셀러

　『지리산 킬링필드』 2003년·선영사베스트셀러

　『아리랑 시원지를 찾아서』 2004년·청어

　『아리랑 시원지를 찾아서』 2005년·한국문학 : 전자책베스트셀러

　『임나가야』 2005년·뿌리베스트셀러

　『만가 : 輓歌』 2007년·뿌리

　『눈물보다 서럽게 젖은 그리운 얼굴하나』 2009년·청어

　『아리랑』 2013년·학고방베스트셀러

　『살인 이유』 2015년·학고방베스트셀러

　『매력적이다』 2017·학고방베스트셀러

● 소설집

　『신들의 재판』 2005년·뿌리

　『묻지마 관광』 2012년·선영사특급셀러

- 시집

  『잃어버린 첫사랑』 2006년·선영사

  『지독한 그리움이다』 2011·선영사베스트셀러

  『보고픈 얼굴하나』 2014년·학고방베스트

- 한국교육학술정보원에 저장된 책

  『아리랑』『눈물보다 서럽게 젖은 그리운 얼굴하나』『늙어가는 고향』

  『임나가야』『시집 : 보고픈 얼굴하나』『시집 : 지독한 그리움이다』『살인이유』

  『북파공작원 전 2권』『만가』『병영일기 전 2권』『아리랑 시원지를 찾아서』

  『지리산 킬링필드』『짬밥별곡 전 3권』『시집 : 잃어버린 첫사랑』

  『신들의 재판』『묻지마 관광』

- 국가자료 종합

  『저승공화국 TV 특파원』『신들의 재판』『길』

- 국가지식포털에 저장된 책

  『아리랑 시원지를 찾아서』『쌍어속의 가야사 : 국사 편찬위원에서 자료 사용』

- 한국과학 기술원에 저장된 책

  『애기하사 꼬마하사 병영일기 전 2권특급셀러』

  『저승공화국 TV 특파원 전 2권』『시집 : 지독한 그리움이다』

- 문화체육관광부선정

  『우수전자 책』『우량전자 책』『특수기획전자 책』

  2017년 까지 출간된 25권 중 19권이 데이터베이스 됨

(KBS 아침마당 30분)(서울 MBC초대석 30분)(국군의방송 문화가산책 1시간)(교통방송 20분) (기독방송 20분) (마산 MBC 사람과 사람 3일간 출연) (설날 KBS 이주항 책 마을산책 30분 특집 방송)(월간 : 중앙 특종보도)(주간 : 뉴스 매거진 특종보도) (도민일보특종보도)(중앙일보특종보도)(현대인물 수록) (국방부 홍보영화 특집 3부작 휴전선을 말한다. 1부에 남파공작원 김신조와 출연)(연합뉴스 인물정보란에 사진과 이력등재)(KBS 1TV 정전 60주년 특집 다큐멘터리 4부작 DMZ에 출연 1부 휴전선 이야기와·2부 북파공작원 팀장으로 출연하여 증언) (마산 MBC 행운의 금요일 TV 출연) (부산 KNN TV 병영일기 소개)

- 현존하는 문인 중 베스트셀러를 가장 많이 집필한 작가

▎작가의 말

 강 작가! 당신은 왜 글을 쓰느냐?"묻는 다면 "이세상의 생물은 언젠가 소멸됩니다."그렇다면 "당신은 무었을 남기고 가겠느냐?"질문이라면 "나는 어느 누구도 쓰지 않은 창작물을創作物 남겼습니다."라고 말 할 수 있는 작가가 되려고 노력하고 있습니다. 스티브 잡스가 "우리는 우주에宇宙 흔적을痕迹 남기기 위해 여기에 있다"라는 말을 했듯……. 책은 독자들이 보고 싶어 하는 것보다는 독자들이 보아야 할 내용을 상재하여야 합니다. 국민에게 풍부한 지식을 전달하는 막중한 일을 하고 있는 출판사 대표는 사업가입니다. 완성도 낮은 책은 출판하지 않습니다. 또한 모든 작가는 자신의 작품이 베스트셀러가 되기를 원하며 작품을 집필할 것입니다. 나 역시 그러했습니다. 그랬던 나의 마음을 바꾸게 한 일이……. 2012년 2월 22일 대구광역시 수성구 수성우체국 사서함 48호 1563번수형번호·이 승환 씨께서 A.4 3장의 장문의 편지를 받고 생각을 달리했습니다.

 『강평원 작가님! 안녕하세요?
 우연한 기회에 작가님의 시집을 접하게 되었고, 작가님의 시집을 세 번이나 반복해서 읽어보면서 집에 계신 어머니 생각에 눈물을 여러 번 흘렸답니다. 사실 지금까지 살아오면서 이렇게 작가님에게 글을 남기는 것은 이번이 처음입니다. 또한 전 지금 자유의 몸이 아닌 구속된 신분의 재소자의 입장에 있는 죄인의 몸입니다. 사회에서 뜻하지 않게 실수를 하여 홀로 되신 어머니를 남겨두고 이곳 대구구치소에 수감 중인 죄인의 신분입니다. 하루에 반나절이라는 시간을 책을 보면서 보내는 저에게 작가님의 시집은 여러 번 감동을 주었습니다. 집에 계신 어머니가 생각나게 되었고, 나 자신이 무의미하게 보내었던 지난 시간들을 되돌아보게 되었고, 무책임 했던 저의 지난 인생들을 반성하는 계기가 되었습니다. 그리고 이곳에 있는 아는 형과 동생들에게 작가님의 시집을 한 번씩 읽어보라고 추천을 하고 있습니다. 저에게는 아주 많은 감동을 준책이었거든요. 어머니도 제가 감명 깊게 읽은 책이 있다고 하니 많이 기뻐하시더라고요. 그래서 앞으로 "강평원" 작가님의 책을 두고 한 번 읽어 보려고 합니다. 앞으로 인생에 있어서 저에겐 많은 조언이 될 것 같아서요. 이참! 저를 소개도 하지 않았네요. 전 대구에 사는 37살의 총각인 건장한 남자입니다. 인생에서 한 번의 실수로 넘어져 지금 다시 일어나기 위해서 저 자신의 지난 삶을 많이 반성하고 있는 중입니다. 그러던 중 이곳에서 지인을 통해서 작가님의 시집을 접하게 되었고 많은 감동도 받았고 많은 뉘우침도 느꼈습니다. 앞으로 '강평원'작가님의 팬이 되어보려고 합니다. 지금도 열심히 작가님의 책을 읽으며 인생에 대해서 다시 느끼고 생각을 하고 있는 중입니다. 전 글재주가 좋지도 못하고 읽는 것을 좋아하거든요. "강평원"작가님! 앞으로도 좋은 책으로 작가님을 만날 수 있었으면 합니다. 날이 조금 쌀쌀한 것 같네요. 늘 건강하시고 언제나 행복한 웃음을 잃지 않는 하루하루가 되길 바래요.」

22일 화요일 날 오후에
대구에서 한명의 팬이 보냄.

※ 편지와 함께 어머니에 관한 시를 적어 보내 왔습니다. 잘 다듬으면 대중가요나 성악으로 작곡을 하여도……

위의 편지를 받고 A.4 13장에 책을 읽으면 좋다는 것과 실수로 인하여 죄를 짓고 있는 그가 세상 밖으로 나와서 살아가는데 도움이 될 글을 써서 보냈습니다. 그리고 보내온 편지를 소중하게 보관하고 있습니다. 그가 읽고 감동을 받은 시는 2006년 7월 출간된 "잃어버린 첫사랑"시집 71페이지에서 93페이지에 상재되어 있는 "쓸쓸한 고향 길"이란 시 입니다. 시 한편이 무려 21페이지에 이르는 장시입니다. 이 시는詩·KBS 제1라디오 수원대학교 철학과 이주향 교수가 진행하는 『책 마을 산책』 프로에서 명절날 고향이 그립고 부모님을 생각나게 하는 내용의 책으로 선정되어 구정 설날 특집으로 30분간 방송을 했던 소설 "늙어가는 고향"에 상재되었던 시입니다. 이 책은 국내 최고의 출판사인 생각하는 "백성"이란 출판사인데…… 국내 두 곳의 출판사와 일본에도 출판사가 있으며 하루 10만 권을 찍어내는 인쇄소를 가지고 있는 초대형 출판사입니다. 출판사 대표는 이 책을 자기 어머니 49제 제사상에 놓고 빌었다는 말을 했습니다. 그 책에 상재된 시를 첫 시집인 "잃어버린 첫사랑"상재를 했던 것입니다. 이 시는 미국 샌프란시스코 교민방송에서 낭독 방송을 했고 국군의 방송 김이연 소설가가 진행하는 "문화가 산책"프로에서 1시간 방송을 했으며 마산 MBC에서 3일간 방송 때도 다루었습니다. 부산 비젼스에서 방송용 녹음테이프를 제작하였는데 시 낭독시간만 27분입니다. 방송 녹음테이프를 제작하는데 여성성우가 시를 읽고 슬퍼서 우는 바람에 첫날 녹음을 하지 못하고 이튿 날 했는데 울먹임이 있게 녹음이 되었습니다. 후반부 회상에서는 동아대학교 문창과 남자교수가 했습니다. 시 한편을 죄인이 읽고 뉘우침에 작가인 내가 감명을 받은 것입니다.

그 후 2015년 12월에 출간된 수필집 "길"원고 본문에 들어갈 사진과 삽화를 스캔을 하지 못하여 부탁할 곳을 찾고 있던 중…… 2014년 7월 8일·서울 금천구 금천우체국 사서함 165~1238 최선규 씨께서 등기우편 편지봉투엔……

> 『삶을 저축하는 방법·"책은 돈입니다. 돈이 없으면 주린 배를 채울 수 없듯이 책이 없으면 마음의 허기를 달랠 수 없습니다. 책은 사람입니다. 그 안에 우정과 사랑과 큰 희망이 있습니다. 따뜻한 가르침과 밝은 웃음, 그리고 뜨거운 눈물이 있으며 인생의 진로를 바꿔줄 훌륭한 조언자가 거기에 있습니다. 책을 읽는 것 그것은 삶을 저축하는 일입니다."』

글이 쓰여 있었으며…… 봉투 안엔 5장의 편지지에 아래와 같은 글을 써서 보내온 것입니다.

『강평원 작가님께!

안녕하십니까?

저는 한순간의 화를 참지 못하고 어리석은 생각과 행동으로 소중한 것들을 잃어버리고 서울남부교도소에서 부끄러운 삶을 살아가고 있는 최선규입니다. 제가 이렇게 편지를 보내서 많이 놀라셨지요?

죄송합니다. 제가 드리고 싶은 말씀이 있어서 실례를 하게 되었습니다.

힘들고 어려운 수용생활이지만 책 읽기를 좋아하고 글쓰기도 좋아했기에 적은 돈이지만 아껴서 책을 구입해 보고 있답니다. 사실은 저는 가족이 없기에 외부에서 영치금을 넣어주지 않거든요. ……에휴! 죄송하네요. 도움을 청하려고 이 글을 쓰는 것이 아닙니다. 오해마시길……. 얼마 전 신문에 난 작가님의 책 광고를 보았습니다. "지독한 그리움이다"이곳에서는 신문이나 잡지 등에 난 광고를 보고 신간서적들을 구입해 봅니다. 한번 구입하면 반품도 안 됩니다. 책 내용도 불수 없고 그냥 광고 면에 난 글들을 보고 구입을 하지요. 작가님의 책은 제가 참 좋아하는 주제를 가지고 글을 쓰셨기에 꼭 보고 싶었답니다. "기다림", "그리움", "외로움"…….

참 많은 부분이 좋았으며 눈시울이 젖었답니다. 그런데 한 가지 실망했답니다. 2014년 신간이 아니고 2011년에 나왔던 책이었기에 많이 속상하고 분했습니다. "10년 10개월"을 이곳에서 살면서 수많은 책들을 빌려도 보고 얻어서도 보고 사서도 보았는데……ㅠ.ㅠ... 지난 4월에는 "해냄"출판사에서 발행한 "이외수"작가 책을 구입해 보게 됐는데 보너스 북을 한권 더 준다고 광고가 되었지요. ……그것을 믿고 구입했는데 이곳으로는 보너스 책을 보내지 않았지요. ……속았다 생각했고 실망도 컸지요. 그러나 이번에는 2011년에 인쇄된 책을 신간처럼 광고해서 또 한 번 속았네요. 지금 이 편지가 작가님의 주소로 제대로 갈수 있을지도 의문이 들지만 보내봅니다. 다음부터는 신문에 책 광고를 하실 때는 예전에 인쇄한 것을 새롭게 해서 출간한 것이라고 "명확"하게 인쇄하여 내시길 바랍니다. 언제나 강평원 작가님의 가정에 행복과 평화가 영원하시길 기원해 드리면서 이만 두서없는 글

맺을까 합니다.

2014·7·6

서울남부교도소에서 최선규 드림」

위와 같은 내용과 함께 "두 편의 시를 평을 부탁드린다" 면서 등기
편지를 보내와서 아래와 같은 답장을 보냈습니다.

『건강하십니까?

보내준 글 잘 읽었습니다. 인간은 신이神 아니기에 살다보면 누구나
실수를 하기 마련입니다. 크나큰 실수건 작은 실수건 차이는 엇비슷합
니다. 실수를 하고 뉘우치고 계신다면……. 선규 씨의 앞으로의 삶에
는 걸림돌이 없으리라 생각이 듭니다! "지독한 그리움이다"시집을 구
입하여 보셨다니 감사합니다. 기다리는 가족이 없는데도 기다림·그리
움·외로움의 단어에 매료된 것을 보니 천성적으로 착했던 것 같습니
다! 이 시집은 지적한데로 2011년 2월에 출간 되어 서울신문에 가로
20센티미터 세로 17센티미터 크기의 칼라와 흑백으로 월 6~9회씩 3년
4개월을 넘게 광고를 출판사에서 계속하고 있습니다. 광고에 대해 많
은 오해를 하셨던 것 같습니다. 이 시집은 출간 후 3개월 만에 국립중
앙도서관 보존서고에 들어갔으며 제가 살고 있는 김해도서관에도 보
존서고에 들어갔습니다. 극히 드문 일이라고 합니다. 또한 이 시집이
나오기 전 후 7년간에 시집에선 베스트셀러가 없었는데 베스트셀러가
되었습니다. 시집 "작가의 말"을 다시 한 번 읽어 보시면 이해가 가시
겠지만! 국내 대다수 시집은 저자가 자비출간을 하고 있습니다만…….
저는 그러한 작가가 아니고 프로 작가 입니다. 내 돈을 주고서 책을
출간하고 내 돈을 들여서 신문에 광고를 하는 작가가 아닙니다. 3년을
넘게 시집을 광고하는 것은 우리나라 출판사상 처음 있는 일이라고
합니다. 3년을 넘게 광고를 하느라 아마 수억의 광고비를 출판사에서
썼을 것이고 그에 따른 수입도 있겠지요! 그리고 저와 같은 프로 작가
에겐 책 출간에 따른 계약서에 저자 보존용으로출판사마다 다르지만!
10~30권을 줍니다. 그래서 저자에게 책을 받고 싶어 하지만 어렵습니
다. 이해가 됐으리라 생각합니다. 각설하고……. 보내준 글을 읽어보

니 문장력이 있습니다. 글을 쓸 때는 사물의 관찰력과……. 가슴 깊이 내재된 아름다운 문장을 끄집어내어 동력이 약해지는 부분에 끼워주면 글의 동력이 살아납니다. 시는 세상의 거친 언어를 융화시키고 응축시켜 아름다운 말을 만들기에 수 없이 다듬어야 합니다. 조금 더 문장을 다듬는 노력과 "문자표"사용을 잘 하여 글을 쓴다면 등단을 쉽게 할 수 있을 것 같습니다! 글씨체를 보니 여성적인 글씨체 입니다. 아름답습니다. 그리고 오탈자가 거의 없습니다. 출판사에 취직하여 편집 일을 하셔도 되겠습니다. 부산 엄궁동에 소재하고 있는 동산유지 회사 금고털이범인 백동호 씨는 8년 6개월을 수감생활을 하면서 무려 3,000여권의 책을 읽어 출소 후 "실미도"를 집필하여 영화가 되었고 베스트셀러 작가 대열에 합류 했습니다. 그는 책 서문에 "문교부혜택을 전혀 받지 못했다"고 하였습니다. 그 말뜻은 초등학교도 다니지 못했다는 말입니다. 그러한데도 등단하지도 않고 소설가가 되었습니다. 해마다 봄이면 신춘문예에 수 백 대 일로 등단을 하여서 5년이 넘어도 소설집 한권을 집필하여 출간 못한 사람이 절반이 넘습니다. 책을 집필하여 기획 출간이 그렇게 어렵다는 것입니다. 부산의 유명한 대학 문창과 교수는 등단하려고 5년 동안 응모하여 등단을 했다는 대서특필한 기사를 보았습니다. 그래서 소설가를 작은 신-神 이라고 합니다. 선규 씨가 편지 봉투에 쓴 "삶을 저축하는 방법"에 함축된 내용과 같은 뜻입니다. 책을 많이 읽으면 좋은 일이 생긴다는 의미 이지요. 지난해에도 대구 수성구에서 수감생활을 하고 있는 사람에게서 "잃어버린 첫사랑"이란 시집을 읽고 장문의 독후감 편지를 보내왔습니다.

두 분 다 내 글을 읽고 수행 생활에 조금이라도 도움이 됐다니 작가로서 감사한 일입니다. 올 7월 말 쯤 "보고픈 얼굴하나"란 제목의 제3시집이 출간되어 나옵니다. 이 시집과 "북파공작원"상ㆍ하권을 권합니다. 저는 북파공작원 중 제일 악질부대인 테러부대 팀장으로 2번 북파 되었던 사람입니다.

그 과정을 책을 집필하여 지금도 베스트셀러가 되어 있습니다. 2013년 KBS 1TV에서 특집 방송한 "정전 60주년 특집 다큐멘터리 4부작 DMZ"에 출연하였습니다. 7월 27일 9시 40분에 방영한 제1편 "금지된 땅"과 28일에 방영한 제2편 "끝나지 않은 전쟁"에 출연을 하였습니다. 1편은 휴전선에 고엽제를 뿌린 사건의 증언이고 2편은 북파

11

공작원을 했던 사건을 증언이었습니다. 또한 2002년 국방부 홍보영화 3부작 "휴전선은 말한다."1부에 남파공작원 김신조와 1부에같이 출연하여 증언 했습니다. 이 프로는 국군이면 다 보았을 것입니다! 서울 MBC라디오 초대석에서 숭실대학 국문학 박사인 장원재 교수와 30분간 방송을 했습니다. 북파공작원 책을 읽어보면 아시겠지만 상상도하기 어려운 일들을 했습니다. 현재 군경공상 국가유공자입니다. 다시 한 번 말하지만 구간을 신간처럼 광고를 하였던 것이 아니고 출간 후 출판사에서 꾸준히 광고를 하고 있으니 오해를 마시기 바랍니다. 곧 중단할 것으로 알고 있습니다. 무더워지는 날씨에 건강에 유의 하시고 남은 형기를 잘 마치시기를 빕니다.』

편지와 함께 2012년에 출간하여 스테디셀러가Steady seller 된 "묻지마 관광"소설집 한권을 등기우편으로 보냈습니다. 간혹 독자들에게서 편지가 오지만 대다수 전화나 메일로 독후감을 보내옵니다. 위의 두 분의 편지는 잘 보관할 것이며 앞으로 시간이 허락 한다면……. 지식에 관한 책을 집필 하겠지만 감동을 주는 글도 쓰려고 합니다. 그간에 내가 집필 출간한 책을 읽은 수많은 독자님께 감사하지만 죄를 짓고 수형생활을 하고 있는 분들이 돈을 주고 책을 구입하여 책을 읽고 감동하여 편지를 보내온 것이 더 기쁩니다. 3년을 넘게 광고한 "지독한 그리움이다"시집은 2014년 6월 24일로 광고를 끝낸 신문이 나에게로 보내 왔습니다.

위에 열거한 두 명의 수형자는 교도소에서 인성을 배우고 우리사회에 나올 것입니다. 두 분의 편지 내용을……. 2017년 2월에 출간한꽃을 든 남자보다 책과 신문을 든 남자가 더 "매력적이다"169페이지에서 174페이지에 위와 같은 사연을 상재를 하였는데 이 책을 구독한 독자들이 수형생활을 하고 있는 사람들이 책을 구입해 읽고 감동을 받았으니 선생님이 출간한 3권의 시집을 모아 시선 집을 만들라고 하여 이 책을 만들게 되었습니다. 특히 교수들이 권하여 만들게 되었습니다. "매력적이다"교양 집을 읽은 정신과 의사선생님은 전 국민이 읽어야 될 책이라고 저를 만나 직접완성도 높은 책이라고 칭찬을 해 주었습니다. 3시집도 베스트가 되었던 시집입니다. 이 시선 집 뒤 쪽에 두 분의 편지 봉투와 편지지를 스캔을 하여 상재를 하였으며 도서출판 경남 대표로서 20여 년 동안 경남지역의 문인들의 책을 출판을 하고 있으며…… 시집 7권을 집필한 오하룡 시인이 제3시집을 읽어본 소감을 편지를 보내와서 스캔을 하였습니다. 한문인 詩 글자를 파자를 해보면 말씀언言 자에 절사寺 입니다. 이 두 글자를 합하면 言 + 寺 = 詩의 글자가 되는 것입니다. 절에서 스님들이 하는 말이라는 뜻입니다. 아름다운 말이라는 글입니다. 스님들이 욕을 하지 않고 불자들에게 고운 말을 한다는 것입니다. 그래서 감옥에서 수형 인들이 제 시집을 읽고 자기들의 잘못을 뉘우치고 편지를 보내 왔던 것입니다. 저도 놀랐지만 우리 각시는 엄청 놀랐습니다. 최선규 수형인의 편지는 등기로 교도소에서 왔기 때문입니다. 편지 내용을 알고 기뻐했습니다. 저는 두 분의 편지를 소중히 보관을 하고 있습니다.

※ 이 책 뒤 쪽에 두 분의 편지 봉투와 편지를 스캔을 하였고 오하룡 시인의 편지도 스캔을 하였습니다.

바야흐로 21 세기는 "문화의 세기"로 규정하고 있습니다. 한 나라의 번영을 기약하는 근원적인 힘은 "그 민족의 문화적·예술적 창의력에 달려 있습니다."문화적 바탕이 튼튼해야만 정신적인 일체감을 이룰 수 있을 뿐만 아니라 물질적인 발전도 가능하기 때문입니다. 진정 문화의 세기를 맞으려면 문학文學을 살려서 준비를 해야 합니다. 문학이 모든 문화예술의 文化藝術 핵심이기 때문입니다. 문학이 없이는 아무리 문화 예술을 발전시키려고 해도 발전되지 않는 법입니다. 그것은 문학은 새로운 문화를 창조하고 역사를 앞서 이기 때문입니다. 볼테르나 루소의 작품은 프랑스 대혁명의 도화선이 되었으며……. 톨스토이나 투르게네프의 소설이 제정 러시아에 커다란 충격을 주고 입센의 「인형의 집」이 여성운동의 서막이 되고 스토 부인의 「엉클 톰스 캐빈」이 미국남북전쟁의 한 발화점이 되었으며 작가로선 최초로 미국의 최고의 훈장인 대통령 『자유의 메달』을 받은 스타인 백의 「분노의 포도」가 미국의 대 경제공황을 극복하게 만든 계기가 됐듯이 말입니다.

신채호·이광수·홍명희는 당대의 사상가였고 천재들이었습니다. 그들이 소설을 택한 것은 민중을 깨우치고 구국독립을 위한 방법이 문학이라고 생각했던 것입니다. 그들이 그들의 천재성을 발휘하여 권력을 탐냈더라면 권력의 수장자리 한 자리는 했을 것입니다. 다른 한편으로 경제적 부를 욕심냈더라면 대 재벌이 되었을 것입니다. 철의 왕 카네기는 크고 작은 도서관을 2500여개를 지었다고 합니다. 사업가로서 당장 투자효과를 기대했다면 불가능했을 것입니다. 그러나 그분들은 인류의 참된 가치를 권력이나 부에 두지 않고 진실 된 인생의 추구나 올바른 세계의 건설 같은 보다 근원적인 것에 두었던 것입니다. 그런 그분들의 관점은 옳았고 그런 점에서 문학이 지니는 위대성은 영원한 것입니다. 이러한 것을 보더라도 예술의 꽃이라는 문학이 살려면 우선 시장이 건전해야 하는 전제가 있는데……. 아무도 그 시장의 현황에 대해서는 관심이 없는 것을 보면 말입니다. 옛 부터 폭군은 무신武臣을 가까이 했고 성군은 문신을文臣 가까이 했음을 모르는 모양입니다. 그래서 문화대국이라고 우쭐대는 프랑스 정치인들의 자랑이란? 2차 대전 후 5공화국이 시작된 이래 역대 프랑스 대통령들은 저마다 예술 문화 애호가임을 과시했습니다. 1944년 해방된 파리로 돌아온 샤를 드골은Gaulle "조국의 영광"을 되찾기 위해 폴 발레리Valery 같은 작가들을 먼저 찾았다고 합니다. 프랑수아 미테랑은Mitterrand 러시아 대 문호文豪 도스토예프스키의Dostovevsky 작품을 탐독했고 자크 시라크는Chirac 10대 시절 시인 푸슈킨의Pushkin 작품을 번역했다고 자랑했습니다. 문학이 그만큼 중요하다는 얘기입니다. 그래서인가! 국내 유명인들의 언론에 보도된 사진의 뒤 배경을 보면 책이 가득히 진열된 책장입니다. 책을 많이 읽어서 나는 지식이 풍부하다는 광고 효과를 노리고 사용한 것입니다. 우리는 선거철만 되면 검증 안 된! 수많은 자서전이 쏟아져 나옵니다. "나는 책을 쓰는 지식인이다"라는 자랑입니다. 정말 그럴까요. 완성도가 아주 낮은 대다수가 대필된 것인데! 요즘 아이들은 컴퓨터에 매달려 인터넷에 중독되어 있으며! 너나없이 책 읽기를 왜면하고 있습니다.

인류는 문학을 통해 사회 공통의 예의와 질서를 익히고 조화를 해치지 않는 사람이 되도록……. 거칠어지기 쉬운 심성을 다듬어 왔습니다. 문학을 통해 자기만의 좁은 세계를 벗어나 다양성을 포용하며 살도록 사고의 폭을 넓혔고 그로 인해 창의력이 움트고 도전 정신을 고양시켰으며 지혜를 성숙시켜 왔습니다. 문학이란 배고픔을 말합니다. 대다수는 고통을 감내하며 작품에 매달리고 있을 것입니다. 그동안 장편소설을 많이 집필해 왔던 터라 짧은 시를 탈고하면 어딘가 모르게 부족한 느낌이 들었던 것입니다. 2002년 2월 13일 구정 일에 서울 KBS 1라디오에서 수원대학교 철학과 이주향 교수가 진행하는 「책 마을 산책」이라는 프로에서 국내에서 출간된 책 중에서 고향을 생각나게 하고 부모님을 생각나게 하는 가장 잘된 책으로 선정된 소설 속 「쓸쓸한 귀향길」이라는 장시가 어머니를 그리워하는 내용인데……. 그 시는 어머니를 그리워하는 장편소설 한 권 분량의 내용이 함축된 것이라고 방송을 했던 것입니다. 이 시는 미국 샌프란시스코 교민 방송에서 낭독방송을 했고 국군의 방송 문화가 산책에서도 1시간 다루었으며 마산 MBC라디오 방송에서도 3일간 다루었던 시입니다. 여러 방송을 하고나니 시의 대중성을 심각하게 생각을 했습니다. 시 쓰기란 역시 고도의 문학적인 작업이여서…….

그러므로 작가는 독자를 끌어 모을 수 있는 길이란 오직 만인의 공감을 받을 수 있는 좋은 글을 써서 세상에 내보내려고 합니다. 좋은 작품으로 평가되는 책을 읽어보면 하나같이 공통점이 있는데……. 그것은 독자들의 감성을 깊이 자극하고 공감을 불러일으키는 내용이 강하다는 것입니다. 독자와 공감할 수 있는 작품을 쓰기위해 나는 오늘도 자판기를 두들기고 있습니다.

▌목차

잃어버린 첫사랑

나 따스한 당신의 손 놓아줄 때
안녕이란 말을 남기고 돌아서는 눈가에
작은 눈물 맺힘을 보았습니다
고개 숙인 채 길가 작은 돌 걷어차며
걸어가는 뒷모습 봄비 맞은 병아리 날개처럼
두 어깨 축 늘어뜨리고 뒤돌아보지 않은 채
신작로를 걸어간 뒤, 여러 날이 지난 후
꿈과 첫사랑은 이루어질 수 없어
더욱 아름답다는 말 거짓인 줄 알았어요
이슬진 눈망울 따스하고 다정한 손길
떠오르는 선명한 얼굴 윤곽
나 죽기 전 결코 잊지 못할 모습
귓가에 잔 울림처럼 재잘거림 목소리도
이제 당신의 환상과 같이 지웠노라고
쓸쓸한 변명을 하였건만
가슴속 깊은 곳에 묻어둔 애절한 그리움이
기억 속에 홀연히 되살아나
굳게 닫은 내 마음속에 녹아내립니다
잊으려, 잊으려고 애를 쓰건만
그리움은 암세포처럼
마음 한구석에서 증식해 나감을 어찌하오리
또 다른 변명과 모순을
이 애틋함과 슬픔으로 가득 찬 시린 가슴속에

그 아픈 첫사랑이 그리워져 옵니다.

⇩

위의 시는 첫 번째 시집 "잃어버린 첫사랑" 첫 꼭지 글입니다. 나는 1948년 11월 6일생인데 1966년 11월에 18세의 어린나이에 동네 형의 입영 환송을 하려 따라 나섰다가 논산 훈련소까지 동행을 하여 그 자리에서 덜컥 자원입대를 하고 훈련을 끝내고 자대에서 근무 중 제1군 하사관학교를_{지금의 부사관학교.} 학교 창설 후 제일 어린나이로 졸업하고 휴전선 경계부대서 근무 중 1968년 1월 21일에 북한 김신조를 비롯한 테러부대일당 31명이 박정희 대통령을 암살하려 왔다가 실패하는 사건이 납니다. 제2의 한국전이 벌어질 사건이었지만……. 우리나라는 1965년부터 미국과 베트남전쟁에 함께 참전을 하고 있어 두 개의 전쟁을 동시에 수행할 수 없는 미국이 반대를 하자 이에 화가 난 대통령은 "우리도 김신조와 똑같은 테러부대를 만들어 보복을 하라"는 특별지시에 북파공작원 중 테러를 전문으로 하는 부대에 차출되어 교육을 받던 중 차출되기 전에 근무했던 부대에서 그간에 나에게 온 편지를 보내왔습니다. 편지 중 "충남 대전시 대동 328번지 이범희 씨 (방) 박옥순이라"는 아가씨의 편지엔 노란 종이 두 장에 글자는 하나도 없이 첫 장엔 동그라미 두 개○○와 두 째 장엔 별☆☆두개만 달랑 그려 있는 편지의 사연을 이해를 못하고 나이 많은 부하에게 물었더니 "노란 종이는 이별의 색깔이고 동그라미 두 개는 영영 이며 별 두 개는 이별이니까 영영이별이라는 뜻입니다."라고 설명을 하여 알게 되었습니다. 당시엔 연말이 되면 각 학교에선 의무적으로 의문편지를 쓰게 하였는데……. 박옥순이란 아가씨와 편지가 오가던 중에 "너 죽이고 나도 죽는다"는 세상에서 제일 악질들인 특수부대에 차출되어 부대가 바뀐 줄도 모른 아가씨는 계속 편지를 보냈지만 답장이 없자. 그런 사연의 모르고 있는 아가씨는 나이가 어리다 해서 편지봉투 주소에 "애기하사 꼬마하사 강평원 앞"이라고 하여 편지를 보내 왔습니다. 첫 작품의 제목인데 이 책이 출간되어 나오자 동아일보에 보도가 되고 연이어 1999년 11월 19일 중앙일보에 책속의 내용인 휴전선에 고엽제를 뿌렸다는 이야기를 책표지와 나의 사진을 찍어서 A4크기보다 더 큰 지면에 특종으로 보도 되자……. 그 날 밤 우리 집에 두 곳의 TV방송 팀과 각 신문사 기자들이 모여 들어 49평의 아파트에 앉을 자리가 없을 정도가 되어 화장실에서 사진을 인화 하여 전송하는 기자도 있었습니다. 그리하여 KBS아침마당에 출연하게 되어 편지 이야기를 하자 방청객들이 자지러지게 웃었습니다. 그 사연을 모티브로 지은 시입니다. 그래서 시집 부제를 "슬픔을 눈 밑에 그릴 뿐"이라고 표지에 썼습니다. 그러한 사연이 있어 지금도 주소를 잊어버리지 않았던 것입니다. 이시는 여러 가지의 시화로詩畵 만들어져 인터넷에 수 곳에서 오랫동안 떠돌아 다녔습니다. 시집이 출간 된 3일 만에 출판사 대표가 전화를 걸어와 "전자책으로 만들게 허락을 해 달라"하여 허락을 했는데 시집으로는 첫 전자책이라고 하였습니다. 시 한편 이 이러한 재미있는 사연이 내재 되어 있다는 것입니다.

인연因緣

그리도 슬픈 일인가요
나에게는 아무 일도 아닌 것을
만남과 헤어짐을
그리도 슬퍼만 합니까
그리도 애달퍼옵니까
삶의 한 귀퉁이에 서성이다
혼자서 떠나는 게 그리도 서러워 합니까
나와 만남이 당신의 삶에
또 하나 작은 흔적을 남긴 것을
가슴 아파 하지 마오
어차피 인생이란
이별의 연속이 아니던가요
당신과 만남은 인연이것을
처음부터 우리는 남남이 아니던가요

경남 복지신문 수록
이성호 작곡
천태문 가수
대중가요로 발표됨

첫사랑

어딘가 존재 할 내 사랑 얼굴이
아픈 가슴을 어루만지며
수많은 밤을 뒤척이게 하였습니다.
사랑한다 말 못하고 떠나보낸 후
기억 속에 서성이다
그대 모습이 따라 오지 않는 그림자처럼
슬픈 추억의 잔해를 심었어요
보고 싶어 가슴은 타는 불꽃이 되어도
아무렇지도 않은 듯 살았어요
수많은 슬픔의 날들을 나 혼자 잊있어도
슬프지 않을수 있기까지 얼마나 더 나 이렇게
눈물을 흘려야 합니까
창 틈새 달이 그대 얼굴 닮아 슬퍼서 눈물을 흘려도
베갯잇을 적시지 않고
기다리는 법도 배워 버렸어요

만나면 헤어지고 헤어지면서 또 만나자는
기약은 아니 하였건만…….
대중가요로 발표 됨

이 시는 곧 제작에 들어갈 "북파공작원" 영화에
삽입시킬 것입니다.
이성호 작곡
나미란 가수

고향

봄이 오면 논 밭 두렁에 솟아오른 삘기 까먹었고
버들강아지 솜털 벗는 날 실개천에서 가재를 잡으며
할미꽃 핀 동네 옆 동산 묘 터에서 해거름까지 놀았지

여름이면 동네 앞 저수지에서 코흘리개 고치 친구들과
훌러덩 옷 벗어 던지고 멱 감고 놀았지
제비가 되어 강남으로 날아갈 거냐
두더지가 되어서 땅속으로 들어갈 거냐
이놈들 꼼짝 말고 있거라 쫓아오며 소리치는
욕쟁이 할부지 참외밭도 서리하여 먹었지

콩 깍지 익어 가는 늦은 가을날
황소 타고 꼴망태 등에 지고 소 먹이다가
상수리 개 도토리 주어다 구슬치기하고
산골짝 구석에서 콩 타작하며 알밤도 구워 먹었지

동지섣달 기나긴 밤 봉창 문풍지가 삭풍에 울 때
친구 집 사랑방에서 호롱불 밝혀두고
이쁜이 금순이 친구들과 손목 맞기 민화투놀이
동트는 새벽녘까지 밤샘하고 놀았지

이제 나이 들어 찾은 고향 땅
당산 늙은 나무 아래 돌 앉아 옛 생각을 해보니

늙어버린 고향 땅은 옛 그대로 이건만……
계단식 논두렁을 씨 주머니가 요령 소리나도록
진종일 뛰고 놀던 유년시절 고추 친구 하나 없고
머릿속 기억이 빛바랜 흑백 사진처럼
흘러 가버린 세월 속으로 나를 데리고 간다.

※ KBS 2002년 설날 귀향 길 수원대학교 철학과 이주향 교수가 진행하는 30분 특집방
　송 때 성우가 낭독
　국군의 방송 문화가 산책 1시간특집방송
　샌프란시스코 교민방송
　경남문학관 대형표구 영구보존용.
　소설 늙어가는 고향 수록

편지

잊지도 못하면서 이별 편지를 쓰던 밤이
아득히 멀어져 보이는 그리움의 세월에
이젠 잊었나 보다 하고 창가에 서보면
푸른 하늘처럼 고운 그대 두 눈이
밤하늘 숲을 가꾸며 허공에 떠 있습니다

사랑한다는 말 한 마디 못하고
안녕 이란 마지막 이별의 말이
추억이 되어 버린 시간
이젠 지나간 일이지 하고 눈을 감으면
밤 같은 내 가슴속에 박힌 그대 별들이
그리움을 되새김질하며
달을 동무 삼아 이야기하며 살아가고 있습니다

한 손에 이별 편지 들고
내 마음 같은 빨간 우체통 앞에…….
※ 가슴이 저릴정도로 마음에 다가옵니다.
※ 이 시를 쓴 작가의 당시 시상이 그림같이 전달되옵니다.
독자들의 말씀

소록도 비련悲戀

분홍빛 바닷물에 담금질하던 석양도 지고
녹동포구엔浦口·희미한 가로등 불빛이 밤을 열고 있다
문득 생각이 나서 찾아온 그리움이 멈춰 버린 곳
포구를 간간히 지나는 떠돌이바람은 조용히 불고
별빛과 달빛을 머금은 물결은 희미하게 살랑거린다
살랑거리는 물결 따라 흔들리는 나룻배는
오늘도 오지 않은 그대를 기다리고
나만 홀로 헛된 한숨을 내쉴 뿐이다

사랑하는 여인아 오늘도 만나지 못해
짝 잃고 슬피 우는 바닷새 울음소리에
그대를 향한 그리움의 둑이 터져 버렸다
혼자 외로워 견디기 힘든 이 시간
솔숲 사이에서 거친 숨소리로 나타나
내 이름 석 자 나직이 부르며 다가와
쿵쾅거리는 내 가슴에 살며시 안겨주길 소망한다

고흥만灣·물속 달과 수많은 별들이 잔물결과 노닥이는데
나의 간절한 기다림의 시간은
타다 남은 담배꽁초만 질서 없이 쌓여만 가고
나는 몇 번이나 성냥을 그으며 긴 ~ 기다림을 소각한다

얼마나 많은 시간이 너를 잊어버리게 할는지

너 잊어버림으로써 자유로울 수 있다면
사랑이란 구속이 아니란 것을 알았을 텐데
방황하고 헤매는 나를 두고 떠난 내 사랑을
이 생명 다하도록 잊을 수 없다는 것 알면서도
기억 속의 그대 지우려고 가슴에 빗장을 걸어두었다

이별은 헤어짐이 아니라 또 다른 기다림인 것을
내 가슴속 깊은 곳에 작은 눈물 호수 만들어 놓고
그대 이름 석 자 아직까지 지우지 못하였다

소록도 끝자락산책로에 줄지어선 가로등 아래
이따금씩 사람들이 길을 오고 가는데
옛 기억 속에 나에게 다가오는 사람이 있다
언제나 마음속에 실루엣 내 사랑 여인이

깜빡거리는 늙은 가로등 기대서서
가슴속에 만들어둔 작은 눈물 호수 둑을 터버린 채
풀벌레울음과 하모니 되어 펑펑 소리 내어 울어버렸다

산들바람 부는 포구 물속에 잠긴 달과 별들은
하얀 파문의 리듬에 고요히 흔들리는데
오늘도 그대의 작은 숨소리를 듣고 싶어
엄마 잃은 아기사슴처럼 조용한 발소리로 귀 기울이고
슬픈 사연을 머금고 있는 유방 섬을 곁눈질하며
소록도 바닷길 목책산책로를 거닐고 있다

소설집 『묻지마 관광』 수록

그리움

보고픔의 목마름이
꿈틀거리는 계절에
누구를 그리워하고 있습니다
안개비 내리는 찻집 창가에 앉아
외로움에 온몸 웅크리고 앉아
처마 끝에 떨어지는 빗방울을
그리운 사람의 발걸음이라 생각하며
잠겨둔 가슴의 빗장을 잠시 열어 봅니다
아련한 기억 속에 조심스레 건져 올린
그리운 얼굴 보고파 아무리 울고 기다려도
사랑하는 사람은
돌아오지 않으면서
그저 기다리라고만 합니다
보고픈 사람은
세상은 다 그런 것이라고 합니다

저 멀리 좁은 길목 길을 걸어오면서
나직이 아주 나직이
내 이름 부르며 다가오고 있다면
이토록 사무친 그리움은 없을 것입니다

안개비 내리는 이 봄날에
조심스레 건져 올린 얼굴을 생각하며

흘린 눈물 소금 되어

슬퍼 보이는 하늘에서 비가 내립니다
내 마음속에서도 비는 추적추적 내립니다
선창가 싸구려 객주 집에서 술잔 비우니
갯냄새에 취하고 그리움에 취하여
내 마음속 간직한 얼굴 떠오릅니다

그 사람 내가 갖기에 너무 벅차
떠나보낸 지금 이때껏 잊지 못하고
가슴 속 별이 되어 술잔 위에 떠있어
못 잊어 그리워 할까봐 마셔버렸습니다
사랑은 순수하고
사랑 같은 아름다움이 없다지만
그대 떠나 없는 빈 공간에 슬픔만 남았습니다

내 전부는 걸었던 사람이기에
그 사랑 다시 꿈틀댈까 얼른 지워버렸지만
비 내리는 창가에 떠오른 그리움은 잊을 수가 없습니다
흐르는 세월이 그리움을 지운다지만
말처럼 쉬운 일이 아니었습니다.
그대 보낸 후 돌아서서 흘린 눈물 소금 되어
추적추적 빗물에 녹아내립니다

비 개인 객주 집 창가에 걸린 달이
잊지 못해 그리워하는 그 사람 얼굴인데

29

하늘이 울어 나도 울어

견우직녀 상봉하는
칠월칠석 슬픈 날
토파즈 빛깔 밤하늘이
내 마음 알았는가
구름 커튼 드리우고
슬퍼 보이던 하늘이
눈물 흘립니다

견우직녀 애틋한 그 사랑보다
더 슬픈 사랑이 별이 되어 버려
칠월칠석날
하늘이 슬퍼서 눈물 흘리면
구름에 달 가린 하늘처럼
나도 따라 웁니다

하늘 가린 구름 걷어 청산에 깔고
무지개다리 타고 올라
조각달로 배 만들어
하늘나라 먼저 간 그리운 님 만나려
은하수 개울 건너 찾아가겠습니다

바다

푸른 바닷가의 높은 언덕 끝자락에 서
내 마음 둘 곳 없어 바위 위에 앉아봅니다
거울처럼 잔잔한 바다가 조용히 일렁입니다.
아득히 섬을 뒤로하고 떠나는
고깃배 항적航跡 위에 물새들이 동행하고
오밀조밀 아름답고 작은 섬들은
부딪히는 파도에 아무런 대꾸 없이
그저 듬직하게 앉아 있습니다
고깃배가 바삐 드나드는
땀과 눈물이 스민 섬
지아비 잃은 여인은
오늘도 선착장에 홀로 서
오가는 배를 보고 눈물 짓고 있습니다
망부의望婦 설움을 아는가
갈매기도 따라 울고 있습니다
태산준령 의 마지막 솜씨
기암절벽 끝에 외로이 매달린 항구는
젊음이 활개 치는 소란함이 흔적도 없고
썩어문드러진 그물만
망부望婦 치마폭처럼
해풍 따라 춤을 추고 있습니다
귀향하는 뱃고동은
애잔한 가락처럼 가슴 적셔

나 혼자 걷기엔 너무나 쓸쓸한 고향 바다
아무도 기다려 주지 않는 늙어버린 항구
추억의 끝자락에서 건져 올린 그리움도
아름다운 기억들마저
고스란히 남겨두고 발길을 돌립니다

고향 항 포구 저문 배 고동소리 들으며

기억한다는 것은

고운 단풍 무수히 떨어지던 날
다시 그리워진다고 하더라도
서로를 찾지 말기로 약속했지만
거짓이었습니다
잊어야지 하는 것이 모순이라면
잊혀 지겠지 하는 것은 진정일 텐데
그대에게는 잊혀 진 사랑일지라도
왜 나에게는 가슴속 저 아래 묻어둔 얼굴이
이렇듯 오랜 세월 동안 지워지지 않는 것은
사람들이 말하는 죽기 전에 못 잊는다는
첫사랑이었습니다
아름다운 첫사랑 그대를 기억한다는 것은
아직도 잊지 못하고
그리워하는 내 가슴속에
그대를 향한
첫사랑 그리움이 멈추지 않은 까닭입니다

이젠 널 잊으려 애쓰는 날에

33

들꽃

바람 불어 좋은 날
신식 걸망 등짐 지고 길을 나섰습니다
햇볕에 달구어진 대지를 뚫고 나온 들풀은
물오른 소나무 새순 솔향기와
도심에 찌든 코끝 때를 닦아내고 있습니다
자연의 모든 생물 태어나고 죽는
두 이치를 아는 듯
지난날 파란 새싹 돋아난 것 같이
수줍게 꽃망울 터트려 버린 찔레꽃 향기는
그렇게 살다 지쳐 산으로 떠났습니다
눈물 흘리며 엄마 찾는
아기송아지 울음소리도 하늘로 날아갔습니다

산 끝자락 옹기종기 앉아있는 늙은 초가집
누군가가 버선발로 뛰쳐나와 반겨줄 것 같은
정겹고 소담스러운 길고도 먼 이야기 같이
봄볕을 머리에 이고 앉은 아낙네 모습처럼
세상에서 가장 아름다운 풍경으로 다가옵니다
집을 떠나고 싶은 충동을 잡아 주었던
어머니 품 같은 고향 땅
고갯마루 들꽃은 바람을 부르고
바람은 산 고랑을 달려와 꽃향기를 휘돌아 안고
바쁜 발길로 산자락을 흩어 내 달리고 있습니다

늙어버린 고향 나 들 목에서

못 잊을 첫사랑

남몰래 삼킨 분노 어이 말다하겠소
속가슴 적신 눈물 그 누가 알겠소
원망과 미움의 긴 세월에
꿈같은 그대의 흔적들이
추억 속 유물로 남았는데
이룰 수 없어 떠나버린 첫사랑 때문에
미래의 시계바늘은 멈춰서 있소
나의 분노가 정당한지 되물으며
지난날 과오를 가슴속 저 아래 묻어도
어떤 날 선명하게 떠오르는
옛사랑 얼굴이 흐느끼고 있었소
꿈속 추억만이라도 간직해 보려고
나는
밤을 향해 천천히 밝아라 말했으나
어둠은 닻을 내리지도 못했는데
새벽은 서둘러 밤을 쫓아 버렸소
아직 은 아직은 다 잊기에
작은 가슴 곳곳에 심어둔 그리움들을
아직은 다 잊기에 이르옵니다

은하사

가을도 떠나버린 신어산
품속에 감추어진 은하사
늙은 절 추녀 밑 토방에
부지런함이 모여 있습니다
누구를 기다렸나
돌담 틈에 늦게 핀 들국화 꽃
노란 얼굴에 외로움 층층이 서려 있습니다
떠도는 바람 한 점
추녀 밑에 달린 풍경에風磬·머무르고
게으른 산 그림자 그늘진 오솔길
저녁 서리 내려 이제
그만 돌아서야 하는데

옴 살바 못자 모지 사다야 사바하
옴 살바 못자 모지 사다야 사바하
옴 살바 못자 모지 사다야 사바하

참회 진언하는 불공소리
부지런함이 모여 있는 법당 앞
진한 향기가 염불소리와 함께
갈길 먼 나그네 발 잡습니다

※ 신어산 : 경남 김해시를 품고 있는 산이름
부지런함은 저녁 공양드리는 스님들의 신발이 법당 토방에 많이 있다는 뜻……
늙은 절 …… 오래된 절

천국에서 쓰여 질 사랑

꿈의 둥지를 떠나면서
우리 아름다운 사랑
슬프고 괴로워도 이겨내자고
이별의 길목에서 그대가 남긴 말
뭔가 붙잡고 있어 귓전에 맴돌고
첫사랑 그 슬픈 흔적 남기고
내 곁을 떠난 뒤에
벅차 끓어오르는 그리움으로
그대를 혼자 지우지 못하였습니다
이제는 아물어 가야 할 아픔이
가슴에 남았는데도
무심한 세월만 멀리 가버렸습니다
그 순백 같은 첫사랑
이루지 못해 아린 가슴에
첫사랑이 내 마음 잡고 있습니다
인생의 반 세월이 지날 때까지
가슴팍 밑바닥에 살아
꿈틀대며 숨었던 그 사랑을
기다리다 지쳐 있건만
세월이 멈춰 주질 않았습니다
이승에서 못 다한 정과 사랑을 모아
단 한 사람만 위해 남긴 내 마음을
천국에서 첫사랑
당신만 위해 쓰여질 것입니다

추억 저편 첫사랑

물과 기름이 융합될 수 없듯이
당신과의 사랑은
이루어질 수 없다고 떠난 뒤
귀머거리가 되었고 벙어리가 되었습니다
가슴의 슬픔을 달래면서
사랑이 별거더냐 그까짓 것
세월은 흐르면 잊어지겠지

나 떠난 너 가 가슴에 상처를 줘
우황 든 소처럼
밤새 끙끙대며 잠 못 이루고
밤하늘 달보고 별보고 맹세하였지
애써 잊으리라
문 닫은 가슴에 빗장 걸고
열지 않으리라
노여움도 미움도 그리움도
분노의 폭발도 잠재우며
이제는 너를 나에게서 떠나보낸 뒤
내 양심에 한 치의 치우침도 없이
잘 떨쳐 보냈노라고 되뇌건만
그 아팠던 첫사랑이 다시 그리워져
시린 내 가슴속에
첫사랑을 잊을 수 없다는

단어로 차곡차곡 쌓여
봄비 맞은 고사리처럼
흙을 머리에 이고 솟아오르듯이
그리움은 가슴속에
사랑의 또 다른 이름은 질투였습니다

호수

초록빛 호수면 에 밤이 내리면
별무리 보석같이 빛을 내여
무수히 수면 위에 떠다닐 때
괜스레 슬픔이 밀려옵니다
외로울 때 찾아온 호수 변 벤치는
꿈처럼 아름다운
오래된 그리움이 앉아 있었습니다

밤의 물안개 호수에 닻을 내리니
나 혼자 잊고서 살아가야 할
눈 시리도록 아름다운 그리운 얼굴이
나를 보고 달과 함께 웃고 있습니다

가슴속에 가두어둔 정 지우려고
호수에 돌을 던졌습니다
물위에 번지는 수많은 동그라미 속에
슬픔이 가득한 그대 얼굴이
달과 함께 나를 보고 울고 있습니다

시린 가슴 달래며 걸어가는 길에
싸늘한 달빛이 뿌려지고 있습니다
힘없이 걸어가는 그림자에
두 줄기 물방울이 떨어지고 있습니다
추억의 유물이 된 빈 벤치엔
오래된 그리움이 앉자 있었습니다

슬픔을 눈 밑에 그릴뿐

어딘가 존재할 듯
그대 얼굴이
그리운 공간을 空間 채워가고
그리워 애 태웠던 내 사랑이
희미한 기억 속 이름이 이라 하여도
나는
잊지 않고 그리워할 거에요
먼저 사랑하고
더 많이 사랑하였기에
나중에까지 그대를 지켜볼 수 있는
아름다운 마음도 배우고 있어요
그대에게 다가가는 동안 조금씩
뒤로 물러나는 일이 있어도
나는
슬픔을 눈 밑에 그릴 뿐
오늘도 가슴 설레며
작은 걸음으로
조금씩 그대에게 다가가려 합니다

대중가요로 발표 됨
색소폰 경음악으로 CD로 만들었는데
색소폰 연주자가 슬퍼서 울었다고 함
이성호 작곡
송미희 가수

김해연가

마신 술 깨지 마라
이 밤 지새도록
그대가 가고 없는 김해 땅에서
내가 던진 글라스에
산데리아 부서지면
미친 듯이 달려보는 구산 로터리
궂은 비 내리면 더욱 좋겠네

권한 술 사양 마라
이 밤 지새도록
첫사랑 가고 없는 김해 땅에서
내가 받은 술잔 속에
그대 얼굴 떠오르면
비틀비틀 걸어보는 연지공원길
첫눈이 내리면 더욱 좋겠네

금영노래방기기에 …… 한글과 중국어로 한글과 일본어로
지금은 한글과 영어 자막으로 나오고 있음
대중가요로 발표되어
금영노래방기기에 등록됨
이성호 작곡
김연옥 가수

편지

가슴속의 눈물로 당신의 글을 씻었답니다
홧 불로 당신을 태웠습니다
괴로움이 당신의 사진 묻었습니다
이젠 잊어야 하겠지 하고 눈을 뜨면
떠오르는 얼굴
이젠 잊어야 하겠지 하고 되 뇌이고선

봄꽃이 흐드러지게 피어 있는 꽃길을
장마 비가 억수같이 쏟아지는 진 흙 길을
낙엽이 떨어지는 가을 보도를

첫눈 내리는 고궁을 걸어도 보았습니다
주정뱅이 술꾼처럼 걸었습니다
달구지 끄는 황소처럼 걸었습니다
배고파 힘이 없는 짐승처럼 걸었습니다

몇 장의 슬픈 편지도 태웠습니다
가슴속의 슬픔도 지웠습니다
그러나 기억 속에 남아있는 당신의 얼굴을
아직도 잊지 못하고
그리워하고 있기 때문입니다

43

마음의 등불

이제야 불을 끄려 합니다
기다림에 지쳐서
첫사랑 그대 남기고 간 마음의 등불은
차갑게 식어 가는 가슴을 녹여 주었고
암흑 같은 마음을 밝혀 주기도 하였습니다

헤어져 쓰라린 가슴에는
그래도 언젠 인가 다시 만나겠지
막연한 기다림을 마음의 등불처럼
가슴에 꼭 꼭 간직하고 살려했습니다
만나 남겼던 첫사랑 추억의 유물들이
꺼지려는 불길 앞에
어떤 의미에서인지
자꾸 뒤돌아보게 유혹하고 있습니다

첫사랑 뜨겁던 불꽃이
꺼져가기 때문에 단지 슬플 뿐입니다

독백

천년 고목은 바람 잡고 흐느끼고
머릿속은 첫사랑 얼굴 잡고 흐느끼고 있습니다
아직은 끝나지 않은 얼굴
어렴풋이 듬성듬성 지나버린 긴 세월
저만치 떠나버린 아름다운 기억들
숨길 수 없는 그대 노래 부릅니다

수 세월 저만치 보일 듯 멈춤의 날들
추억 끝자락에서 건져 올린 그리움이
그대 숨결 찾으려 한적한 산사로
그대 흔적 찾으려 철쭉꽃 핀 고궁 터로
그대 발자국 찾으려고 해변 백사장으로

떠나 없는 산사에는 염불소리만 들리고
떠나 없는 꽃길에는 벌 나비가 춤추고
떠나 없는 백사장엔 파도만 일렁이고 있습니다

혼자 쓸쓸한 귀향길에는
석양의 긴 그림자만 동행하고
언제나 나 혼자 독백은
잊어야하겠지
잊어지겠지
언제인가 잊혀 질 것 같습니다

기다림

행복 한 웃음 기다린 희망
애틋한 그리움 후회와 원망
눈물의 분노 사랑과 배신
모든 것을 가르쳐주고
아기 뻐꾸기 둥지 떠나듯
당신은 그렇게 떠났습니다
아픈 상처 뒤에 남은
고독을 알고 말았습니다
희망을 기다리는 자에게
기회가 온다는 말에
그대를 일상에서 떨쳐버리지 못하는 것은
행여나 하는 기다림 때문입니다
내 탓인지도 모른다는 느낌으로
추억을 만들었던 빈 벤치는
빛바랜 사진처럼
추억을 유물로 남았습니다
뻐꾸기는 둥지가 그리워 울고 있습니다
내 사랑의 둥지를 떠난 그대도
어디선가 뻐꾸기처럼 울고 있겠지요
그런 생각에
호숫가 벤치에서 발걸음이 떨어지지 않아
뒤돌아보고 또 돌아봅니다

세월이 약인 것은

아직도 그리워하는 사람 있다면
눈물도 말라버린 슬픈 사랑
가슴이 미어지는 애틋한 사랑
웃음도 멈춰버린 아픈 사랑
그것은 이루지 못한 첫사랑입니다

생명이 다하도록 아물지 못할
내 가슴에서 여물어져야 할 상처를
애써 감춰 두고 살았습니다
이제 세월이 약이라고 생각하며
슬픈 사랑을 나 혼자 애써 잊으렵니다

호수

물안개가 서늘한
짙푸른 호수에 잠긴 초록의 산은
조용한 산골의 깨끗한 산수가 모여
그윽한 호수 안에 산 그림자를 그리고 있습니다
푸른 산과 하늘도 모자라
호수는 낮에 홀로 나온
하현달까지 품에 안고 있었습니다
새벽녘에 먼 길 떠나온
크고도 빛나는 별 따라나선
은하수가 호수에 가득 차면
속세를 떠난 신선이 된 기분으로
벤치에 앉아 은하수 개울에
달 가는 호수 지켜보고 있습니다

샛강 변

서 낙동강 작은 줄기 샛강
석양 노을 은빛 물에 붉게 물들어 올 때
저편 둑 밑에 반바지차림 늙은 어부
갈잎 같은 작은 배 삐그덕 삐그덕 노를 젓고
작년 이맘 때 강폭에 두둥실 떠 있던
수상가옥은 간 곳 없고
빈 집터엔 해오라기 한 마리
댕기머리 휘날리며 잃은 짝 찾는 쉼터
동지섣달 기나긴 밤 늙은 할미
해소기침 소리처럼 커 ~ 컥 우는
외다리 빈객 가마우지 따라
갈대밭 속 왜가리 떼 같이 울고 있습니다
자맥질하는 엄마 따라
나들이 나온 물 닭 새끼들
잠수하는 물머리 위로
스산한 봄바람에 동행한 작은 파수
선착장 뱃머리 부딪혀 떠오른 작은 포말들이
갈대 숲 찾아들어 흔적 없어 사라지고
하늬바람 갈바람 회오리바람
가느다란 허리 드러내고
불면 부는 대로 흔들렸던
질긴 생명력의 갈대도
남쪽 나라 꽃 전령 봄 향기에

움트는 새싹들에게
섰던 자리 물려주고 말 것인데
스산한 바람결에 서로 부딪혀 끌어안고
슬픈 울음소리 내어 우는데
나루터 나그네는 바쁜 걸음 멈추고
해질 녘에 먼 길 떠나가려는 가 봅니다

낙동강 하구언

700리 머나먼 길
숨을 헐떡이며
달려온 물줄기는
부딪히고 감돌고 역류에 휘둘리며
달려온 물길 이여라
구비 구비 골짜기마다
수많은 사연을 남겨두고
가쁜 숨 몰아쉬며 잠시 잠깐 머무는 곳
낙동강 하구언이어라
어디서 불어오는 갈바람은
잠든 물결을 흔들어 깨우는데
쪽빛 바다 저편 갈잎 같은 작은 배는
짝 잃은 갈매기와 노닐고
심술꾸러기 갈바람은
나룻배를 흔들어 놓고
강변 갈대밭을 향해 오고 있습니다
비릿한 냄새가 담긴 끈 - 적 한 바람은
갈대밭을 헤집고
통나무집 추녀 끝에 매달린
길잡이 풍경 등마저 괴롭히고 있습니다
사연 많은 포구 하구언 포구야
숨 가쁘게 달려온 물줄기에
무슨 사연 들었느냐

51

산골짜기 외딴집에 밭 매러 간 엄마
기다리다 지쳐 잠든 아가의 슬픈 이야기
태산을 짊어지고 살고 있는
어머님의 한숨소리도 들었느냐

석양에 물 들어가는 하구언 포구에서
월간 동서저널 수록

춤추는 독도

취한 듯한 파도소리에 잠이 들고
바다 새의 도란거림에 잠이 깨는
신이 만들다 떨어뜨린 마지막 작품
동해의 외로운 우리 섬 독도

어제 서쪽바다 끝에서 담금질하던
해가 떠올라 황금 빗살을 사방으로 내쏘면
거친 파도는 잠시 숨을 죽이고
동해 바닷물을 붉게 물들인다
꿈이 있는 소녀의 가슴처럼 일렁이는 파도는
보석을 뿌려놓은 듯 반짝거린다
금빛 물비늘 옷을 입고 동해의 외로운 섬
우리의 독도는 작은 파도위에 목을 내밀고
춤을 춘다

이성호 : 작곡
김연옥 : 가수

53

서 낙동강

낙동강 강둑은 옛날처럼
그 모습대로 누워 있고
강물은 어머니 품에 안긴 듯이
숨결을 다듬고 있습니다
먼 ~ 여행길 피로에 지친 철새들
강어귀에 밤 내리니
끼리끼리 동무되어
물소리 먹고 살랑거리는
갈대 숲 틈새에 침실을 펴고 있습니다

눈감으면 낮게 호흡하는 소리
잔잔하게 몰려와 작은 등을 쓸어내립니다
엄마 팔베개 속에 죽지 아파
훌쩍거리는 아기 새 옆에
별과 달이 내려와 누우니
물안개 차갑게 눌러 앉은 강물 속에
낮은 꿈들이 하나씩 눈물 씻습니다

슬픔 속을 빠져 나온 바람 한 무리
발목 담근 갈대숲에 머무르니
속살 파고드는 추위에
갈잎들의 살 ~ 그랑 거리는 울음소리가
1,300리 먼 길 달려와
지쳐 잠든 강물을 깨워버렸습니다

월간 동서저널 수록

이별

언젠가 혼자가 되겠지!
수없이 되 뇌여 왔건만
처음 그 느낌처럼
홀로 버려짐을 느낄 때
그리움과 외로움이 겹쳐
혼자 가야할 기나긴 세월이
막막하여 집니다
그리움을 혼자 잊어달라면
나도 모르게 슬퍼서
굵은 눈물방울 떨어지는 걸
어쩌란 말입니까?
슬픔의 세월이 비켜 간 끝이면
복받치는 서러움이 가슴아래 잠길 때
솟구치는 눈물도 고독의 몸부림도
이제는 그리움과 같이
내 가슴에 묻어야 할
슬픈 이별의 상 채기 입니다

슬퍼만 하지 마오

호숫가 거니는 발자국마다 넘치는 그리움을
무슨 까닭인지 무슨 사연인지그대는 알겠지요
밤하늘별이 되어 버린 그대 때문인가요
호수마저 깊게 잠들었소
슬픔은 가슴을 저미게 하고
떨어지는 별똥별은 그대 눈물인가요
걷는 오솔길에 부엉이도 울고 있소
저 하늘 끝까지 들리도록
목이 쉬도록 그대이름 부르다 가리다
구름이 달을 가린 깜깜한 밤
무릎 꿇고 앉아 그대명복 빌고 가리다
그대 영혼이 되어 날 찾아왔다가
못 보고 가시더라도 슬퍼만 하지 마오
달빛을 끌어 잡고 별빛을 끌어안고
소쩍새와 같이 울리다
영혼이 별 되어 내 가슴 밝힌 그대 위해
산바람도 고이 잠든 호숫가 찾아와
소쩍새 친구 되어 구슬프게 울겠소
소쩍새 우는 밤 날 찾아와
못 보고 가시더라도 슬퍼만 하지 마오
혼 불이 되어 호숫가를 떠도는 그대를
먼발치에서 보더라도 나는 알아보겠소

둘이라면

미워하는 누군가보다
그리워하며 기다리는
너와 나
그리고 시간
우리 둘이 하나 되어
사랑 할 수 있는
그러한 사이가 될 수 있다면
좋겠습니다.

외롭기 때문에 사랑하는 것이 아니라 사랑하기 때문에 외로운 것입니다
그러나 둘이면…….

나 혼자 되어

사랑은 둘만 묶어주는
보이지 않는 끈이라고 말들 하지만
거짓이었습니다
사랑의 끈이 보였더라면
다시 는 풀리지 않게
꽁꽁 묶어 예쁜 매듭을 지어 놓았을 텐데
지금 혼자되어 생각해 보니
사랑은 서로의 마음으로 묶는 것을

서로가 오만과 독선으로
가슴에 비수를 꽂은 함부로 해버린
말들이 상처를 주고 헤어진 지금
그대에게……
그때 다하지 못한 사랑을 속죄하고 싶어
진홍빛 홍차향기가 다 날아간 시간
찻집 뒤뜰엔 매화꽃 망울이
흐드러지게 터 트려버린 둘만이 알고 있는
조그마한 슬픈 찻집에서 혼자…….

준비 안 된 이별 앞에

사랑이 무엇인지 모르는 나에게
그대는 나 이젠 당신을
사랑한다고 편지를 보내왔지요
사랑이란 의미를 조금은 알고
답신을 쓰는 창 밖에
밤하늘 빛나는 별들은 그대 눈빛이었소

오고간 수많은 아름다운 사연들
차곡차곡 책상서랍에 찰 무렵
물과 기름은 융합될 수 없어
헤어진다는
사연에 할 말을 잃었소

마지막 편지 속에는
노란색 종이 두 장에 글씨 한 자 없이
중앙에 별만 두개 그려 져있고
끝에는 ○○☆☆
그 뜻을 몰라 내 아닌 나로 괴로웠습니다

노란 색종이는 이별의 색깔이고
중앙에 그려진 별 두 개는 이별이었고
그림은
○○영영 ─ 동그라미 2개·

☆☆이별 ─ 별 2개·
영영 이별
소식 끊긴 뒤 그 뜻을 알고 슬프게 울었소
끝도 없이 지나버린 세월과 그 외로운 시절이
지쳐 잠든 내 그리움과 함께 깨어난 시간들

오후의 태양이 긴 - 그림자를 남긴
가을 앞에 서서
헤이즐러 커피 향 짙은 카페 창 밖에 서서
이토록 쓸쓸한 그림자만 드리우고

○○☆☆ 하고서

어느 가을날

구비 구비 몇 구비 돌았나
차도 숨이 차 헐떡이는 24번 일반국도
경남 도립공원 가지산 정상에 멈춰 섰습니다
이름도 모를 작은 들꽃 피어 있고
태산준령 험준한 산자락이 만들어낸
마지막 솜씨인 깊은 계곡 산사에선
염불소리 들려옵니다
얼음 골 맑은 물에 사과들이 익어가고
세월에 볼썽사납게 문들 어진 초가지붕 위에
늙은 호박은 배꼽을 드러내는 일광욕을 하고 있습니다
가지산 알곡식 도토리로 만든 묵에
얼음 골 맑은 물로 목욕한 청정淸淨 미나리를
듬성듬성 손으로 잘라 만든 묵 한 대접에
설익은 막걸리 한 사발을 벌컥 마시고 나니
발끝 아래 저 곳은 내 세상이었습니다.
연보라색 쑥부쟁이
어린아이 얼굴을 닮았고
차가운 바람 불자 산마루 잡목들이
형형색색 고운 물감으로 변해 가는 곳
바람 불어 좋은 날
억새풀 꽃 하모니 들어보세요
일상에 힘든 짐 잠시 벗어두고
헤이즐넛 향이 퍼지는 배냇골하우스 찻집에서

이름도 모르는 늙은 가수 가을노래 들어보세요

배내 골 하우스 찻집 뒤뜰에

고운 단풍 예쁜 단풍 가을이 익어 가고 있습니다

경남도립공원가지산자락 초가을 반나절에

인생

천년을 살겠는가
만년을 살겠는가
공수래 공수거 인생인 것을
불로장생 무병장수 그리도 빌었건만

생로병사 고해 속에
육신은 늙어가고
그 누구인들
이 한 세상 영락으로 살았더냐

어제인가 며칠이 지난 그 그제인가
푸른 청춘의 몸이었건만
덕지덕지 얼굴에 저승꽃이 피었구나
이 세상엔
늙은 종자 젊은 종자 따로 없더라

어디서 왔다 어디로 가나
황혼에 이르러 삶의 여로 뒤돌아보니
아들딸 자식 곱게 키웠는데
이제는 강아지새끼처럼 뿔뿔이 흩어지고

삶과 죽음의 긴 여정 앞에 슬프구나
모든 것을 선택된 자들의 고통인 것을

지금 이 세상에 존재한 이유만으로
남은여생 작은 흔적이라도 남기고 가리

소설 늙어가는 고향 수록

인생

간다간다 나는 간다
명전 공포 앞세우고 꽃상여 타고 간다
한 많고 원도 많은 이승 업보 떨쳐두고
다시 못 올 황천皇天· 길을 간다
이 세상 모든 망자들 황천으로 가고 싶겠지
하나님 계신다는 천 상 가는 길 아무나가나
험한 세상 태어나 죄를 안 지은 사람 그 누구더냐
죄 지은 자 황천皇天· 가긴 다 틀렸네
황천이皇天· 아니라
황천도黃泉· 아닌 황천荒川· 길
거친 강물 건너 다시 못 올 그 길도 아니요
지천地泉· 길에
아이고
데이고
서러워라
이 한 세상 살면서 마누라 자식새끼 일가친척
그 많은 친구 두고 다시는 못 올 구천을九泉
길동무 하나 없이 황천黃泉 가는 길인데……

흙에서 태어나 흙으로 가는 진리眞理
그걸 모르고 살았더냐?
땅으로 내려가는 황천荒川 길 그 누구 피할 소냐
공수래 공수거 필연인 걸……

서러운 인생살이 무엇을 남겼는가
황천의 문턱에서 돌이켜 생각해 보니
슬프구나
떠나간 사람을 그리워하는
맑은 영혼의 슬픔을 아는지 모르는지
상여꾼 저승노래 부른다
허이허 허허이어 어나리 넘자 너와 나
인제 가면 언제 오나 머나먼 황천荒川

소설 : 저승공화국TV특파원수록

인생

이 한 세상 살며 악착같이 돈 모아
선경낙원仙景樂 에서
불로장생 무병장수 영락으로 살고
자자손손 무궁한 복락福樂
누리는 것을 보고
천명을天命 다하고 죽은 뒤에
만대영화萬代榮華
백조일손百祖一孫 찾아와서
제사상 차려줄 줄 알았는데
저승 갈 때 무용지물
모든 악업惡業으로 벌어들인 돈
좋은 일에 써보지도 못하고
자손에게 물려주었건만…….

저승에서 명절에 어렵게 찾아왔더니
가난한 자손들은 모두가
한 자리에 모여 제사를 지내는데
돈 많은 내 자식 놈은 차 밀린다고
명절 수일 전에 조상도 오지 않은
호화로운 묘에 먼저 제사를 올리고
아까운 달러 들고 해외여행 떠나고 없네
자자손손 하나 없는 나의 묘지에는
까마귀 떼가 먹다 남은 북어머리에

구더기만 모여 잔치판이로구나.
동행한 저승사자 아무것도 먹지 못하니
구천九泉 길에 이 내 몸 얼마나 얻어맞을까?
화가 난 저승사자 화풀이를 어이 견딜까

인생

이제야 알았습니다
인생이란 짧은 여행길에
본래의 내 모습과 삶의 터전은
고행과 질곡의 길이였습니다
유년시절 꿈꾸었던 것마저
행복으로 가는
나침반이 되어 주질 않았습니다
때로는 즐거웠고
때로는 슬펐고
때로는 괴로웠고
어떤 때는 따뜻한 삶의 깊이가
알알이 드러나기도 했고
텅 빈 가슴속의 여유는
잃어버린 것들에 대한
그리움이 넘치는 시간 이였습니다
삶과 죽은 짧은 여정 속에
살아가는 인생의 바른길은
세상에 존재存在 한 이유만으로
삶은 즐길 만하다는 것을 이제야 알았습니다

세월은 그리움만 남기고

추억마저 잠든 긴 여정旅程 앞에 섰다
일상에日常 바쁘게 사느라
사랑이 지나버린 자리마저 잊어버렸다
둘이서 만들었던 추억의 자리를
나 혼자 찾아온 포구에는
갈매기도 잠들어 쓸쓸하다
밀물에 떠밀려온 파도는 뱃머리에 부딪혀
새하얀 포말을 날리고 있다
까맣게 잊어버린 망각의 짧은 세월
저무는 달을 보고 맹세도 하였건만
밤마다 변하는 저 달을 보고
믿은 내가 바보인가
달빛 아래 바닷물은 너무 푸르러 검은색이다
기다리다 지쳐버린 가슴의 상처도
저 물빛 같으리
포구엔 가로등 하나 졸고
슬픔을 아는 가 두견도杜鵑 울고 있다
멀리 외딴집에서
들려오는 새벽 계명에鷄鳴
그리움을 남기고 뒤 돌아섰다

그림자

내 곁을 떠난 잊어지지 않는
그리운 그림자들마저
아픈 가슴 안고 살아가는 마음의 입구에서
슬픔 속에 구속되어 여러 날을
그 뜨겁던 사랑의 불꽃을
식히지 못한 가슴 때문에
별이 내리는 창가에 앉아 생각하였습니다
초롱초롱 이슬 머금은 눈망울
똑바로 보지도 못하고
애써 고개 돌려 되돌아온 뒤
몇 날이 지나갔나
이제 한 발짝 물러나 생각하니
내 가슴속에 그대가 살고 있어
그때 내 가슴에 전염된
행복의 무게를 이제야 느낄 수 있습니다

빈자리

실로 밤이 외로운 건
이 밤이 아니라
당신이 주고 간 고독의 밤이기 때문입니다
눈부신 햇살에 사그라진
단지 밤중에 만난다는 게 두려운 것은
당신이 있다는 환영을 떠올리고
깜깜한 가슴을 돌봐야 긴 밤이기 때문입니다

실로 밤이 서러운 건
이 밤이 아니라
당신이 주고 가신 사랑의 아픔 때문입니다
혼자서 긴밤 싫어 슬프기 때문입니다
실로 밤이 잔인한 건 이 밤이 아니라
당신이 주고 간 텅 빈자리 때문입니다

인생

천년을 살겠는가?
만년을 살겠는가
공수래 공수거 인생인 것을
불로장생 무병장수
그리도 빌었건만

생로병사 고해 속에
육신은 늙어가고
그 누구인들
이 한 세상
영락으로 살았더냐
어제인가
몇 날이 지난
그 그제인가
푸른 청춘의 몸이었건만
얼굴에 덕지 덕지
저승꽃이 피었구나
이 세상엔
늙은 종자 젊은 종자
따로 없더라!
어디서 왔다 어디로 가나?
황혼에 이르러
삶의 여로 뒤돌아보니

아들딸 자식 곱게 키웠는데
이제는 강아지새끼처럼
뿔뿔이 흩어지고
삶과 죽음의 긴 여정 앞에
슬프구나
모든 것은
선택된 자들의 고통인 것을······.

지금 이 세상에
존재한 이유만으로
남은여생
작은 흔적이라도 남기고 가리

빈자리

그 사람 목소리가 귓가에 맴도는 것은
다시 만나겠지 라는
허상虛像 때문에 보내지 못한 그리움이
방앗간 담장을 못 떠나던 참새같이
다정히 손잡고 행복을 빈자리 찾아왔는데
무심한 풀벌레만 울고 있소

만나고 헤어지는 만고의 진리
이별의 서러움이 가슴에 가두어둔
첫사랑 이름 석 자
잊지 않으려고 맹세하였소
그 동안 쌓인 미음 씻어내고
내 앞에 다시 나타나리라 믿었건만
그 아쉬움 흘러 넘쳐도 꿈은 허상 이였소

달빛도 차가운데 외로움에 지친 꿈
채워지지 않는 가슴에 공허한 메아리만
퍼져 나가 밤하늘에 은하수 이루었소
다시 만날 수만 있다면
못 다한 정과 사랑으로
당신 가슴에 꼭꼭 채워 드리겠소
그 빈자리엔 오늘도
이름 모를 풀벌레들이 이야기하고 있었소

쓸쓸한 고향 길

어머니
현세에 없는 어머니
어머니의 이름을 불러 봅니다
영혼의 이름을
객지에 떠돌다 어쩌다
명절 때면 고향을 찾아갑니다
그러나 올해는 발걸음이
너무나도 무겁습니다
이맘때면 어머니는
객지로 훌훌히 흩어져 날아간
민들레 씨앗처럼
어머니 품을 떠나갔던 자식들이
자신들의 모태를
찾아오리라는 믿음으로
세월의 햇볕에 타버린
구릿빛 얼굴로
어머니의 씨앗들을
동구 밖 정자나무 밑에서
하염없이 기다렸지요
만남과 헤어짐이 있는 마당에도
세월의 흐름은
막을 수가 없었습니다
늦은 밤에 귀향하는

자식들 위하여
어둠을 밝히는
어머니가 들고 있던
호롱불이 손전등으로
어느덧 가로등 불빛으로
바뀌었습니다
검은 머리카락도
반백으로 바뀌어
백발이 되었고
꼿꼿하던 허리도
자식 키우느라
할미꽃처럼 굽어졌지요
늦은 밤에
차가 없어 걸어오는
자식들 기척을 듣고
헛기침을 하시면
천륜의 소리인지를 알고
나는 어려서
자주 불렀던 노래를
큰소리로 불렀습니다
어머니는 어두운
먼발치에서도 알아보고
손을 번쩍 들어
신호를 보내오면
나는 두 손을 들고
반짝 반짝 작은 별
어릴 때 학교에서 배운
율동을 하듯 손을 흔듭니다

할머니를 부르며 달려오는
손자 녀석 손을
살며시 잡고 앉으며
아가야 !
오느라고 수고 많았다 하시며
손자 앞에 등을 댑니다
뚱보 손자가 조금도
무겁지 않은 모양인가 봅니다
항시 반기시는 얼굴은
만월 이었습니다
추석의 한가위 달처럼
밝아 보였습니다.
구릿빛 얼굴이 되어버린
어머니 얼굴엔
검버섯 저승꽃이 피었고
수많은 이마의 주름살엔
세월의 두께가
각 인 되어 있었습니다
거칠어진 어머니 손을 잡고
가슴속이 저리는
아픔을 느끼곤 했습니다
가슴 한구석에서 밀려오는
인생의 엑기스가
정열로 화한 눈물을
잠시 감추려고
애써 눈을 깜박거리기도 했습니다
그럴 때면 작은 가슴
구석구석에서 저며 오는

어머니 삶이 생각나서
흘러내린 눈물 한 방울이
코끝을 지나 입술에 머물러
짭짤한 눈물의 의미를
느끼게 하였지요
땀과 때에 저린 머릿수건을
머리에 질끈 동여맨
어머니 거칠어진
두 손을 잡은 저의 손에는
따뜻한 모정이 전해 왔습니다
천륜의 연줄인 손자를 등에 업고
앞서 걸으시며
마냥 반가워하고
마냥 즐거워 하셨습니다
모처럼 온 자식에게 무엇을 해줄까
밤새 생각하느라
잠 못 이루고 뒤척이었지요
저 아이는 어렸을 때
무얼 좋아했지
작은애는
말썽 장이 막내에게는
무엇을 해줄까
생각을 끝냈는지
잠자리가 조용합니다
어둠을 가르는
시계 초침 소리와
어머니의 고른 숨소리는
나 어릴 적 자장가 이었습니다

장작개비 같은 어머니 손을 잡고
나도 모르게 잠든 모양입니다
애들아!
일어나 거라
어머니 목소리에
저는 잠에서 깨어났습니다
아침 해는 머 ~ 언 옆 산마루 끝에서
얼굴을 내밀고
아침인사를 합니다
찬란한 빛이었습니다
어머니 얼굴 이였지요
집에 온 자식 위해
아침 일찍 뒤 텃밭에서
쪽파 몇 단
시금치 몇 단
고들빼기 몇 단을
함지박 소쿠리에 가득 채워
정수리가 내려앉을 만큼의 무게를
머리에 이고 길을 나서
이른 아침 시골기차역 광장에
잠시 잠깐 서는 번개장터에서
이고 간 야채들을 팝니다
야채 판돈을 손에 꼭 쥐고
몸 빼 바지 펄럭이며
어물전을 찾아가
싱싱한 횟감과
낙지 몇 마리를 사 들고
바쁜 걸음으로 집으로 향합니다

행여 생선이 상할까
발걸음을 재촉합니다
아마 어머니 발바닥에는
바람개비를 달고 왔을 것입니다

어머니가 손수 차린
아침 밥상머리에
올망졸망 빙 둘러앉아 있는
자손들을 바라보며
흡족한 미소를 짓습니다
어머니도 좋아하는 음식을
같이 먹자는 자식들의 성화에
나는 늙어 이가 안 좋아 못 먹으니
식기 전에
싱싱할 때 빨리 먹어라
재촉하여 놓고
꼭꼭 씹어 먹어라 얼린다
어린 손자들이 체 할까봐
걱정인가 봅니다
그 모든 말들은 사랑입니다
어머니도 좋아하는 음식을
같이 먹자는 자식들의 성화에
뱃속이 안 좋다고 거절합니다
어머니의 마음…….
이 자식들은 모두 알고 있습니다
어머니 손으로 만든 음식은
이 세상 어느 음식보다
맛이 있습니다

바쁘게 움직이는
자식들의 손놀림을 보고
절구통 곁에서
머릿수건 손에 들고
흡족한 마음으로
이마에 세월의 흔적인
수많은 주름살을 새기면서
웃고 있었지요
이 한 세상 살면서 남겨 논
자신의 흔적인
아들 딸 손자 손녀들을
그냥 바라만 보아도
배부르며 먹은 것 같은
느낌이 드는 모양입니다

그러하신 어머니는
오늘 이 자리에 없습니다
자식들 먹일 것 걱정
입힐 것 걱정
어머니는 태산을 짊어지고
한 세상 살았습니다
아 그 아름다운 모정을
잊을 수 없습니다
자식과 남편을 위하여
희생의 긴 세월을 살아오신
어머니의 생애는
인고의 세월 그것이었습니다
그 지혜로운 마음은

진주 빛보다 찬란하고
햇빛 받은 아침 이슬보다 맑았습니다
하늘보다 높고 바다보다 넓고
깊은 마음 어이 알리까

고향을 떠나 올 때
동구 밖 공터에서 자식
며느리가 쥐어주는 용돈
받기가 쑥스러워
애야 나는 괜찮다
새끼들 키우는데 돈 많이 든다
몇 번이나 돈은 왔다 갔다 합니다
고맙다 하면서 받으신 적이
한 번도 없었지요
물도 사먹는다면서 하시며
애써 안 받으려는 돈을
억지로 맡기고 돌아서면
마지못해 받고는 눈에 넣어도
하나도 안 아플 것 같은
손자 놈의 옷을 만져줍니다
바지도 추켜올려 주고서 끌어안습니다
그때 허리춤에 동여맨 주머니 꺼내
그 속에서 알밤 같은
꼬깃꼬깃한 돈을 접어서
손자주머니 속에 넣어주었습니다
고래심줄 보다 더 질긴
할머니와 손자 간에
천륜의 끈을 연결해 놓습니다

아들놈은 돈 들어간
호주머니를 손바닥으로 막고
할머니 얼굴에다 뽀뽀하며
안녕 이라며 손을 흔듭니다.
그럴 때면 아이구 내 새끼야 하며
볼을 만져주고서
먼저 갖다 놓은 보따리를 챙깁니다
아침 일찍 큰며느리 몰래
구멍 난 곳간에 쥐가 드나들듯
곳간을 왔다 갔다 하였겠지요
참깨 한 움큼 마른고추
된장 고추장 참기름 조금
올망졸망한 뭉치를
차 트렁크에 실어주면서
애야!
며느리를 부릅니다
큰형수와 큰형의 눈치를 보며
귓속말로 속삭입니다
올해는 농사를 못 지었다
괜스레 미안해하시면서
내년에 잘 지으마 꼭 오너라
아껴 먹어라하시며
며느리 어깨를 어루만져 줍니다
그럴 때면 형님과 형수에게
미안하였습니다
차창 밖으로 머리를 내밀면서
괜스레 큰소리로
시내 가면 있는데

집에 두고 드시지
왜 저희를 주십니까
그것을 모르시는 것이 아니지요
자식사랑의 표현입니다

초봄부터 오뉴월 염천의
뙤약볕 아래
자식들이 오면
조금이라도 많이 주려고
호미 들고 밭이랑 잡초를 매고
지열에 헐떡이며
구릿빛 얼굴에 미소를 지으시며
농사를 일을 하셨을 것입니다
일 그만하시고
저희가 드린 용돈으로 관광도 다니고
좋아하는 막걸리도 사 드세요
내년에 꼭 올게요
소불알 돼지 불알 사과만큼 배만큼 크고
수박만한 된장뭉치에
꼭 필요 없는 늙은 호박까지
차 트렁크에 실어주는
어머니의 정을
듬뿍 싣고 오곤 하였습니다
해 바뀌어 명절마다
동구 밖 공터에서의
추억이 서려 있던 곳을
올해 돌아 나오는 길은
너무 쓸쓸 하였습니다

좁은 골목길을 나올 때

여느 때나 똑같이

귀뚜라미 여치도 따라 웁니다

이름 모를 풀벌레

울음소리 들려오는

실개천을 돌아

굽이굽이 재 넘고 산 넘어

성황당을 지나서 뒤돌아보니

뒤 차창에는 만월이 뒤 따라옵니다

푸르게 보이는 밤하늘에

떠 있는 달은 어머니 얼굴로 보였습니다

하늘에선 별똥별이

서쪽으로 사라집니다

어머니 눈물로 보였습니다

애들아!

조심해 가라

다정한 그 목소리가

귓가에 들리는 듯합니다

어머니! 어머니의 투박한 손과

주름진 얼굴이 그립 습니다

어쩐지 코끝이 찡하여

원터치 차창스위치를 눌러 봅니다

쌩 ~ 하는 아스팔트 마찰음과 함께

고향의 흙내 음 풀 냄새가

코끝을 자극 합니다

어머니 젖무덤의 젖 냄새 같은

고향의 냄새

그래서 명절 때면

왔다 가는 고향길입니다

사랑 정 추억
낭만이 서려 있던 곳
동구 밖 정자나무 밑의
아름다운 이야기들을
작은 가슴 곳곳에 심고서
오른발에 힘을 더하니
차는 나의 육신의 모태를 뒤로하고
어둠 속으로 빨려갑니다
어머니!
당신의 미소와 당신의 얼굴을
가슴속 깊은 곳에 싣고 갑니다

⇩

회상 回想

지나간 저 지난해
논에서 논갈이하는
큰아들 새참을 싸들고 가시다
늙으신 어머니는 고혈압으로
자신이 일평생 엎드려 일하여
자식들을 먹여 살렸던
삶의 한 터전 논 귀퉁이에서
자식들에게 유언 한마디 못하고
그 무거운 등짐을 벗고
저 세상 하늘나라로 가셨습니다
소식 듣고 달려온 저는
어머니 죽음 앞에 통곡 하였습니다
남들은 호 상이라고 달래었지만
자식으로 태어나
어머니의 병 수발 한 번
못하게 해 놓고
한도 많고 원도 많은
이 세상을 뒤로하고
영원한 이별의 길을 가신
어머니의 유품을 정리하면서
우리 자식들은
어머니의 큰사랑에
또 한 번 대성통곡하였습니다

큰누나의 울부짖음은
더더욱 폐까지 도려내는
아픔의 절규였습니다
좋아하는 술도 참고
자식들이 사준 고운 옷도 아껴두고
무엇하시려고 돈을 모아 두었느냐고
누나는 시신이 담긴 관을 끌어안고
울어 댔습니다
속옷주머니에 구겨진
천 원짜리 몇 장
허리춤에 동여맨 양단으로 만든
때에 절어 버린 주머니 속에는
알토란같고 밤톨 같은
꼬깃꼬깃한 이십 오만 원의
돈 뭉치가
행여 밖으로 나올까봐
주머니 입구를
바늘로 꿰매어 두었고
시집올 때 가져온
반다지 밑바닥에는
적금통장 두 개
매월 꼬박꼬박
10만원씩 불입하고
두 달을 남겨 놓은
이백오십만 원짜리와
삼백만 원 만기통장 에는
초등학생 공책 반쪽에
짧은 유언이 기록된

메모지가 끼워져 있습니다
연필에 침을 발라서
꾹꾹 눌러쓴
투박한 글씨체로
큰애야 나 죽거든
초상 비로 사용해라
하나는 결혼식을 못 올리고 사는
넷째 딸 식 올리는 데 사용해라
농촌에서 힘들게 사는 큰아들한테
조금이라도 보탬이 되려고
자식들이 명절 때
찾아뵙고 준 용돈을
행여나 눈치 챌까 봐
자식 모르게 모아둔
어머니의 삶과 죽음의
짧은 여정 사이에
남은 마지막 유산 이었습니다
그 돈 일부는 자신의 핏줄인
손자손녀들에게
쪼개 주었을 것입니다
오직 자식만을 위한
큰사랑 바다 같은 넓은 품을
자식 낳고 나이 들어
어머니 떠난 뒤
이제 서야 알았습니다
명절 때면 찾아오는
객지의 자식들이
용돈이라도 주면

친구들에게
인천 막둥이 부산 며느리
김해 작은 아들
자식 며느리 아들 딸 모두가
부자요 효자여서
용돈 많이 주었다고
자식 자랑 노래를 불렀습니다
자식 자랑은 어머니의 유행가였답니다
어쩌다 일 년에 한두 번 오는
자식들인데도
평생을 모신 큰형과 큰형수는
그때마다 섭섭하였답니다
이제야 형님 형수는
어머니의 자식 사랑은
편견과 편애의 차별이
아니었다고 울어댑니다
큰형은 소리 없이
도살장에 끌려가는 황소처럼
눈을 깜빡일 때마다
청포도 같고 산머루 알 같은
눈물방울 흘리면서
지금 세상에 초상 치는데
빚지는 일 없고
부조금만 해도
남아도는 데라고 하시며
이 세상 그 누가 어머니
큰사랑 바다 같이 넓은 마음
헤아릴 수 있겠느냐고

웅얼거립니다
떠나고 없는 어머니
은혜 갚을 길 없어
이아들은 눈물 흘립니다
생전에 못 다한 효
이 글로써…….
하늘나라 어머님의 안식처에 보내드립니다

– 추석날 귀향길에

※ KBS 2002년 설날 귀 향길 이주향 책 마을 산책 30분간 특집방송
미국샌프란시스코 교민방송 : 낭독방송
국군방송 : 김이연의 문화가 산책 1시간방송
마산 : MBC 사람과 사람들 3일간특집방송
소설 : 늙어가는 고향 수록.
부산비젼스 30분 낭독테이프 제작과정에서
첫날 성우가 울어서 제작을 못하고
이튼 날 겨우 했는데 울먹임이 있음
현재 저자가 테이프를 보관을 하고 있음
이 시를 세 번이나 읽고 대구 구치소 이승환 독자가 편지를 보내온 것입니다.

방황

바다가 보이는 언덕에 발을 멈춘다
은물결 살랑 이는 자그마한 예쁜 항구
배 묶는 선착장만 있을 뿐
풍어의 기쁨도 만선의 노래도 없다
질탕 마셔대던 객주 집 삽 작문에 달린 풍경만
불어오는 해풍에 땡그랑 땡그랑 노래한다

십리 둑 곱게 깔린 들풀
수백 년은 자라서 굵기가 몇 아름 되는
울창한 노송 숲 사이 길을 걸어본다
갯냄새 물씬 풍기는 바닷가를
혼자 걷기에 너무 쓸쓸하다.
흘러간 기억 속엔
좋은 사람과 걷기도 하였는데

찾아온 바닷가 포구는 옛 그대로인데
이따금 그리워지는 사람 있어 찾는 곳
가슴에 채워진 떠난 님 자리 잡고 있어
슬픔이 풀릴 때까지 그냥 혼자 걸어본다

멈춰버린 시간 때문에 가슴 아리기만 하여
오늘도 나 혼자
길
잃은 짐승처럼 방황한다

가슴에 별이 되어

애틋한 첫사랑 그리움 못 떨치고
희미하게 보이는 옛 추억 속에 빠져든다
게으른 머슴 낮잠 자기 좋을 만한
구질구질 봄비는 하루 종일 내리려나
쓰디쓴 소주 한 잔 걸치고 보니
칠흑 같은 내 마음 부풀어 오른 그리움

행복을 추구하는 아름다운 약속 앞에
슬픈 이야기보따리 째 두고 간 그대여
준비된 이별이 아니어서
캄캄한 밤 같은 내 가슴을 달래려고
한 잔 두 잔 늘어간 술잔 때문에
그대는 내 가슴속에 별이 되어
술 취해 꼭지가 돈머리 위에 맴돈다

그리움에 취하여 허공을 맴돌다
동트면 사라질 샛별처럼
술 깨면 그대 향한 그리움도 사라지겠지

그리움

깊고 깊은 가슴속
그 밑바닥에 숨겨둔 첫사랑
영원히 못 깨울 것 같은
그리운 얼굴
창틈으로 스며드는
달빛이 날 깨워 버렸습니다
길고 끈질긴 정 때문에
밤새 못 잊어
별빛 흐르는 창가에 앉아
수정 같은
슬픈 눈물방울 떨구니
별도 안쓰러워 눈물 흘립니다

별똥별이 떨어지는 밤에

95

고향

계단식 논두렁을
사타구니 속 불알이 요령소리 나도록
진종일 친구와 놀던 곳에
이제 나 대신할 아이들도 없다

사랑방 아궁이 입이 터지게
청솔가지를 밀어 넣고 풀무 돌려
군불 때면 굴뚝에서
처녀귀신처럼 머리 풀고
하늘을 오르는 하얀 연기도 없다

30리 5일 장터로 오가던
뿔 밑에 핑 경 달고
덜거덕거리는 달구지 끌며
씩씩대던 얼룩배기 황소도 없다

집 뒤뜰 남새밭의 늙은 감나무에
홍시 감이 주렁주렁 남아 있지만
장대로 따주던
할아버지 할머니도 저승 가고 없다

나 유년시절의 그 땅 그대로인
고향 땅 그 곳엔 희미한 기억 속의

흑백활동사진도 멈춰버렸다
그래도 고향은
나 죽으면 잔디 한 평 덮고 누워 잘 땅은 있다
뜀박질하는 아가야 하나도 없는 고향은 늙었다
나 역시 늙었다

늙어 죽을 때가 된 새 한 마리가 구슬프게 울고 있다

바다

세월에 묻어버린 흔적 찾으려
고향의 작은 포구에 길 나선다
물안개 치맛자락 끝 풀잎 이슬방울
수줍은 아침 햇살 빨갛게 물들이고
장엄한 대지마저 잠 깨어난다

어떤 등 미는 손 있어 찾아온 고향 바다
차 오른 그리움에 찾아 나선 나의 모태
풍요로운 넓은 바다는 어머니 품처럼
모든 것을 품어 안는다

바다는 망망대해 허망할 뿐
그곳에 무엇을 두지도 않았는데
바다는 나의 동경의 대상이 되어
그저 넓은 품이 되어 그리워한다

바다는 있는 그대로만 내보인다
보태지도 빼지도 않은 채
외로운 하늘 떠돌다 온 구름마저
아침볕에 생성된 물안개 동무되어
아득한 수평선 저 너머로
분홍 띠 드리우고
잔물결 끝자락에 등불 찬찬히 밝힐
정오의 태양을 기다린다

바다

태양 빛 따라 수 없이 변하는
오묘한 빛의 조화 바닷물
푸른 이랑 끝에 걸려 있는
자연의 빛깔이 만들어낸
영롱한 오색 무지개를 그리며
연보라 빛 첫사랑 꿈들이
하늘 높이 사라져 갔습니다
푸른 하늘과 푸른 바다 사이를
머나먼 여행에 지쳐 돌아온
갈매기들이 파도 이랑마다
그리움의 씨앗을 심어놓습니다
나의 꿈 나의 소망은
파도 속 휩쓸려가고
백사장 의 황금빛 모래성에
미련만 남겨둔 채
창공을 향해 사라져 갔습니다
그러나 이제는
홀로 남은 하얀 그림자만
고독孤獨 의 순례자가 되어
아직도 끝나지 않은 아름다운 첫사랑을
그리움이 다스리고 있습니다
나의 기다림은 바다같이
넓고 넉넉한 품으로
돌아오길 기다립니다

괜 시리 옛날들이 생각나는 날

도공의 혼

흙 이여라 물이요
불이 여라 도공의 영혼 이여라
영혼의 생명체를
불어넣은 흔적 이여라
창조주가 인간을 창조할 때
제4의 원소인
흙·물·공기·불 네 가지 중
형상이 있는 흙으로
창조했다는 것을 도공은 알았느니라
흙과 물을 결합하여 만든 자기는
도공의 혼이 담기었다네
1300도 소나무 장작불은
낮과 밤 세 날을 타면서
도공의 얼굴을 구릿빛으로 만들고
인고의 세월을 살아온 도공은
천년 신비 청자의 고운 자태
가슴속에 수만 번을 그렸으리라
자신의 모태인 흙을
도공은 1300도 불가마에서
태우고 또 태운다
무명 체 흙에서
생명의 흔적을 남기겠노라고……

도자기 촌 기념비문.
김해 신월 예술 촌 표구 영구보존

고궁 길

고궁의 벤치에 혼자 앉아 있는 여인
그 무슨 생각에 젖어 석고처럼 앉아 있네
고운 단풍 물들어 가는 가을날
늦은 오후 시간 고궁 쉼터
전화기 귀에 대고 무엇을 속삭이시나

굳은 표정 밝은 표정 웃는 표정
알 수가 없네
한 손은 벤치에 대고 피아노 건반을 두들기듯
손가락 움직이며 이야기하네

스산한 가을바람에 샛노란 은행잎이
나비처럼 사뿐히 머리 위에 떨어지네
그 모습 꼬마의 나비 머리핀

좋은 소식 들었는지
얼굴에 미소 띠며 일어나
레인코드 자락 바람에 펄럭이며
가로수 사이 길을 걸어가네

똑 똑 구두 발자국소리
멀리서 들여오는 성당의 종소리
데구루루 단풍잎이 여인을 뒤따르네

어둠이 짙어 가는
고궁의 가로등에 기대어
메고 가던 가방 열고
손거울 꺼내 얼굴을 고치네
사랑하는 이 만나려는 가!

꿈 집

그림을 그립니다
양지 바른 언덕 위에
저 멀리는 쪽빛 바다와
은물결 살랑대는 바다 위에
갈잎 같은 작은 배를
지평선 끝닿은 곳에
노을도 그립니다
억새풀로 지붕을 이은
초가집 위에는
하얀 박도 두 개 그렸습니다
굴뚝도 그립니다
저녁노을을 따라가는
연기도 그렸습니다
남새밭도 그리고 댓돌 위에
아기 신발도 두 짝
그리고 토방 위에는
당신과 나의 신발을 그립니다
마루 밑에 졸고 있는
백구白狗·놈도 그리고
엄마 따라 나들이 가는
병아리도 그립니다
마당을 가로지른
기둥과 늙은 감나무 위에

연결된 빨랫줄에
제비 한 쌍도 그렸습니다
나지막한 작은 문기둥에
문패를 달았습니다
열려 있는 작은 문은
그 곳으로 들어오는
당신을 기다립니다
아직까지 문패에는
아무 것도 써 있지 않습니다
그 꿈속의 집 문패에
당신이 날 찾아와
당신과 나의 이름을
써주었으면 합니다
당신을 처음 본 순간
꿈 집을 그리며
문을 열어 두었습니다
당신이 올 때까지
빗장을 그리지 않고
언제나 열려 있는 꿈 집
우리가 행복을 가꿀
꿈 집을 그렸습니다

분수대

하늘 끝까지 다 닿으려
솟구치는 머리 물은
끝까지 다다르지 못하고
다시 떨어집니다
쉬지 않고 온 종일
지치지도 않고 채
어제 하던 일을
반복하고 있습니다
오르다 못 오르고
다시 떨어지는 물보라는
또 다시 힘을 모아
있는 힘을 다하여
허공에 솟구칩니다
다시 한 번 또 한 번
번번이 오르지 못하고
조금 전 그만큼 더 이상도
솟구치지도 못하고
진종일 그 일을 반복합니다
수반의 분수대
질긴 생명체입니다
결국은 하늘 끝닿지 못하고
내일을 기약하며 하는 일을 멈춥니다
수반 위의 분수대에 적막만 깃 듭니다

멈추지 않는 그리움

서로를 찾지 말기로 약속했지만
거짓이었습니다
잊어야지 하는 것이 모순이라면
잊혀 지겠지 하는 것은 진정일 텐데
그대에게는 잊혀 진 사랑일지라도
왜 나에게는
가슴속 저 아래 묻어둔 얼굴이
이렇듯 오랜 세월 동안
지워지지 않는 것은
사람들이 말하는 죽기 전에
못 잊는다는
첫 사랑이었습니다
아름다운 첫사랑
그대를 기억한다는 것은
아직도 잊지 못하고
그리워하는 내 가슴속에
그대를 향한
첫사랑 그리움이
멈추지 않은 까닭입니다

이젠 널 잊으려 애쓰는 날에

못 잊을 첫사랑

남몰래 삼킨 분노 어이 말다하겠소
속가슴 적신 눈물 그 누가 알겠소
원망과 미움의 긴 세월에 한숨 질 때
꿈같은 그대의 흔적들이
추억 속 유물로 남았는데
이룰 수 없어 떠나버린 첫사랑 때문에
미래의 시계바늘은 멈춰 버렸소
나의 분노가 정당한지 되물으며
지난날 과오를
가슴속 저 아래 묻어도
어떤 날 선명하게 떠오르는
옛사랑 얼굴이 흐느끼고 있었소
꿈속 추억만이라도
간직해 보려고
나는…….
밤을 향해 "천천히 밝아라" 말했으나
어둠은 닻을
내리지도 못했는데
새벽은 서둘러
밤을 쫓아 버렸소
보일 듯 말 듯
저만큼 가고 있는 사랑아
아직은 다 잊기에

아직은
아직은 다 잊기에
작은 가슴 곳곳에 심어둔
그리움들을
아직은 다 잊기에 이르옵니다.

회갑연에

어머니!
벌써 이런 자리에 마련되었다는데
감히 자식 된 저희들이
세월은 흐르는 물 같다고
말하기에는 너무나 송구스럽습니다
어떤 책에서 읽은 기억이 납니다
인생의 60은
제2의 인생의 시작이라고 쓰여 있었습니다
삶의 터전 속에서 한 번쯤
뒤돌아보는 순간이고
그 동안 살아온 잘못된 삶을 정리해 보는
아름다운 나이라고 합니다
문득 앞으로 저의 모습을 상상해 보았습니다
과연 어머니처럼 훌륭하고 아름답고
풍요로운 삶을 살아
탐스러운 열매가 달려 있을까
이렇게 되기 위해서는 저희 자식들도
어머니가 살아오신 과정을 보고 듣고
그 교훈을 바탕으로 열심히 살아야 하겠지요
저희가 늘 지켜보고
생각하는 어머니의 모습은
어릴 때는 다정하셨고
유치원 초등학교 다닐 때는

올바른 길의 인도자이셨습니다
저희들은 사랑의
회초리로 종아리를 맞고 자랐지요
요즈음 세대에는
별로 볼 수 없는 일일지도 모르지만…….
과묵하신 것 같으면서도
깊은 정이 많은 어머니
철이 없을 땐 이러하신
어머니의 모습이 어려웠고
저희를 사랑하지 않는다고
생각한 적도 있었는데
결혼해 자식을 낳아 키워보니
어떻게 하는 것이
자식을 진실로 위하는 것인 가도
생각해 보게 되었고
저희도 모르게
어머니께서 저희에게 하셨던
모든 말씀과 행동을
똑같이 답습하고 있었습니다
그리고 이다음
인생의 노을이 짙어져 갈 때
가장 뜻있게 아름답게
인생을 살았다고
생각되는 사람은 과연 누구일까
아마도 그것은
자식을 얼마만큼 올바르고
인간다운 인간으로
키워냈냐는 것일 겁니다

물론 명예와 부도 좋지만
그래도 웃어른을 아는 겸손하고
또한 예쁜 마음으로
사랑을 실천할 줄 아는
따뜻한 마음을 가진
자녀를 둔 어머니일 겁니다
저희 자식들은
어머니를 항시 사랑하면서
자랑스럽게 여기고 있습니다
60 평생 삶의 터전에서
자식들을 위해
무거운 등짐을 지신 어머니
부모님께 효도와 형제들에게는
후덕한 마음으로 감싸고
주위 분들을 위해
열심히 일하시면서 살아오신 세월
돌이켜보면
외로우셨던 때도 많으셨고
너무도 힘들어
무거웠던 짐을
벗어버리고 싶을 때도
있었을 텐데
고단한 삶의 질곡 속에서
단 한 번도 저희들에게
약한 모습 보이지 않으시고
인생의 선배이자
올바른 선생님이셨기 때문에
저희가 잘 자랄 수 있었습니다

그러하신 어머니를 생각하면
가슴이 저리고 아파
눈물을 흘릴 때도 많았습니다
여태까지 가족과
주위 분들을 위해
야멸치지 않고…….
넉넉하고 두루뭉술하게
살아오신 보답으로
오늘 하루만이라도
남을 위해서가 아닌
당신 자신들을 위해
모든 것 다 잊으시고
즐겁게 보내시라고
지금 이 자리를 마련하였습니다
부족한 것이나
실수한 것이 있더라도
어여쁘게 봐주시고
행복한 하루가 되시기 바랍니다
끝으로 이 자리를 빌려
약속드릴 것은
저희 자식들은 앞으로
이세상의 어느 누구보다도
현명하게 살아가는 모습을
보여드릴 것을 약속드리고
저희가 어머니께 드리는 바람은
힘들어하시는 모습이 아닌
항상 건강하게
웃으시는 모습을 보여 주세요

저희 역시 만인의 귀감이 되어
살아오신 어머니의 모습을
닮은 자식이 되겠습니다
어머니!
이제까지 저희를 예쁘게 키워주신 것
정말 감사드립니다

장고

춘향아씨 발걸음에 오이씨 고무신 신고
사뿐사뿐 천상의 선녀들인가
얼 ~ 쑤 절 ~ 쑤 오른발 왼발
무릎 살짝 굽혀 나비 들 듯
앞으로 갔다 뒤로 밀려
개미 같은 허리에 백양목 장고 끈을
어깨 걸쳐 허리에 졸라매고
학 날개 고운 양손 덩 덩 덩 타 쿵타
물레방아 떡방아 올해도 풍년인가
학 날개 나비날개 덩 ~ 덩 덩 타 쿵타
어깨춤이 추어 진다 쿵쿵 덩 타 쿵타
무릎 굽혀 일어서
고개는 끄덕끄덕 머리 흔드니
머리 위 상모 줄은 회오리바람 갈바람
개미허리 낭창낭창 좌로 돌고 우로 도니
아기 천사 날개인가
어깨춤 덩실덩실 잘했다고 끄덕끄덕
앞으로 넘고 뒤로 넘어
상모 줄은 잘도 넘어가네
춘향아씨 발걸음 새 각시 고운 자태
앞으로 왔다 뒤로 갔다
신이 나서 얼 ~ 쑤 얼 ~ 쑤
바람났네 신바람 났네 장고는
신이 났네
덩 ~ 덩 덩 타 쿵타 쿵 ~ 쿵 덩 타 쿵타

대지

이글거리는 땡볕에 달구어진 대지 위로
땅 끝 저편에서는 어둠이 짙어 옵니다
해는 작은 산마루 끝에서 머리를 감춥니다
진종일 많은 사연들 모두모두 품에 안고서
이제 희망찬 내일을 위하여
막을 내리는가 봅니다
그래서 또 하나의
역사는 뒤로 숨어드나 봅니다
곧 또 다른 희망을 기다리는 사람들을 위해
대지는 잠들 것입니다

시간의 여백을 채운 뒤
갖가지 작은 사연들을 큰 가슴에 안고서
밝은 빛을 찬란한 광명을 주기 위해
흐르는 밤 시간 속에서 숨을 고르나 봅니다

이제 인류의
서광은瑞光·대지에 빛나고
수 천 수 만 수억의
가슴속에 용솟음칠 때
내일의 새 날 우리 모두는
그 찬란한 빛을
기다리고 기다립니다

우리 그래서 어둠의
밤을 무서워하지 않습니다

어제보다 또 다른 내일이 있기에
무한의 어둠은 다시 땅 끝자락에서
기다리는 모든 대지의 생명체에게

밝은 빛을 다시 토해 낼 것입니다

그런 후
다시 빛을 끌어안고
새 천년 희망찬
축복 받은 이 땅의 위에…….

7일 생명 울음소리

솔향기 나는 고목 아래
회색 빛 도시의 일상을 털고
뜬구름 하늘 지붕을 삼고
연륜을 알 수 없는
바람을 돌베개 삼아
시 한 수 쓰렸는데
땅 속에서 십 수 년 살고
태어나 7일 생명으로
끝나는 매미의 울음소리가
귀가에 울리는 파장은
들었던 붓을 멈추게 하네
태어난 기쁨을
노래하는 것일 테고
7일 청춘의 기쁨을
노래하는 것이 분명할 터인데
앞날이 아직은
구만리 같은 내 인생
저리도 울어대는 매미를 위하여
붓을 멈추고 일어선다
만물의 영장인
내가 자리를 비켜주마
단 일 분 일초만이라도
헛되이 보내지 말고
슬픈 노래든 기쁜 노래든
실컷 부르려무나

배달의 민족

나는 보았네
숨쉬기도 힘들게 빽빽이 들어찬 지하철 객차 안에서
만삭의 여인이 다가오자 의자에 앉아있던 모든 승객이
자리에서 일어나 서로 먼저 자리를 양보하는 것을
나는 보았네

나는 알았네
의자에서 일어난 모든 사람들은 자신의 편안함보다
남을 위해 양보하는 따뜻한 피를 가진
세제 유일 단일민족 동방예의지국 단군의 자손임을
나는 알았네

나는 보았네
노인이 지팡이로 청년의 다리를 툭 치자
장신의 거구가 용수철처럼 자리에서 벌떡 일어나
노인 앞에 똑바로 서서 죄송하여 고개 숙인 그 모습을
나는 보았네

나는 알았네
의자에 눈감고 앉아 있던 험상궂은 얼굴의 청년이
경로효친 을 모르는 이 땅의 문 맹인이 아니었음을
청년이 하는 행동 두 눈으로 똑똑히 보고
나는 알았네

나는 보았네
맹추위에 떨고 서 있는 어린아이에게
백발의 촌노가 걸치고 있던 털 코트 벗어
자신의 추위는 아랑곳 않고 떨고 있는
아이에게 코트로 감싸 않는 모습을
나는 보았네

나는 배웠네
대한민국 이 땅의 새싹들인 모든 어린이들은
우리 뒤를 이어갈 이 나라의 주인공들이기에
내 자식 남의 자식 편견 없이
관심을 가져야 한다는 걸노인의 행동에서
나는 배웠네

나는 보았네
휠체어 밀고 가던 장애인이 길턱을 못 오르자
유치원생 꼬마 여섯이 낑낑대며
휠체어 앞을 들어주고 모두가 손뼉 치며
우리들이 해냈다고 환하게 웃는 모습을
나는 보았네

나는 기뻤네
어려운 이웃보고 작은 힘 서로서로 같이 뭉쳐
살아갈 아름다운 사회를 이끌어 가는
여섯 꼬마 아이들이 태백산 영지에
자리 잡은 백의민족 단군 시조 한 핏줄이어서
나는 기뻤네
나도 했다네

가파른 고갯길을 넘어갈 때 비지땀을 흘리는
환경미화원 아저씨 짐수레를 밀어주었더니
햇볕에 타버린 구릿빛 얼굴로 고맙다 인사하네.
나는 했다네

나는 깨달았네
이 세상 사회의 모든 질서는 서로 양보하고 공경하고
베풀고 도와주며 마음과 행동으로 실천한다면
밝고 올바른 건강한 사회가 이루어진다는 것을
나는 깨달았네.

⇩

이러한 우리 민족의 성품을 보고 서양의 한 철학자는
동방의 토끼처럼 생긴 작은 나라가 있는데…….
이곳에 사는 사람들은 이웃이 슬퍼하면 같이 슬픔을 나누고 즐거운 일이
있으면 같이 즐거워하며 서로 돕고 살면서 남의 나라가 침범하여도 남의
나라를 침범하지 않았으며 흰쌀밥과 구수한 막걸리를 좋아하고 흰옷을
즐겨 입는다 하여 배달의 민족인 우리나라를 대한민국을 이 땅을 동방예
의지국이라 한다네…….

경남복지 신문 어버이날 기고문

남새밭 찻집

꼭 한 번쯤 가보거라 하여 갔더라
낙동강 칠 백리
숨이 가쁘게 달려온 물 굽이쳐 맴돌고
무척산 허리춤
억새풀 간지럼 태우고 온 하늬바람 쉬는
산 끝자락 백색 토담 남새밭찻집

고향집 생각나는 찻집 간판
상치 밭 쪽파 밭에
볼일 본 누렁이가 욕 얻어먹던 곳
욕쟁이 할머니
소변 든 요강 들고 호박 구덩이 거름 주는
어릴 때 고향집 옆 텃밭이 생각나네
찻집 문지방을 넘었더니 나 유년시절
계란찜 만들어 도시락반찬 담아주시던
형수 같은 안주인
양 볼에 보조개 만들며 인사하네

보리밥 누룽지 나무주걱 빡빡 밀어
구수한 숭늉 만들던
무쇠가마솥 옆에는
늦은 밤 귀가 길 할무니 손에 들렸던
간드레 호롱불이 중방에 걸려 있고

121

무명베 모시베 삼베를 짜던 베틀 아래
세월아 가지 말아라 이 내 청춘 다 간다
물레야 좌쇠야 빙빙 돌그라
옛 여인들의 길쌈노래
무명 모시 삼베 실 뽑던 물레도 있고
동지섣달 긴긴밤
문풍지 울어대는 사랑방에
동네 머슴 모두 모여
새끼 꼬아 가마니 짜던 나무틀 기둥에
집 세기 팔아
꽃고무신 사서 손녀에게 주려고
해소기침 캑 ~ 캑 거리며
할부지가 겨우내 엮었을

집세기가 걸려 있네
떡거머리 총각 장작 지고 장에 갈 때
어깨 멍들게 한 나무지게에
함지박 다라이 덩그러니 올려 있고
최 부자 집
상머슴 장가들 때 품에 안은
대추나무로 만든 기러기 목각 밑에
호랑이 담배 피던 시절 얘기하며
아이들 올망졸망 앉혀 두고
알밤 구워주던 무쇠화로 옆에
옛 여인 필수 혼수
이동변소 놋쇠요강
담 장 넘어 짝사랑 총각
남 몰래 훔쳐보고

작은 가슴 쿵쾅거려 얼굴이 빨개지던
이뿐이가 혼인 날짜 받아두고
가루분통 꺼내
연지 곤지 바를 때 보던
앉은뱅이 경대와
어머니 시집올 때 혼수 반다지 위에
양반 훈장 할부지가 나들이할 때
멋을 부리던
장죽 담배 대와 통영갓도 있네
노름방에 찡 박힌
영감한테 화풀이나 하듯
박달나무 홍두깨에 무명 천 돌돌 말아
다듬돌에 올려놓고
북어 머리 팍팍 패듯
장단 맞춰 사용했던
빨래 방망이 자루에
세월의 더께가 앉아 있네
장독대에 모여 있던
간장 독
된장독
고초장독
소금단지
층층이 쌓여 있는 귀퉁이에
칭얼대는 아가야
포대기에 싸 등에 업고
겉 보리 찧었던 절구통 뒤에
절구대 두 개가
밑 둥 썩은 장승처럼

삐딱하게 벽을 기대고 서 있네
달작지근하고
씁스무리 한 남새밭 전통 차 한잔
꿀꺼덕하고서 사립문 나섰더니
흥부 얼굴의 바깥주인
무척산 정상에 고개 내민
해를 보고 나서
더 놀다 가시지 않고 벌써 가느냐며
뒤따라 나서네
머릿속 나 유년시절
흑백사진첩 두고 간다 하였더니
무쇠솥뚜껑 같은 큰손으로 악수 청하네

도망치듯 가는 내 차를 보며
늙은 저 형님 언제 또 오시려나
먼지만 자욱한 신작로 바라보며
손짓 인사하였겠지!
고향이 그립고 삶에 찌들어 고달프면
내 어릴 적 흑백사진첩 보려고
다시 한 번 찾아가리
무척산 끝자락 남새밭 찻집을
백구가 졸고 있는 그 뜰을…….

월간 동서저널 수록

명약은 그대입니다

내 가슴속 보이지 않는
큰 상처 누가 알겠소
내 가슴 고통의
아픈 상처를 누가 알겠소
내 가슴 저 아래 깊은 상처
아픔을 누가 알겠소
지키지도 못할 약속 먼저 해 놓고
어느 날 매정하게
돌아서 가버린 그대여
이별의 노래를 부르긴 너무 빨랐소
그대가 아니면
치료할 수 없는 가슴의 상처인데
명의도 소용없고
명약도 듣지 않아
상처는 아물지 않고
속절없는 시간만 흘러갔소
사랑은 선택할 수 없고
그대에게 선택받은 거라면
눈을 감고 가슴에 흙을 덮으면
치유되는 상처이기에
그대를 기다린 지난 세월은
검은머리 백발 되어
황혼녘 인생의 갈림길까지

더디게 걸어왔소
기다림에 지쳐 희망마저 접고서
아픈 상처 잊기 위해
양지바른 길목에
네 이름 석 자 적은 묘비 세우고
할미꽃 피워 놓고
잔디 한 평 덮고 누워
낮이면 지는 해를 보고
그대 소식 듣고
밤이면 달을 보고 못다 이룬 사랑
이야기하며 잠이 들겠소
길을 가다 할미꽃 핀 묘지 보거든
검은 장미 한 송이 꽂아주세요

가을 운동회

회색 빛 도시 숲 속으로
울려 퍼지는 병아리들 소리는
맑고 푸른 하늘 아래
꼬마들의 가을 잔치
아장아장 삐뚤삐뚤 줄을 지어서
엄마랑 함께 걸어요
회색 빌딩 숲으로
울려 퍼지는 노랫소리는
화음 하나 똑같이 내지 못하지만
엄마와 같이 하는 가을 운동회

회색 빛 빌딩 숲 속 작은 골목에
재잘재잘 수다 소리 병아리 잔치
누 가 누 가 잘하나 뽐내지요
서투른 춤 솜씨에 엄마는 깔깔깔
꼬마 천사들의 오늘 잔치는
아빠와 같이 하는 가을 운동회

너도 일등 나도 일등
모두가 상을 받고 싱글벙글
엄마는 성큼성큼 꼬마는 아장아장
청군도 백군도 이겨라 이겨
꼬마는 앞서가고 엄마는 뒤따르고
엄마 거북이 꼬마 토끼
재미있는 꼬마들의 가을 운동회

첫사랑은 떠나가고

내 가슴 슬픔을 어떡하라고
내 가슴 그리움은 어떡하라고
가슴에 꿈꿔왔던 행복은
나 혼자 지우라고
가슴에 그려온 희망을
나 혼자 지우라고
떠나버린 첫사랑 때문에
몇 날 몇 달을
끓어오르는 분노 때문에
가슴의 슬픔을 잠재웠습니다
사무쳐 밀려오는 설움 때문에
행복과 희망도 지웠습니다
세월이 흐르면 잊혀 질 거란
당신이 한 말 때문에
슬픔의 눈물도 말랐습니다
하늘이 슬픈 얼굴이면
첫사랑 그리워지는 것은
더디게 흐르는 세월 때문인가요
첫사랑 불씨가
가슴 밑바닥에 남아 있는 것은
어쩌면 그 불씨 활활 타오르는
꿈을 꾸었기 때문인지요.
철새처럼 떠난 첫사랑 그대가

철새처럼 다시 찾을까
외로움에 어느 때는 목 놓아
그대 이름을 불러보았습니다
그러나 꿈이었습니다
내일 밤도 꿈속에서
그대를 만날 것입니다

원망의 소리침을
눈물로 대신하겠습니다
사랑의 슬픔 그것은
큰 상처이기에
내 마음의 이 슬픔을
어루만져 주지는 못하였습니다

못 이룬 첫사랑

당신을 처음 본 순간
심장이 멈추는 듯 했습니다
스쳐 지나가는 모습을 보고
빨개진 얼굴을 감추려
고개를 돌렸습니다
다가올 때면 쿵쾅거리는 가슴
진정시키느라
혼이 난 적도 있었습니다
저 멀리에서도
그대 향기를 맡을 수 있었습니다
웃는 모습 보기만 하여도
목소리 듣기만 하여도
찌르르 온몸에
경련이 이는 듯 했습니다
그 것은 그것은
나에게 첫 사랑 이었습니다.
보이지 않을 때면 가슴 조였습니다
무슨 일인가 걱정이 되었습니다
괴롭고 슬프기도 하였습니다
언제부터인지 나도 모릅니다
원망과 분노가 쌓이기
시작하였습니다
너 아니면 못 사나

체념도 하였습니다
그러나 텅 빈 가슴 달래려고
방황도 했지만…….
그리움 미움 원망의 세월 속에
지상에서 못 이루어질
사랑이라면 이 몸 죽어
새벽하늘 초롱초롱 새별이 되어
달빛에 알알이 사연을 적어
그대 잠든 창틈으로 보내드리리다
이승에서 못 이룬 첫사랑은
천국에선 꼭 이루어진답니다

꿈속사랑

안개비가 내리던 날 혼자 걸었다
달도 별도 가려 버린 흑 구름 때문에
슬픈 하늘이 눈물을 흘린다

가슴에 멍을 새겨 두고 떠나버린
그대 영혼이여 혼백이여
순백 같이 아름다운 추억의
슬픈 이야기보따리 풀릴까봐
가슴속 깊은 곳에 숨겨두었는데

안개비 나리는 날이면
무언가에 홀린 듯
이정표 없는 낯설지 않은 거리를
혼자 걸었다
어젯밤 꿈속에 본 사진 속 얼굴이
아직도 날 보고 웃고 있었다

꿈속에서나 이룰 수 있는
첫사랑 그대 때문에
오늘도 그리움은 창을 열고
첫사랑 그대를 기다리고 있다

초병의 꿈

중동부전선 104고지
LMG 중기관총 토치카 안
공격 개시
카운트다운의 시간은 다가오는데
적의 고지를 노려보는 초병의 눈은
마치 야수의 눈처럼 빛을 발한다
움켜잡은 M16 소총에
나라의 운명과
자신의 운명을 맡길 뿐인데
전쟁이란 삶과 죽음 선과 악
정상과 비정상이
교차하고 초월하는 것
오로지 승리뿐이다
이기기 위한 작전은
죽은 자에 대한
연민을 느낄 필요가 없는
냉혈적인 인간이 되지 않고는
치루어 낼 수가 없는 것인데
피를 말리는
인간의 마음의 한계를 뛰어넘는
고뇌와 번민을 해야 하는
고통 속에 힘든 결정을 내려야만 한다
죽이고 죽는 현장에는

예수님도 부처님도 필요 없다
전쟁이란 너와 나의
존재마저도 무시하는 것
오직 전우와 총이 필요할 뿐이다
하나님이 살려줄 것도 아니며
예수님은 사랑하지도 않을 것이며
부처님도 용서하지 않는
죽고 죽이는 인간의
악마 성만 보여줄 따름이다

귀를 따갑게 하던 스피커도 잠든
적막한 155마일 휴전선
통한의 휴전선은
온 산천을 흰 눈으로 도배한
설국의 풍광이다
그 아름다운 설경 속에
죽음의 공포에 떨고 있는 초병들
대치의 미학이라고나 할까
잠시 후 작전 명령이 떨어지면
돌격해야 하는 병사들
귀청이 떨어져 나가는 느낌의
총소리와 함께
전투가 휴전선에서 시작될 것이다
바람을 가르는 M16 소총 소리
악마의 불을 토하고
칭하고 튀어나오는 탄피 소리
마대를 찢는 듯한
독특한 LMG 중기관총 소리

수류탄 폭음 유탄발사기 굉음
모든 총구는 불을 토해 낼 것이다
광란의 잔치는 시작될 것인데
적막감이 감도는 휴전선은 말이 없다
긴장이 심해지면
인간은 이성이 마비된다
저승사자인가 염라대왕인가
새벽 공기를 깨고
공격 개시 카운트다운 돌격 앞으로
이 한 마디에 병사들의 행동은
본능처럼 움직인다
4번 유탄발사기 사수의 총구에서
섬광이 번뜩하는 순간
꽝! 소리와 함께 적 토치카 안에
불길이 확 솟는다
천근만근 같은
침묵의 숨소리조차 실종된
태고의 적막감…….
그 긴장감을 깨고 총소리는
뇌성벽력처럼 찢어진다
고요함 속에 갈 갈이 흩어지는
광란의 불빛
멈춰 섰던 심장이 다시 고동친다
파괴의 본능을 자극하는 파편 소리
동시에 콩 볶듯이 쏘아대는
M16 소총 소리
초연 이 자욱한 전쟁터
참호 안에서 튀어나오는

적을 향해 저격수의 총알은
적의 심장에 꿰뚫었다
꽈 ~ 과 ~ 꽝
일순간 날아간 9발의
수류탄이 터지는 소리가
귀청을 울린다
무차별 사격 뒤에 역겨운
피비린내가 코끝을 자극한다
차마 눈뜨고 못 볼 모습들
백야의 초승달빛 아래
갈 갈이 찢어진 시체들이
섬뜩하게 보이는 전쟁터
누구를 위한 전쟁인가
같은 피를 나눈 동족끼리
주인 없는 철모가 나뒹굴고
이름 모를 비목이 세워질 곳
병사는 뒤척인다
아 ~ 휴전선의 초병이
악몽을 꾸었구나
하느님!
분단의 조국 땅에
통일의 기쁨을 주소서
대자 대비하신 부처님
이 민족에게 이산가족의
상처를 아물게 하는
자비를 베푸소서
희망찬 새 천년 휴전선
초병의 소원을 들어 주소서

우리 민족 통한의 휴전선
새 천년 새 날에는

전우신문 2000년 1월 1일

신어산

쳐다보고 또 다시 쳐다보아도
신어산은 거칠고 높아
나는 새도 높은 산봉우리에
놀라 울며 나래 치더라
미끄러지는 바람결에
억만년을 깍 인 기암절벽
산봉우리들은 소리치면 낮아지려나
연봉은 그늘에 잠겨
너무 들어내지 않아 기품이 있는
신어산 품속에 안겨 있는 늙은 은하사
사시불공 종소리에 낮잠 깬 산 부엉이
수연이水煙 · 지붕 덮은 삼신각
처마 밑을 스쳐 날아
위험하게 돌난간에 앉으려다
다시 나래 쳐
북녘하늘 아스라이 가물거리더니
신어산 뒤로 점되어 사라지더라

■ 강평원의 시집 잃어버린 첫사랑 평론

사랑노래 · 그 대중성

하길남

한국문학비평가협회 이사

1. 에필로그

우리가 잘 알다시피

시는 외형적인 운율을 중요시하는 음악성과 상상력에 의한 언어의 그림을 그리는 회화성을 지니고 있다. 그러나 점차 귀로 듣는 음악에서 눈으로 보는 회화성으로 이동해 온 것은 1912년 E . 파운드가 주동이 된 이미지즘 운동이 일어난 이후부터다. 그러나 강평원 시인은 회화성보다 음악성에 위탁하고 있는 것을 보게 된다.

그것은 사랑노래가 바로 음악성이기 때문이다. 물론 이미지즘 시로도 얼마든지 사랑을 노래할 수 있다. 그러나 겉으로 신이 날 수는 없는 것이 아닌가! 장단을 맞출 수 없으니 말이다. 내적 장단을 이야기할 수 있겠지만 그것은 얼마나 어려운가. 그래서 화자는 소설가로서 일찍 "남의 넘보는 것 같기도 하고"라고 말하면서 시에는 문외한이라는 것을 애써 강조하고 있는 것이다. 그리고 자가의 말에서 한술 더 떠 "성숙된 글이 아니라"고 실토하고 있는 것을 보게 된다. 뿐만 아니라 "출판사의 요구대로 팔리는 책 쉽게 쓰여 진 대중적 시를 쓰려니 운문인지 산문이지 구분이 안 될 정도로 밋밋한 굴이 되었다"고 술회하고 있다. 일반 독자를 위한 쉬운 시를 쓰다 보니 시적 형상화라는 과정을 거치지 못했다는 이야기가 된다. 즉 문학성이라기보다 대중성 상업성을 중시하게 되었다는 이야기다.

우리는 소설에 있어서 문예소설이나 대중소설을 구분해서 말하는 경우를 가끔 보게 된다. 비근한 예로 방인근의 소설을 우리는 대중소설이라고 일컬어 왔다. 수필에 있어서도 문예수필이나 생활수필로 구분하는 것이 일반적이다. 그렇다면 시의 경우 문예시나 대중 시로 분류해서는 안 된다는 독단은 성립 될 수 없는 것이 아닌가. 아무튼 화자의 노래하는 시. 그 사랑노래가 비련悲戀 이었기에 그 부제가 "슬픔을 눈 밑에 그릴 뿐"이라고 했던 것이다.

2. — 사랑·그 비련의悲戀 노래

　우리는 흔히 못 이룰 사랑을 비련이라고 한다.

　이는 짝사랑을 연상하게 마련이다.

　어느 한 쪽은 사랑을 하는데 그 반대쪽은 그 사랑을 받아주지 못하는 경우를 말하게 된다. 이 때 그 원인은 여러 가지다. 한 쪽이 영 마음이 내키지 않은 경우 즉 나는 싫은 데도 상대는 목숨 걸고 사랑한다는 대결 국면이다. 그러나 비록 그런 경우라 할지라도 한 쪽이 너무 적극적이며 헌신적으로 사랑을 하기 때문에 마침내 그 사랑을 뿌리칠 수가 없어 종국에는 서로 사랑하게 되는 예도 없잖아 있다. 물론 이런 경우는 이상적이라고 할 수 있을 것이다. 그러니 이른바 스토킹이라는 말이 말해주듯 일방적으로 사람을 괴롭히게 되는 예도 없지 않다. 그러나 음밀히 따져보면 사랑을 못할 이유는 없다고 생각된다. 사람의 마음은 절대 자유가 아닌가. 아무리 현실적인 제약이 있다하더라도 정신적으로 사랑하게 되는 것을 막을 수는 없는 일이다. 유체가 따르지 않은 사랑을 실질적으로 완전한 사랑이라 할 수 없다면 몰라도 그렇지 않다면 사랑을 못할 이유가 어디 있겠는가. 시인 청마 선생이 이영도 시조시인을 사랑했듯이 말이다. 이런 사실을 두고 비련이라고 할 수는 없는 일이다. 그것은 이미 확실한 사랑의 승리가 아닌가. 그러나 화자의 경우 늘 사랑이 "비련의 곡"으로 묘사되고 있는 것을 보게 된다.

> 나 따스한 당신의 손 놓아줄 때
> 안녕이란 말을 남기고 돌아서는 눈가에
> 작은 눈물 맺힘을 보았습니다
> 고개 숙인 채 길가 작은 돌 걷어차며
> 걸어가는 뒷모습 봄비 맞은 병아리 날개처럼

두 어깨 축 늘어뜨리고 뒤돌아보기 않은 채
신작로를 걸어간 뒤, 여러 날이 지난 후
꿈과 첫사랑은 이루어질 수 없어
더욱 아름답다는 말 거짓인 줄 알았어요

– 〈잃어버린 첫사랑〉에서

이 시는 비련의 극치를 말하고 있다 해도 좋을 것이다. 헤어지면서 "안녕"이란 슬픈 곡조이기 때문이다. 안으로 맺힌 눈물이 어찌 서럽지 않겠는가. 그런 까닭에 "꿈과 첫사랑은 이루어질 수 없어 더 아름답다는 말은 거짓"이라고 말하게 되는 것이다. 적어도 오늘날에 있어서는 그 상사병이란 것도 없어진지 오래가 아닌가. 애틋함이나 아가패적 사랑은 옛날이야기가 되었는지도 모른다. 마음만 가고 몸이 따르지 않는 사랑은 미완성이라고들 한다. 그러나 사랑의 정의는 사람마다 다르다고 할 수밖에 없는 것이다.

잊으려, 잊으려고 애를 쓰건만
그리움은 암세포처럼
마음 한구석에서 증식해 나감을 어찌하오리
또 다른 변명과 모순을
이 애틋함과 슬픔으로 가득 찬 시린 가슴속에
그 아픈 첫사랑이 그리워져 옵니다.

– 〈잃어버린 첫사랑〉에서

사랑이란 것은 잊으려 한다고 해서 잊어지는 것이 아님은 더 말할 것도 없다. 의지를 초월하는 것이 사랑이기 때문이다. 그래서 사랑은 암세포처럼 증식해 나가는 것이다. 그러나 굳이 잊으려할 필요가 없는 것이 사랑이라 하겠다. 잊으려 해도 잊을 수 없을 뿐만 아니라 사랑한다고 해서 죄가 될 일은 아니기 때문이다. 사랑도 여러 가지 종류가 있다 하겠다. 부모가 자식을 사랑하는 경우 연인간의 사랑 부부간의 사랑 자식들이 부모를 사랑하는 경우 등등 그 종류도 많다. 그러나 사랑하는 마음 그 자체는 같은 것이다.

> 잊기도 못하면서 이별 편지를 쓰던 밤이
> 그렇게도 멀어져 보이는 세월에
> 이젠 잊었나 보다 하고 창가에 서보면
> 푸른 하늘처럼 고운 그대 두 눈이
> 숲을 가꾸며 허공에 떠 있습니다
>
> 사랑한다는 말 한 마디 못하고
> 안녕 이란 마지막 말이 추억이 되어 버린 시간
> 이젠 지나간 일이지 하고 눈을 감으면
> 밤 같은 내 가슴속에 박힌 그대 별들이
> 달을 동무 삼아 이야기하며 살아가고 있습니다
>
> 이젠 끝나버린 사랑이지 하고 눈을 감으면
> 밤 같은 내 가슴에 박힌 그대 별들이
> 달과 추억을 가꾸며 살아가고 있습니다

- 〈편지〉 전문

"사랑한다 말 한 마디 못하고/ 안녕이란 이별의 말이/ 추억이 되어버린 시간" 그렇다. "사랑한다"는 말 한 마디를 못했다는 것은 요즘 세상에서는 잘 믿어지지 않을는지 모른다. 그래서 시가 되는 것인지도 모를 일이다. 이 시는 화자의 고백이 아니라도 좋다. 굳이 화자 자신의 시적 체험에서 온 것이 아니라도 만인의 체험들이 아닌가. 그래서 시적 체험이 되고 시가 되는 것이다. 이러한 표현들의 시 〈그리움 1〉에서

"안개비 내리는 찻집 창가에 앉아
외로움에 온몸 웅크리고 앉아
처마 끝에 떨어지는 빗방울을
그리운 사람의 발걸음이라 생각하며
잠겨둔 가슴의 빗장을 잠시 열어 봅니다
…….

내 이름 부르며 다가오고 있다면
이토록 사무친 그리움은 없을 것입니다" 에서도 보게 된다.
그러나 이 비련의 눈동가는 다음의 시에서 극명하게 그려진다.
단 한 번도 사랑한다고
고백하지 못했는데
찾아가지도 않는 추억의 끝자락
그 어디서 불현듯 나타나
잠 못 이루는 이 밤에

– 〈첫사랑〉에서

"단 한 번도 사랑한다고/ 고백하지 못했는데"도 그토록 괴로워야 한다
는 순수는 무엇을 말하는가. 우리는 너무 사랑하기 때문에 오히려 기피해
야 했던 서러운 사연들을 기억하고 있다. 저 현해탄에서 유부남을 사랑했
던 신여성 우상이었던 윤심덕이 애인을 끌어 앉고 자살을 했지 않은가.
너무 사랑했기 때문에 살아가면서 혹시 그 사랑에 흠이 갈까 두려워하여
바다 속에 몸을 던지지 않을 수 없었던 사연"을 말이다. 그러나 화자는
한 걸음 더 나아가 "못한 채 그리워해야 하는 사연은 너무 처절하다 하겠
다. 이러한 곡절들이 다름 아닌 화자의 사랑 시 그 비련의 극치인 것이다.

3. 달관의 인생여정

사랑이란 바로 인생을 인생답게
하는 마음의 단련이 아니겠는가. 그래서 사랑은 바로 인생의 한 표현이 되는
것이다. 사랑이란 것이 따로 있는 것이 아니오. 인생은 바로 사랑의 항해인
것이다. 마냥 기쁜 일 일 수 없는 것은 인생 그 자체가 갖고 있는 태생적
운명인 것이다. 괴로움이 있기 때문에 기쁨도 있는 것이 아니겠는가. 이 세상
에서 괴로움이 없고 기쁨만 있다면 사실상 기쁨을 못 느낄 것이다.
괴로움을 느낄 수 있는 까닭에 기쁨을 체험 할 수 있는 것이라 하겠다. 음지가
없다면 양지가 없듯이 말이다. 그것이 음양의 조화인 것이다.

어차피 인생이란
이별의 연속이 아니던가요

- 〈인연〉에서

천년을 살겠는가?
만년을 살겠는가
공수래 공수거 인생인 것을
불로장생 무병장수
그리도 빌었건만
생로병사 고해 속에
육신은 늙어가고
그 누구인들
이 한 세상
영락으로 살았더냐

　　　〈중략〉

이 세상엔

늙은 종자 젊은 종자
따로 없더라

어디서 왔다 어디로 가나
황혼에 이르러 삶의 여로 뒤돌아보니
아들딸 자식 곱게 키웠는데
이제는 강아지새끼처럼
뿔뿔이 흩어지고
삶과 죽음의 긴 여정 앞에
슬프구나
모든 것은
선택된 자들의 고통인 것을……

지금 이 세상에
존재한 이유만으로
남은여생
작은 흔적이라도 남기고 가리

— 〈인생〉에서

1. 인생은 고해라는苦海 것과
2. 인생은 허무하고 슬픈 운명체라는 것과
3. 그러나 그 속에서 때로는 기쁠 때도 있으니
4. 이렇게 존재하는 것만으로 삶은 즐길 만하다는 것이다.
5. 그리고 그러한 사실을 체득하기 까지 마침내
   오래 살다보니 깨닫게 되더라는 것이다.
6. 그것이 존재의 이유라는 것이다. 참으로 어쩌면 달관한 인생관이라 하겠다. 있는 그대로 사는 것이 인생이고 인생살이이고 인간 존재의 이유라는 소박한 인생관을 견지하고 있는 것을 알게 된다.
엣날에 어느 분이 인생이란 무엇이며 어떻게 사는 것이 가장 잘 사는 것인가

하고 도인을 찾아가 물어보니 "내가 지금까지 살아온 길 이것이 바로 내 인생"이라고 했던 일화를 되새기게 하는 것이 아닌가.

4. 부모 그 사랑의 정

나 자신을 생각하면 부모가 그리워지고
부모가 그리워지면 자연 고향을 떠올리게 된다. 그것이 오랑의 정인 것이다. 그래서 대지는 人地 어머니의 품이라고 했다. 그런 까닭에 "고향 까마귀만 보아도 반갑다"는 나왔는가 하면 "알을 낳을 때면 어김없이 고향을 찾는 연어 이야기가 등장하는 것이 아니겠는가. 그래서 화자는 〈쓸쓸한 고향 길〉이란 제목으로 무려 4백 29행에 이르는 장시를 발표하고 있다. 이 시에는 "어머니"라는 호칭도 30 여회나 나온다. 이러한 사실만 보아도 이 시가 어머니에 대한 거대한 사모곡이 된다는 것을 알게 된다.

어머니
현세에 없는 어머니
당신의 이름을 불러 봅니다
영혼의 이름을
객지에 떠돌다 어쩌다
명절 때면 고향을 찾아갑니다
그러나 올해는 발걸음이
너무나도 무겁습니다
이맘때면 어머니는
객지로 훌훌히 흩어져 날아간
민들레 씨앗처럼
어머니 품을 떠나갔던 자식들이

자신들의 모태를
찾아오리라는 믿음으로
세월의 햇볕에 타버린
구릿빛 얼굴로
당신의 씨앗들을
동구 밖 정자나무 밑에서
하염없이 기다렸지요

— 〈쓸쓸한 고향 길〉에서

이 세상 어머니들은 모두 천사다. 모진 어머니들 이야기가 가끔 들려오기도 하지만……. 그것은 아마 정신적이거나 환경적인 요인 때문일 것이다! 사실상 이 세상에 나쁜 어머니가 어디 있겠는가. 이 어머니를 다룬 고향시 또한 우리가 아는 어머니에 대한 모든 것을 쏟아놓고 있다.

그런 어머니에 대하여 우리가 사실 글로서 어떻게 다 표현할 수 있겠는가. 이 세상의 사람들이 할 수 있는 모든 찬사 다 모아 놓는다 해도 어머니의 참사랑에 대해 표현하는 것은 불가능할 것이다. 그런데 우리화자는 이 시에서……

잠시 잠깐 서는 번개장터에서
이고 간 야채들을 팝니다
야채 판돈을 손에 꼭 쥐고
몸 빼 바지 펄럭이며
어물전을 찾아가
싱싱한 횟감과
낙지 몇 마리를 사 들고
바쁜 걸음으로 집으로 향합니다

— 〈쓸쓸한 고향 길〉에서

이 구절은 독자들의 마음을 숙연하게 할 것이다.

"번개시장에서 야채장사를 해가면서 집안 살림을 꾸려가는 어머니"가 눈물겹기 때문이다. 진정 여기서도 우리들은 위대한 어머니상을 보게 되는 것이다. 화자는 어머니상과 아버지상 또한 우리들에게 다시 한 번 긴 자화상의 여로에 젖게 한다.

회갑연에

어떤 책에서 읽은 기억이 납니다
인생의 60은 제2의 인생의 시작이라고 쓰여 있었습니다
삶의 터전 속에서 한 번쯤 뒤돌아보는 순간이고
그 동안 살아온 잘못된 삶을 정리해 보는
아름다운 나이라고 합니다
문득 앞으로 저의 모습을 상상해 보았습니다
과연 어머니처럼 훌륭하고 아름답고
풍요로운 삶을 살아 탐스러운 열매가 달려 있을까
이렇게 되기 위해서는 저희 자식들도
어머니가 살아오신 과정을 보고 듣고
그 교훈을 바탕으로 열심히 살아야 하겠지요
저희가 늘 지켜보고 생각하는 어머니의 모습은
어릴 때는 다정하셨고
유치원 초등학교 다닐 때는
올바른 길의 인도자이셨습니다
            (중략)
저희 자식들은 어머니를 항시 사랑하면서
자랑스럽게 여기고 있습니다
60 평생 삶의 터전에서
자식들을 위해
무거운 등짐을 지신 어머니
부모님께 효도와 형제들에게는
후덕한 마음으로 감싸고

주위 분들을 위해

열심히 일하시면서 살아오신 세월

돌이켜보면 외로우셨던 때도 많으셨고

너무도 힘들어

무거웠던 짐을 벗어버리고 싶을 때도 있었을 텐데

고단한 삶의 질곡 속에서

단 한 번도 저희들에게

약한 모습 보이지 않으시고

인생의 선배이자 올바른 선생님이셨기 때문에

저희가 잘 자랄 수 있었습니다

저희 자식들은 앞으로

이세상의 어느 누구보다도 현명하게 살아가는 모습을

보여드릴 것을 약속드리고

저희가 어머니께 드리는 바람은

힘들어하시는 모습이 아닌

항상 건강하게 웃으시는 모습을 보여 주세요

저희 역시 만인의 귀감이 되어 살아오신

어머니의 모습을 닮은 자식이 되겠습니다

어머니!

이제까지 저희를 예쁘게 키워주신 것

정말 감사드립니다

— 〈회갑연에서〉 에서

예부터 부모님에게 편지를 쓸 때는 반드시 "불초不肖"란 밀을 썼다. 이 말은 바로 "부모님을 닮지 못해 죄스럽다"는 말이 아닌가. 그러나 요즘은 자식을 죽이는 부모 이야기가 들려오는가 하면 부모를 죽인 자식의 이야 기도 들려온다. 아직도 우리들은 자식을 낳아 공부시키고 결혼시켜주고

151

집을 사주거나 전세도 얻어주고 손자도 길러준다. 그렇기 때문에 부자간에 죽음을 불러오는 일도 있게 되는 것이다. 서양 같은 나라에서는 고등학교 정도만 공부시켜 놓으면 제 발로 집을 나가서 스스로 자립을 한다는 것이다. 그 곳에는 부모 자식 간에 살인을 부르는 경우는 거의 없다는 것이다. 사람들은 서로 오랜 기간 같이 치대가 보면 갈등이 생기기 마련이다. 왜? 가장 가까운 부부끼리 다툼이 잦겠는가. 이 시를 읽으면서 요즘 부모를 기리면서 이렇게 길고 긴 장시를 쓰는 이가 있다는 것만으로 우리는 큰 위안을 받아야 할 것이 아닌가 하고 생각하게 된다.

- 애국시와 묘사시

화자는 대단히 긍정적인 사고를 하고 있는 사람이라는 것을 우리는 그의 시를 통해 알 수 있다. 일상의 조그마한 사실들을 매우 긍정적으로 해석하고 있기 때문이다. 그런 시들 중「배달의 민족」이라는 시를 보면…… 그 시의 기법이 유사 반복형으로 되어 있는데…… 화자의 시중에서 좀 특이한 편이다.

나는 보았네
숨쉬기도 힘들게 빽빽이 들어찬 지하철 객차 안에서
만삭의 여인이 다가오자 의자에 앉아있던 모든 승객이
자리에서 일어나 서로 먼저 자리를 양보하는 것을
나는 보았네

나는 알았네
의자에서 일어난 모든 사람들은 자신의 편안함보다
남을 위해 양보하는 따뜻한 피를 가진
세계 유일 단일민족 동방예의지국 단군의 자손임을
나는 알았네

나는 보았네
노인이 지팡이로 청년의 다리를 툭 치자
장신의 거구가 용수철처럼 자리에서 벌떡 일어나
노인 앞에 똑바로 서서 죄송하여 고개 숙인 그 모습을
나는 보았네

나는 알았네
의자에 눈감고 앉아 있던 험상궂은 얼굴의 청년이
경로효친을 모르는 이 땅의 문맹인이 아니었음을
청년이 하는 행동 두 눈으로 똑똑히 보고
나는 알았네

— 〈배달의 민족〉에서

이 시는 계속해서 첫 줄을 「나는 배웠네」·「나는 기뻤네」·「나도 했다
네」·「나는 깨달았네」·「나는 닮았네」 등으로 첫 행을 2,5음이나, 2,6음으
로 견지하면서 유사 반복하고 있는 것을 보게 된다. 이러한 장단들은 우리
나라를 노래하면서 그 유구한 역사를 상징할 뿐 아니라 면면히 이어갈
발전적 기상을 염원하는 가락이 되고 있는 것을 알게 된다.

분단의 조국 땅에서
통일의 기쁨을 주소서
대자 대비하신 부처님
이 민족에게 이산가족의
상처를 아물게 하는
자비를 베푸소서
희망찬 새 천년 휴전선
초병의 소리를 들어 주소서

— 〈초병의 꿈〉에서

이 시는 말할 것도 없이 우리나라 전 국민이 불철주야 염원하고 있는 조국 통일의 염원한 노래한 것이다. 화자는 절절한 통일에의 염원이 서러있다. "이웃이 슬퍼하면 같이 슬픔을 나누고 / 즐거운 일이 있으면 같이 즐거워하며"살아온 착하고 착한 우리민족의 순수한 정신을 노래하고 있다.

춘향아씨 발걸음에
오이씨 고무신 신고
사뿐사뿐 천상의 선녀들인가
얼 ~ 쑤 절 ~ 쑤 오른발 왼발
무릎 살짝 굽혀 나비 들 듯
앞으로 갔다 뒤로 밀려
개미 같은 허리에 백양목 장고 끈을
어깨 걸쳐 허리에 졸라매고
학 날개 고운 양손
덩 ~ 덩 덩 타 쿵타
물레방아 떡방아
올해도 풍년인가
학 날개 나비날개
덩 ~ 덩 덩 타 쿵타
어깨춤이 추어 진다

– 〈장고〉에서

춤추는 모습에 따라 장고가 장단을 맞추고 있다.
춤을 따라 시는 그대로 묘사하고 있는 것을 보게 된다. 이런 묘사는 독자들에게 실감을實感 주게 마련이다. 이 시는 다른 시들에 비해 공감의 폭이 넓은 뿐 아니라 그 수준을 가름하는 계기가 된다 해도 좋을 것이다. 지금까지 인용한 여타 시들과 비교해 보면 독자들은 한 눈에 그 사실을 알게 되는 것이다. 사실상 시는 바로 정밀한 편의 묘사인 것이다.

5. 마무리

오랜 만에 흥얼거려보는 시 노래하는 시를 읽으면서 웃어본다. 지금은 좀 시가 쉬워졌다는 말도 있지만……. 대체로 시라고 하면 서두에서 언급했듯이 무슨 은유법이다. 상징이다. 강조법이다. 변화법이다. 언어의 사물화다. 폭력적 결합이다. 낯설 게 하기다. 등등 긴장이 되는 것이 상례가 아니었던가.

그렇다. 화자는 시를 썼다기보다 스스로의 술회대로 가히 대중가요의 가사를 써내려갔던 셈이다. 그것이 시적 즐거움을 주는 가장 가깝고 손쉬운 방법이기 때문이다. 그런 면에서 이 시는 나름대로 평가 받을 것이라 여겨진다. 이를 바탕으로 앞으로 시적 기법을 살린 시도 많이 집필하여 시단에 힘이 보태지기를 바라는 마음 간절하다.

■ 강평원: 두 번째 시집

세상을 살며 생각하면서 누군가를 위해
아름다운 수고로움을 하는 기다림은⋯⋯.

지독한 그리움이다

온기를 다해가는 커피향이 그렇게 말하고 있다
오늘도 어제만큼 WEIL ICH DICH LIEBE

2011년 2월에 출간 됨

- 장르가 소설이지 않습니까?

예, 맞습니다.

- 그런데 왜! 시를 쓰십니까?

그동안 장편소설 10편14권·에 소설집 1권과 시집 1권을 비롯하여 14편의 중단편 집필하여 이젠 이야기할 것이 바닥이 났습니다.

아는 문인이 첫 시집을 냈을 때 "당신은 소설가인데 시는 왜 쓰느냐?" 질문에 농담 반 진담 반으로 한말이다. "당신 등단을 하고 시를 쓰느냐?" 말뜻도 될 것입니다. 다행이도 첫 번째 시집출판 3일 만에 전자책으로 출판하겠다는 연락을 받고 허락해주어 종이책과 전자책으로 거의 동시에 출판되기는 처음이라는 출판사 대표의 전화에도 아주 큰 보람을 느끼고 있고 대중가요가 네 곡이 발표되어 노래방기기에 등재되어 약간의 보람도 느끼고 있습니다.

신선한 표현기법과 이미지

강평원 씨는 현재 (사)한국소설가협회 중앙위원으로 우리 작단의 중견 소설가이다. 이미 15권의 장편소설과 9편의 중·단편소설을 보여 주고 있는 작가로서 시에 재도전한 데는 그만한 이유가 있을 것으로 짐작된다.

강평원 시인은 이번 응모에서 총 4백40여 행에 달하는 장시長詩「쓸쓸한 고향 길」을 포함해 79편의 응모작을 보내 왔었다. 응모작 모두가 시인으로서 출범에 별다른 손색이 없고 부족함이 없는 작품들이었다.

그런 시편 가운데 「선암사」와 「손 전화」를 당선작으로 뽑았다. 한마디로 시의 표현기법과 이미지의 형상화가 신선한 점 등이 당선작으로 뽑는데 주저함이 없었다. 앞으로 시작詩作에 더욱 주력해 우리 시단에 좋은 시를 보태는 역할에 기대코자 한다.

심사위원 ⇨ 문효치·이일기·장윤우

위의 글은 2005년 문학예술 「겨울호」신인상詩 심사평입니다.

심사위원의 말처럼 내가 시에 도전한 이유가 있었습니다. 14권의 장편소설과 1권의 소설집을 집필 기획출간을 한 나에게 김해문인협회 회원인 여성시인이 아주 노골적으로 비하하는 발언을 했습니다. 이유는 선배가 문화상에 먼저 응모해야지 시건방지게 후배가 응모를 한다는 것입니다. 나는 시대의 증인이며 양심의 최후의 보루인 이 땅의 작가로서 말하는데 그러한 상의 응모는 해당 공무원이 신청을 하라는 부탁으로 하였습니다. 작금의 문학상을 수여의 결과를 지켜보면 그런 저런 이유로 상이 수여되어 문학인의 얼굴에 똥칠을 하고 있습니다. 선배 문인에 공로상이면 이해가 가는데……. 문학적으론 미미한데 순번대로 상이 주어지는 것은 대한민국 예술단체엔 문학단체 말고는 없을 것입니다. 그런 모욕적인 발언을 해서 그 자리에서 1년 안에 시로詩 등단하여 시집을 내겠다고 하였습니다. 그간에 출간한 책들로 인해 KBS 아침마당·MBC 초대석·KBS 이주향책 마을산책과 국군의 방송 문화가 산책 등에 출연하였고 중앙일보 특종과 조선일보 동아일보 보도와 여타 신문에는 집필중인데 수차례보도도 되었으며 월간 중앙·주간 뉴스매거진·월간 동서저널에 특종과 특집으로 상재 되었습니다. 책이 출간되기도 전에 MBC 방송국에서 3일간 방송도 하였습니다. 여타 라디오방송에도 수차례 방송인터뷰를 했고 그간에 책 관련 보도된 신문기사를 모아둔 것이 200여장이 됩니다. 현재 국립중앙도서관에 18권의 책이 들어가 있는데 그중 5권이 전자책으로 만들어져 있으며 한국 도서관에 문화관광부선정 우수도서로 14권이 데이터베이스로 구축되어 있습니다. 나머지는 4권은 내가 입고를 시키지 않았고 출판사 계약이 만료되지 않는 책들입니다. 당시 그는 문단생활을 내보다 10여년을 앞서 있었는데 시집을 꼴랑 한권을 출간한 사람이 프로작가인 소설가에게 비아냥거림에 시인으로 등단을 작심하고 월간 「예술세계」에 10편을 보내 신인상에 도전했습니다. 심사를 했던 나호열 주간의 평은 다음에 보자는 것이었습니다. 내가 생각해도 좋은 시라고 골라서 보냈는데 낭패였습니다. 그래서 계간 「문학예술」에 보내 단박에 신인상에 당선 되어 236페이지 분량의 첫 시집을 세상에 내보냈습니다. 보통시집의 2권 분량입니다. 나는 시집을 냈지만 내가지은 시 한편이 4백 40여 줄인 줄 까마득히 몰랐습니다. 하길남 비평가협회이사는 그 장시 안에 '어머니란 글귀가 30여회나 나온다는 평을 썼지만 그것역시 나는 세어 보지 않았습니다. 그분들은 읽어보면서 꼼꼼히 세어보았다는데 나는 놀랐습니다. 건성건성 심사나 평론을 하지 않았다는 것입니다! 시 한편이 21페이지나 되니 단편소설 한편분량입니다. 이 시는 "샌프란시스코"한인 방송에서 낭독 방송되어 교민의 심금을 울렸다는 연락을 받았습니다. 국내독자들도 읽으면서 숙연해 지기도하고, 또는 눈물을 흘렸다는 연락이 많이 왔습니다. 어쨌거나 나는 약속을 지켰습니다. 일부 이러한 사실을 모르는 사람은 소설가가 시를 쓴다고 폄하를 하고 다닌다는 말도 있지만……. 엄연히 중앙문단에 등단하여 시를 쓰고 있습니다. 한마디로 말해 동인이나 지역 문단에서 발행하는 저급문예지에서 자기네끼리 그렇고 그런 사람의 심사에 의해 그렇고 그런 시로 등단을 하여 문인이네 하고 이력에 등재하는 사람이 아님을 말하는 것입니다. 그런 사람이 남의 글을 폄하하고 다니기에 하는 소리입니다. 등단 후 나는 궁금한 것이 있습니다. 나를 등단시킨 문효치·이일기·장윤우 시인 등 3명의 시인과 나를 탈락시킨 나호열 시인의 시작詩作 능력입니다. 어느 장르나 마찬가지이겠지만! 등단을 하고 싶은 신인은 한곳에 작품을 제출하여 떨어졌다 해서 실망하지 말고 똑같은 작품을 다른 곳에 제출하면 등단이 가능합니다. 이유는 나의 등단결과에서 보듯이 "79편의 응모작 모두가 시인으로서 출범에 별다른 손색이 없고 부족함이 없는 작품"이라고 평했듯 심사위원의 각기 심사 기준이 다르기 때문입니다. 이번 시집 역시 쉽게 잘 읽힐 것입니다. 그러나 평론가나 전문시작군은 "전반적인 사유나 감수성이 내밀하고 치열한 감각을 동반하고 있다"고 말하기에는 주저하게 될 것입니다. 종종 드러나는 평이 한 묘사와 비유에 그치는 진술 정제되지 않은 채 노출되는 직설 등도 아쉬운 부분일 것입니다! 그러한 것을 모르고 시작을詩作 하는 작가가 아닙니다. 초등학교 고학년수준이면 어느 정도 이해를 할 수 있는 글을 쓰다 보니 어쩔 수 없었습니다. 첫 번째 시집 출간 후 초등학생들로 부터 은유법으로 쓴 글귀내용의 전화문의를 많이 받아서입니다. 나는 평론가나 전문 시작군을群 위해 글을 쓰지 않기 때문입니다. 누가 뭐래도 작가는 독자와 공감이共感 우선입니다. 선생님의 시가 "잘 읽히는 것은 미덕입니다."라고 했습니다. 수 십 권의 책을 쓴들 독자가 없는데! 이 땅의 작가입네 하고 떠버릴 수 있겠습니까?

　내가 생각한 시란 사람과 사람사이의 공감대의 글이라고 생각합니다. 시에서 나타난 문맥은 시인의 고백이 아닙니다. 흑자는 고백과 묘사의 발견이라고 하기도 하지만! 나는 시란 거친 언어를 세상에서 제일 아름다운언어로 융화시키고 응축시켜 만든다고 생각합니다. 누구나 쉽게 접할 수 있고 읽고 이해를 하여야하는데! 짧게 쓰려는 것 때문에 은유의隱喩 글을 써서! 지금의 신세대에게 왜면 당하고 있다는 것입니다. 비단 신세대뿐만 아니라 기성세대도 어려워하는 한문자 문맥을 한글해석을 넣지 않아 지금의 한글세대에겐 무슨 뜻인지 몰라 "짧으면 시냐? 시집은 시인들만의 책이다"라며 구독을 하지 않는다는 것입니다. 그렇지 않아도 소수 문학인데 아예 책이 팔리지 않아서 기획 출판이 어렵다고 하였습니다. 아름다운 말들을 지나치게 응축 시키려다보니 그렇습니다! 시는 한마디로 사무사思無邪 라는 공자의 말처럼 맑고 투명한 시인의 생각과 느낌을 표현한 것이 아닌가요! 그런데 시는 다른 한편으론 매우 함축적이고(!) 상징적이며 때로는 모호하기도 합니다. 무슨 설명문처럼 한번 읽으면 이해가 되어야 하는데…… 요즘의 독자들은 두 번 세 번 반복해 읽어도 도무지 이해가 되지 않는다고 합니다. 나에게도 매년 수권의 시집을 보내 옵니다. 읽어보면 대다수가 위에서 지적한대로입니다. 읽어보고 글을 쓰는 나도 무슨 뜻인지를 몰라 고개가 수없이 갸웃거려 집니다.

그래서인가 요즘 직설로 쓰는 시인들이 더러는 있다고 합니다. 그러한 시집은 팔려서 기획 출간이 이루어진다고 했습니다. "짧으면 시냐?"라는 어느 선배 소설가의 비아냥거림이 머릿속에 각인되어 시를 쓰기가 솔직히 말해 두렵습니다. 해서 조금이라도 독자와 공감되는 글을 쓰려고 노력하고 있습니다. 그동안 여러 곳에서 출판을 했는데 출판사 측에서는 팔리는 책을 집필 해 달라고 했습니다. 잘 팔리지 않을 책을 무엇 하려 그 고통을 감내하며 집필 자비출간 하여 사장 시키는지 모르겠다는 것입니다. 그러니까 독자가 없는 책은 책이 아니라는 뜻입니다. 소설을 제외한 모든 책은 시조·시·동시·수필·99%가 자비출판이라고 합니다. 이러한 책들은 서점 가판대에 2%도 진열이 안 된다는 것입니다. 소설과 동화책은 그런대로 팔린다고 합니다. 작품성이 없는 책은 출간되어 서점 가판대에 올려보지도 못하고 파지 장으로 가는 것이 절반이며 1주일을 못 견디고 재고 처리되는 것이 50%라고 합니다. 1주일이 되어도 한권도 안 팔린다는 것입니다. 자비출판이란? 출판사에서는 저자가 돈을 주니까 이익이 있어 출판을 해 주는 것입니다. 그러한 자비로 출간된 책들이 문학상을 받아 문단이 발칵 뒤집어지기도 했습니다. 선거철만 쏟아져 나오는 검증 안 된 자서전과 유치원생 그림일기도 돈을 주면 출판해줍니다. 그런류의 책을 책이라 할 수 있겠습니까? 출판사에서 기획 출판을 해 주는 것은 그런대로 팔려 이익이 있기 때문입니다. 아무리 유명한 평론가나 비평가가 완성도 높은 책이라고 책 평을 하고 추천사보증서·써주거나 또는 각종 문화예술 단체에서 지원금을 받고 출간한 책이라도 기획출판을 안 해 주는 것은 출판사 대표가 평론가나 비평가보다 훨씬 위라는 것입니다. 출판사 대표는 사업가입니다. 책을 출판하여 잘 팔려야만 이익을 볼 수 있는 것입니다. 자기가 망할 일을 안 한다는 것입니다. 그러니까 많이 팔린다는 것은 어떤 면으로든 좋은 일이고! 그것이 작가의 역량을 얘기하는 것이며 작품의 완성도가 매우 높다는 뜻입니다. 판매 부수와 작품의 평가가 별개일 수는 있습니다. 상업성과 통속성은 경계해야 되겠지만! 어느 누가 뭐래도 작가는 대중성은 존중을 해야 될 것입니다. 어떻든 잘 안 팔린다는 것이 어떤 명분으로든 장점이 될 수는 없으며 작품성이라든지 예술성 때문에 대중성을 확보할 수 없다는 논리는 세울 수가 없는 것입니다. 혹시 순수작가와 대중작가라는 구분이 허용된다면 순수작가는 대중작가의 독자사회학을 필히 탐구해야 하며 자신의 작품이 팔리지 않는 것이 순수성이나 작품성 때문이라는 어리석은 착각은 떨쳐버려야 합니다.

현재는 우리 모두 피부로 느끼다시피 매우 어려운 시기입니다. 작가는 글만 써야하는데 소설가조차 글만 써서 도저히 먹고 살 수 없는 세상이 점 점 되어 가고 있습니다. 원로를 비롯하여 중견 신인 구별 없이 어렵습니다. 그러나 열악한 환경과 황당한 경험에서 위대한 작가와 명작이 태어난 예는 수 없이 많습니다. 프랑스 여류작가 사강은 1952년 소르본 대학 입학시험에 떨어지면서 세계적 베스트셀러가 된 「슬픔이여 안녕」을 쓰기 시작했고, 밀턴의 「실락원」은 첫 출판에서 40부 밖에 팔리지 않았다고 합니다. 500여권의 탐정소설을 쓴 존 그레시는 7백번 이상 출판을 거절당한 아픔을 경험했고 「죄와 벌」의 작가 도스토예프스키는 빚을 갚기 위해 소설을 썼다는 것입니다. 또 「갈매기의 꿈」과 「러브 스토리」 「밝고 아름다운 것들」 등도 모두가 12번 이상 출판을 거절당했고…… 미국의 위대한 시인 중 하나인 에밀리 디킨스의 시는 생전에 단 7편만이 발표되었으며 「대표 시가을날」의 독일의 릴케 「대표 시해변의 묘지」의 프랑스 발레리

등 두 시인의 시집은 500부 이상 팔린 적이 없고……. 라이너 마리아 릴케는 인세를 받아본 적이 거의 없었다고 합니다. 그들의 책들이 지금에 와서 베스트셀러가 되어있습니다. 그렇다 해서 모든 작품이 언젠가는 빛을 본다는 말이 아닙니다. 문학의 기본에 충실했을 때만 그것을 기대할 수 있다는 것입니다. 문학의 기본에 충실했던 한 작가의 예를 들자면, 20세기 대표적 문호인 헤밍웨이는 유난히 스페인을 사랑했다는 것입니다. 그의 스페인 사랑은 32세 때 스페인을 여행한 뒤 투우에 심취하여 「오후의 죽음」을 발표하면서 부터라는 것입니다. 그 스페인에 파시스트 반란이 일어나자 4만 달러의 거금을 선 듯 보냈는가 하면 나나통신의 특파원으로 직접 건너가 내란의 진실을 전 세계에 알리기도 했다는 것입니다. 그러나 내란은 그의 기대를 저버리고 프랑코 쪽의 승리로 끝났습니다. 그는 쿠바의 아바나에 머물며 「누구를 위하여 종을 울리나」를 써 내란에 희생된 영령들 앞에 바친 것입니다. 그리고 계속 쿠바에 머물며 10년 동안 침묵을 지킵니다. 그 10년 침묵의 이야기를 「노인과 바다」로 입을 연 것인데……. 노인과 바다의 심연에는 스페인을 생각하는 마음이 깔려 있습니다. 이 작품은 그의 문학과 도덕성이 집약된 금자탑이라는 평가를 받았고 53년 플리처상에 이어 54년 노벨문학상을 받았습니다. 중요한 것은 그가 「노인과 바다」를 쓰는 데는 6개월 걸렸지만 이후 8개월 동안 200번이나 원고를 수정한 뒤 세상에 발표했다는 사실입니다. 그러나 헤밍웨이는 노벨문학상을 받은 뒤 더 잘 써야한다는 중압감 때문에 단 한편도 집필을 못하고 죽었습니다. 너무 완성도 높은 책도 작가에겐 심적 부담이 큰 것인가! 우리나라에도 다녀간 바 있는 프랑스의 인기 작가 베르나르베르베르는 자신의 출세작 「개미」를 120번이나 고쳐 썼다고 고백한 바 있습니다. 그래서 최고의 독자는 필자 자신이라는 것입니다. 수십에서 수 백 번 자신의 원고를 읽고 교정해야 좋은 책이 나오는 것입니다. 이와 같은 것을 보더라도 일관된 문학정신을 성숙시켜 가는 일……. 완벽주의는 아니지만 전문가가 보고 탄성을 지를만한 전문성이 없는 문학은 앞으로 기생할 공간이 없어질 것입니다. 문장도文章보다 더 간결하고 군더더기가 없어야 할 것임은 말할 것도 없습니다. 한국 문단의 현주소에는 아직도 인내와 끈기가 없는……. 가볍고 감성적이기만 한 문학이 판을 치고 있습니다. 현재에 안주할 수 없다면 변화에 적극적이어야 합니다. 나 역시 변화에 편승하지 못하고 있는 것이 아닌 가 싶습니다! 알고 보면 변화야말로 영원한 것입니다. 우리 인간이 지상에서 만들어 놓은 것 중 가장 아름답고 경이로운 것이 글이라고 하듯이……. 문학을 통해 삶에 대한 간접적인 통찰을 배우고 인간과 사회에 대한 관점을 정립해나갈 수 있다는 것은 참으로 위대한 역할이 아닐 수 없습니다. 아름다운 꽃을 보면서 세상에서 가장 아름다운 것은 국어 시간에 배운 것으로서 모든 것이 제자리에 놓여 있는 것이라 했는데……. 세상에서 가장 아름다운 것은 고맙다는 마음씨·미안하다는 마음씨·용서하는 마음씨·사랑한다는 마음씨라 하면서 이러한 마음씨라야 아름다운 시가 나오고 이러한 글이 세상을 즐겁게 하는 것입니다. 꽃이 아무리 아름답다한들 이것은 어디까지나 시간적인 면일 뿐이라는 말입니다. 암으로 작고한 어느 선배소설가의 말이 생각이 납니다. "글쓰기란 암보다 더 큰 고통이다."라 했습니다. 그의 병상으로 인터뷰하려간 기자가 "그런데 그 고통스런 글을 뭣 하려 쓰느냐?" 질문에 "내가 쓴 글이 출간되어 서점 진열대에 수북이 쌓여있는 모습을 보면 그동안의 고통은 일순간에 사라지고 가슴속에서 터져 나오는 희열은 겪어보지 못한 사람은 알 수 없다"라고 하면서 "그래서 글을 쓴다."고 했다는 것입니다. 임산부가 생과 사를 넘는 산고를 이겨내고 출산하여 아기를 첫 대면했을 때의 희열과 같은 것이라는 뜻일 것입니다! 대다수 작가는 그와 같은 희열을 느끼기 위해 오늘도 골방에서 피를 찍어서 쓰는 것 같은 그러한 고통을 감내하며 글을 쓸 것입니다! 우리는 가끔 어떤 마음으로 세상을 살아가야할 가에 대한 질문을 자신에게 던지곤 할 것입니다. 물론 개인 에 따라 명쾌한 답은 없지만! 착하게 남을 위해 배려하는 마음으로 살아야한다는 그 정도는 인식을 하면서 살아갈 것입니다. 그러나 착함과 배려보다 앞서 남에게 상처 주지 않는 마음이 우선되어야 합니다. 그렇지 않고서야 착하고 배려하는 마음은 "척"하는 가짜 모습이 될 수 있는 것입니다. 모든 작가의 글을 읽으면 그 속에서 우주의 찰라 같은 인생을 살면서 보람된 희망을 찾을 수도 있을 것입니다. 첫 번째 시집 "잃어버린 첫사랑"에서 4편의 시가 대중가요로 작곡 발표하면서 CD로 출시되었고 노래방기기에도 등재 되었습니다. 어느 중견 시인이 "이때 것 발표된 시 중에 대중가요로 한곡만 발표된다면 시를 쓴 최고의 보람으로 생각하겠다."했는데 이번 시집에도 10편의 시가 대중가요로 작곡되어 CD로 제작발표와 8명의 가수들에 의해 김해시 문화의 전당에서 공연을 하였고 가수들의 개인 음반도 출시했습니다. 또한 작고한 노무현 전 대통령과 권양숙 영부인이 참석 하에 김해 칠암문화 센터에서 열린 가야팝스 오케스트라 정기공연 중 마지막으로 출연한 가수에 의해 "김해아리랑 가야 쓰리랑"노래가 끝나고 사회자가 작사가를 소개하자 자리에서 일어나 나를 바라보고 박수를 쳐주었습니다. 장인 권오석씨가 빨치산이 아니라는 것을 추적하여 쓴 다큐실화소설 "지리산 킬링필드"저자인줄 알고 있기에 그런 줄 모르지만! 아무튼 공연 전 책에 관한 자세한 이야기를 나누었습니다. 이번 시집 계약에서 출판계의 전반적인 어려움에도 초판 3,000천부를 찍는다고 계약서에 서명한 김영길 대표의 통 큰 자신감에 나 자신이 놀라움을 금치 못했습니다. 기분 좋게 3,000부에 대한 선先인세도 받았습니다. 완성도가 높은 소설도 초판을 1,000~2,000부를 찍어서 팔리는 상황에 따라 점차 늘리는 게 출판사들의 관행인데 시집을 그렇게 많이 찍는 것에 정말로 고맙게 생각합니다.

강평원

세상에 태어나 살면서
누군가 열병으로 사랑해보지 않고
헤어져보지 않고는
그리움은 절대 모르는 일이다

▌목차

기다림은 그리움이다

익숙한 설렘임에 찾은 서 낙동강 강변에 앉은 늙은 통나무집
넓은 카페창가에 앉아 난 그리움을 하염없이 기다립니다
쇠잔 해진 햇살이 게으름 피며 강물과 희롱하는 풍경을 보며
"옛 추억을 기억하는 건 지독한 그리움이다"
코끝을 스쳐가는 커피향이 그렇게 말하고 있습니다
이승에 남겨둔 하나뿐인 사랑 그대를 잊지 못하고 있다고

기다림과 그리움은 사랑의 다른 이름입니다
누군들 가슴속에 아름다운추억하나쯤 간직하고 있겠죠
오늘 그대를 만나 그런 추억하나 만들고 싶습니다
아마 먼~훗날 나에겐 또 다른 추억이 될 것입니다

가슴속 깊은 곳에 자리한 뭔가를 잊어야할 시간은 다가오는데
갇혀있던 슬픔이 빗장을 열고나와 긴 시간을 잠재우고 있습니다
그대를 만날 수 있는 희망은 어디쯤 오고 있습니까
희망이 앞서가지 않고 뒷걸음치는 것 같아 참 많이 슬픕니다
사랑을 그물코처럼 매듭 지울 수만 있다면 좋겠습니다

  - 기다리는 이들이어 지금 누군가를 사랑하고 있습니까

누군가를 위해 아름다운 수고로움을 하는 기다림만큼
즐거운 일은 아마도 이 세상엔 없을 것입니다
그대는 오지 않고 받아둔 잔속 커피는 온기를 다해가고 있는데

내 마음을 아는지 모르는지 세월의 때가 켜켜이 묻은 음향기에선
아~아름다운 음악, 대니 보이 색소폰 소리가 흘러나옵니다

Oh Danny Boy, the pipes, the pipes are calling
From glen to glen, and down the mountain side

　　- 그리운 사람의 발걸음 소리가 문밖가까이서
　　　조급하게 아주 조급하게 들려오고 있다면
　　　이처럼 애걸하고 슬픈 그리움은 없을 것입니다

171

기다림은 희망 때문이다

사랑하는 그대를 찾아 떠돌이는
한 마리 나비의 실루엣으로
천천히 비상하는 그대의 잔영에
보고 싶어 애달아 하지만
오직 언젠가 재회를 소망하며
마음의 절반을 비워두기로 하였습니다

아름다움으로 살며시 내게로 다가와선
사랑의 향기 남겨두고 기약 없이 떠난 곳엔
날 닮은 갈매기만 부표위에 앉아 짝을 기다립니다

비릿한 갯냄새를 뒤로 하고 돌아서는데
매혹적인 에메랄드빛의 바다위에
물살을 가르며 달려오고 있는 작은 배 때문에
나는 돌리던 발길을 멈췄습니다
그러나
내
♡
×
오늘도 어제처럼 떠돌이 바람이 내게 묻습니다

  - 내일은 만날 것 같습니까

그때마다 난 긴 한숨으로 답을 하며
길어지는 그림자와 함께 조용히 노을을 밟습니다

나···.
혼자 어쩌란 말입니까

이별 후 그대모습과 그대그림자마저
안개 속에서 잃어버린 것 같은 마음으로
혼자서 터덕거리며 걸어갈 눈물길인데
나 혼자 어쩌란 말입니까

지나버린 세월 속에 잊지 못했던 그대가
아직도 나에겐 그리운 얼굴로 남았는데
나 혼자 어쩌란 말입니까

그대가 새벽녘 은하수 건너는 초승달같이
허허虛虛 롭게 작아지는 몸짓으로 멀어지는데
나 혼자 어쩌란 말입니까

세상을 살아가며 수없이 스쳐가는 사람 중에
영원히 잊지 못할 실루엣 모습으로
기억속에남아 있을 그리운 얼굴하나인데
어쩌란 말입니까
나······.
혼자 어쩌란 말입니까

인생

살다보면 마음을 부려놓고 싶은 생각이 어찌 없으랴
고동치는 심장과 뜨거운 피를 달랠 수가 없는 것은
마음속에 포기하지 못한 마음을 가지고 있는 것 아닌가

살다보면 넘어야할 선과 넘지 못할 선들이 있는데
열정으로 살다보니
그 선이 희미해져 그 선을 넘은 적도 있다
우주 속에 찰라 같은 인간의 삶이란
인간사 뜻대로 안 되는 것 살아오면서 알았다

낡은 시간은 버리고 새로운 시간에 머물면 좋으련만
바쁘다는 시간은 언제나 나를 지나쳐 저만큼 앞서간다
생의 느낌이 무뎌지면 늙어지는 것도 무뎌 지련가
내 마음의 빈자리엔 무엇이 자리 잡고 있을까
물음이 깊어지면 어제처럼 나는 낡은 가방 들고 길을 나선다

진정한 행복이란 물질에 있는 것이 아니라
평범한 삶에 있는 것이 아닌가

살며 노력하면서 만나야할
가치 있는 사람

여우비 내려 대지위의 생명들 합창소리 요란한 한날
그대를 향한 발걸음은 풋풋한 봄날 이었습니다

그러나

노란 레인코트를 입고 비에 흠뻑 젖어 나타난 그대는
삼류 영화 제목처럼 '사랑하지만 헤어지자는
말도 안 된 말을 하고 눈물한 방울 보이지도 않은 채
매정하게 뒤돌아 떠난 뒤 삶은 점점 흐릿해 졌습니다

수많은 세월은 흘러도
준비 안 된 그 ☆☆의 슬프고 아픈 기억이
언제나 불에 덴 자국처럼 생을 따라 다닙니다

싸늘하게 식은 달이 궁금해 창문을 기웃거리면
내안에 떠오른 못 잊은 그리움 때문에 심장이 뻐근하여
현실이 아프고 이겨내려는 몸부림도 너무 아픕니다
영원한 것이 없는 것도 세상의 이치라고 하지만
그댈 잊지 못하고 사랑하고 있기에 서럽습니다

달은 이별을 고하고 별들마저 모두 잠든 이 시간
때 되면 찾아오는 허기처럼

그대가 너무나 그리워 자판을 두드리고 있습니다

헤어지면서 언젠가 만나자는 기약은 아니 하였건만
살며 노력하면서 다시 만나야할 가치 있는 사람이
나에겐 그대뿐입니다

얼굴

무척이나 아름다운 가을날의 늦은 저녁
높직한 창문은 흠뻑 별빛에 젖어 있고
그대의 얼굴은 달빛 원광에 싸여 있습니다

한때 한없이 고독했던 나날을
그리움에 의지하되
다만 그리움이 소유자가 되지 않으려고
깨달음을 얻곤 마음을 다스렸습니다

달빛 속으로 사라져가는 별들을 바라보니
무언가 빚을 진 것처럼
나를 휘몰아치는 것이 있습니다

다름 아닌 불에 덴 흉터처럼 지워지지 않는
아~밤마다 설핏 잠들게 하는 임恁의 얼굴

인생

이 한 세상 태어나 머묾 만큼 머물었으니
훌훌 털어버리고 가면 좋으련만
그게 어찌 인간의 마음이더냐
마음속에 포기하지 못한 마음을 가지고 있는 것이 아닌가
터무니없는 꿈인들 어떠리 환골탈퇴換骨脫退
누군들 한번은 뼛속까지 바뀌길 원하기도 하지만
세상사 원한 만큼 되지 않은 걸 살아오면서 깨달았다

이미 살고 싶다는 욕망에서 멀어진 마음
어찌 인간이 욕망에서 초탈해질 수는 없는 것 아닌가
떠남이 있으면 머묾이 있고
상처의 뒷면엔 치유가 있으며
슬픔의 뒷면엔 그리움이 있는 게 아닌가
그게 우리의 삶이 아닌가

이 세상에 생물은 언젠가 꼭 죽는다는 사실은
새로운 사실이 아니라는 것을 알기에
살아간다는 게 살아가는 이유를
하나씩 줄여간다는 게 얼마나 쓸쓸한 이유인가

낙동강 하구언

그대의 맑은 표정과 아름다운목소리를 기억하며
하루에도 몇 번씩 나는 행복하였기에
그대를 먼발치에서라도 볼 수 있을까봐

찾아온 선착장엔 그대의 흔적은 보이지 않고
몽돌과 모래에는 파도의 흔적이 완연한데
파도는 반항하는 몸짓으로 널뛰기를 하고 있습니다

단지 알고 있는 것만으로 나에겐 그리움이 되었는데
나에게서 잊혀 질까 두려워 흘린 눈물은
오늘도 어제처럼 내 몫이 돼버렸습니다

하느님 형님

조카 성화에 못 이겨 예배당에 따라나선 작은아버지
딱딱한 대청마루에 무릎을 꿇고 기도할 때
조카 : 하느님 아버지 복을 많이 주소서
작은아버지 : 하느님 형님 저에겐 돈을 많이 주소서
조카 : 작은아버지 하느님에게 형님이라고 부르면 안 됩니다
작은아버지 : 조카야 네가 하느님을 아버지라고 부르면
　　　　　　　촌수로 따지면 나는 하느님 동생이니라
조카 : 생각해보니 맞는 말 같군요?
작은아버지 : 하늘도 삼강오륜三綱五倫 이 있을 것이다

군위신강君爲臣綱
부위자강父爲子綱
부위부강夫爲夫綱

부자유친父子有親
군신유의君臣有義
부부유별父夫有別
장유유서長幼有序
붕우유신朋友有信

인간이 살아가는 척도尺道를 무시하면 짐승이니라

정말일까

법당 안에서 살인사건이 일어났다
신도 할머니 : 부처님이 셋이나 있으면서 뭐하느라 몰랐을까
손녀딸 : 부처님이 깜박 졸았거나 나들이 했겠지요
신도 할머니 : 부처님이 많은 중생들 돌보느라 힘들어
            깜박 졸은 것이……. 정말일까 !!!

기어중죄금일참회綺語重罪今日懺悔

이 글을 읽은 스님은

- 남편한테 얻어맞고
  친정에 피신해 있는 마누라를 찾으려온
  사위 놈을 바라보는 장인 영감보다
  더 험악한 얼굴로 나를 바라볼 것이다!

이별

멀리 있어 안타까운 그대보단
가까이 있어 그리움을 잊게 해주는 그대였는데
내가바라는 그대 마음 한 조각 떼어주는 게
뭐 그리 어려운 일이었습니까

식어가는 커피 잔 테두리를 만지작거리며
서로간에할 말들을 잃어버리고
대화가 자꾸만 어색하게 끊어졌을 때
무슨 이유인가 묻고 싶은 말은 많으면서도
무슨 말을 꺼내야 할지모르고 있는데

궁금함에 가슴이 다 타들어갈 때 쯤
살며시 일어나 '안녕이란 말이 마지막일 줄이야

그대 가슴한 곳에 오래 머물려있기를 빌었으나
서로가 사랑을 하면서도 만날 수 없다는 걸
오늘에서야 알게 된 바보입니다

그대의 아름다운 미소 생각나면 언제나
멀리서라도 한번 쯤 바라볼 수 있기를 바랐는데
사랑이 얄궂게도 어긋난 이유를 알고선
잊자고 하면서도 이별이 아무렇지도 않은 척
슬픈 마음 감추고 가슴앓이를 하면서

억지웃음 흘리며 살아가고 있습니다
행여 그대가 나를 그리워하며
어디선가 후회의 눈물을 흘리고 있지는 않을까
가끔 상상이 얼굴 떠오르면
서러움에 벅차 펑펑 소리 내어 울기도 합니다

만추晩秋

그대모습이 잊어지지 않는 게 두려웠지만
자꾸만 생각나게 하는 이별의 서러움보다
어떤 땐 이별이준 그리움이 더 슬퍼집니다

이별 후 고독에서 달아날 수 없는 것은
파도가 몸부림치며
아무리 뭍으로 달아나려 해도 달아날 수 없듯
내 가슴속에 자리한 미련 때문인지도 모릅니다

잠들면 꿈속에서라도 만나길 원하지만
다른 한편으론 슬픈 얼굴로 나타날까봐
걱정이 앞서기도 합니다

낙엽이지고 쌀쌀한 바람이 거리를 빗질하는데
내 곁엔 아무도 없고 고독 뒤에 밀려드는 슬픔만이
그대에게 데려가고 있을 뿐입니다

만약에 어느 날 그대가 잊어진다면

아~그런 일은 절대 없을 것 입니다
아직도 그리움이 가슴 한가득 남아있기에

명지포구

높이 쌓아 반드시 무너지는 것은
쌓지 않는 것보다 못하듯이
죽도록 사랑을 했다가 헤어지면
다시 결합할 수 없다는 것이 이치이듯
그대가 떠난 후에야 늘 혼자였습니다

그대가 그렇게도 소중한 사람인줄 일찍 알았다면
나 혼자 이렇게 고통스러워하지 않고
아픔을 오랫동안 간직하며 살지 않았을 겁니다

가슴을 도려내는 것처럼 아픈 이별임에도
그리워할 수 있다는 것 하나만으로
이젠 나는 살아야하는 목적이 되어 버렸습니다

그리운 흔적을 찾아온 선착장엔 어제나 그랬듯
비릿한 바닷바람이 그대의 향내로 나를 반깁니다

고개를 떨어뜨리고 돌아오는 길에
인기척에 놀라 뒤돌아보면 아무도 없는 빈길

보고 싶은 얼굴

예측할 수 없는 기다림의 시간이
아득히 멀어져 보일 때
꿈인 듯 아슴한 웃음소리에
핏발 선 내 눈동자가
쉽게 감겨지지 않는 것은
그리운 사람 얼굴의 눈썹 닮은 달빛이
창틀에 내려앉아 있기 때문입니다

죽도록 사랑 했었던 그 사람이
불현듯 보고 싶은 이 시간
가슴에서 울렁증이 비집고 나와
그리움에 타버린 내 마음을
창공에 거니
내 마음 탄식처럼 별똥별 하나가
하얀 불꽃사선을 긋고 사라져 서럽습니다

보고 싶은 목마름이
꿈틀거리는 이 계절에
나는 누군가 아주 많이 그리워하고 있습니다

명지포구

그대가 이별을 고하고 떠난 뒤
하늘마저 서럽게 울 것 같은 절망이
한꺼번에 찾아와
순간에 비어버린 공허가
밤이면 밤마다 슬픔을
가혹하게 매질을 해되면
나는 어떻게 할 것인가
수시로 내게 되묻곤 합니다

　- 잊기는 말고 가끔은 생각하며 행복하게 살아야 해

어설픈 말들로 헤어짐을 고하며 떠난
그대의 마지막 인사의 말이
운명처럼 어둠의 뒷전을 맴돌아
무섭도록 긴 설움이 되어
낯익은 명지포구 선착장거리를 거닐게 합니다

포장마차 불빛도 꺼져가는 이 쓸쓸한 초겨울 밤에
잿빛 레인코트 깃을 세우고 길 잃은 짐승같이
오늘도 어김없이 피맺힌 설움을 토해내며
그리도 많은 할 말이 있는 것처럼
이젠
난

처절하게 울부짖는 파도를 조금씩 닮아가고 있습니다
내가 세상에 존재하고 있다는 것조차도 애달파하며
그렇게 쉽게 삶의 방황은 시작되어 가고 있습니다

연지공원

이별을 고하고 떠나간 밤늦은 연지공원벤치엔
낯익은 그리움이 아른거려 발길을 붙잡습니다
새우등처럼 굽은 달이 새벽별과 애달아할 시간에
아름다운 기억 속에서 문득 떠오른 그대얼굴은
가녀린 햇살에도 사위는 눈꽃인가 봅니다

후회 뒤에 그리움이 반복되는
그대의 꿈이라도 꾸었으면 행복했을 텐데

서로 간에 꼬여버린 인연이 풀리지 않아
떠난 그대는 돌아 올 리 없어
눈물받이 콧등골짝기로 가득 흐르는 서러움을
고요를 깨트린 임호산 흥부암자의 염불소리가
휘청거리는 어둠의 볼기짝을 후려칩니다

　- 아무래도 이젠 잊어야할 때가된 것 같아

어제도 하였던 말 내뱉고 돌아서가는
비틀거리는 발길에도
아까의 침묵은 그대로 인데
가슴은 여전히 그리움으로 가득합니다

인생

무소유無所有 가 곧 영생永生 이며
공수래空手來 공수거空手去 인생이듯
때가되면 황천으로 가는 길
그 누가 피할 수 있겠는가
세상엔 늙은 종자 젊은 종자 따로 없더라

　- 화장터에 가보라

천진난만한 아기도
천하를 호령하였던 군주도
짐승 같은 흉악범도
양귀비 같은 천하일색 미인도
억만금을 가진 부자도
하루 삶이 고단한 거지도
화구에 나온 유골은 한줌의 흙일뿐이다

어떡하라고 보고 싶은걸

이별을 고할 때 내가 먼저눈물을 보이면
그대의 마음이 더 괴롭다는 걸 뻔히 알면서도
동공에 차오르는 눈물은 감출 수 가 없었습니다

내가 흘리는 눈물이 어쩌면
바보가 얼떨결에 흘린 눈물 같이 보이겠지만
그것은 그대가 아닌 누군가와
새로운 만남을 원하지 않고
내 가슴속에 각인 되어버린
잊을 수 없는
단한사람인 그대에 대한 그리움의 표시입니다

수많은 세월이 흐른 뒤
아마도 슬픈 눈물쯤은 감출 줄 알게 되겠지만
어느 날 불현듯 그대가 그리워지면
눈물만큼은
내 마음대로 어찌 할 수 없을 것 같습니다

임恁 없는 거리

회색도심거리에 명멸하는 내온 불빛 가득하면
내가 방랑자처럼 낯익은 곳을 찾은 이유는
꽃바람 향기 같은 마음을 지닌 사람을 만나
사랑할 수 있을 것만 같은 예감 때문입니다

바람처럼 지나가는 수많은 인파속에
어젯밤 꿈속에서 보았던 임恁 보이지 않고
호객 군 왜침에 밤은 열기를 더해가고 있습니다

오늘도 맺어지지 않는 인연이 너무 서러워
되돌아오는 길 위에 부질없이 흘린 눈물을
사부작사부작 뒤따르던 떠돌이 바람이
이내 훔쳐 저만큼 앞서 부지런을 떨고 있습니다

오늘의 실망이 커다란 고통이지만
내일의 희망의 존재를 떠올리니
고르지 못한 보도블록 걷는 발길도 봄바람입니다

인생

생生 은 소가 통나무다리를 걷는 것 보다
더 어렵게 태어난다
해서生 날생 글자는
牛 소우 글자에 통나무 같은
一 한일 글자를 더하면
牛 + 一 = 生 날생 글자가 되느니라
소가 네발달린 소가 통나무를 쉽게 건널 수는 없다
그렇게 인간이 어렵게 태어난다는 것이다

한번 태어난 목숨 허공을
확 ~ 그어버리고 날아가는 화살촉처럼
화끈하게 살다가야지
개똥밭에 굴러도 이승이 좋다 하거늘

풍경

새벽 종소리가 어둠을 한 움큼씩 물고 사라지니
귀뚜라미 울음소리에 대나무 밭에서 선잠을 자고 있던
바람이 깨어나 들녘 고랑을 따라 잠시 머뭇거리다
억새풀꽃을 흔들어 깨우면서
다시 산으로 바지런히 기어오르고 있다
곧이어 어제 서쪽 바다 끝에서 담금질 하던 태양은
오늘 대지를 달구기 위하여 동쪽 끝에서 떠올라
아침의 싱그러운 기운으로 내려와
넓디넓은 대지에 퍼져 황금빛이 자잘하게 퍼덕거리는
들녘 벼 포기 이랑 사이사이로
붉은 색조로 넘실거리게 하니 따뜻하고 부드러운 햇살에
숨을 죽이고 있던 벼 포기들은 갈대처럼
울음 섞인 속에 말은 토해 내는 곳엔
가슴속 깊은 곳에 새겨두어야 할 풍경들이 그림자 되어
저수지 속에 몸을 씻고 있다
작은 산등선 끝자락을 담그고 있는 저수지에선
원앙새 한 쌍이 물그림자와 희롱을 하고
갈대사이로 피어오른 물안개는 햇볕 받아 녹아내리는데
간간히 불어오는 하늬바람이 풍년 논밭을 살찌우고 있다
그 풍요로움이 넉넉한 황금빛 들녘을 떠돌던
심술장이 바람 한 무리가 힘들었나
허수아비 어깨에 잠시 머무르니 허수아비는
파도치는 바다에 목을 내 밀고 춤추는

올망졸망한 남해의 크고 작은 섬처럼
벼가 영글어 가는 논 가운데에서 덩실덩실 춤을 추자
벼 포기는 흥이 나서 클래식을 연주하고 있다
천고마비 계절 이 복 받은 가을 아침
낡은 영화 세트장 같은 이 마을 곳 곳 어디엔가 존재 할
사랑했던 사람의 온기와 흔적처럼
순박하고 넉넉한 마음이 가득한 아름다운 사람들이
옹기종기 모여 사는 마을은 평화롭기 그지없다

기도

마을 어귀에 오가는 사람들에 의해
만들어진 돌탑엔
수많은 사람들의 소원을 담은
크고 작은 돌들이
아슬아슬하게 층을 이루어 쌓여 있다
숱한 사연이 있을 텐데
수많은 돌들을 떨어지지 않게
공들여 쌓으면서
빌었을 소원
누구의 기도가 더 간절했을까
자신에게 찾아올
절대의 순간을 기다리며
발길을 돌렸을 수많은 사람들 중
누구의 기도를 먼저 들어 주었을까
높이 쌓인 돌탑 돌이 떨어지면
소원이 깨질까봐
수전증이 걸린 사람처럼 손을 벌벌 떨며
쌓는 것을 지켜본 서있는 장승
인간과 신을 연결해주는 메신저인 솟대는
신에게 인간의 기도가 하늘 끝에 닿도록
제대로 임무를 다 하였을까
기도를 하는 사람의 얼굴을 기억하려는 듯
두 눈을 부릅뜨고 서있는

천하 대장군과 지하여장군
그리고 솟대에게서 답을 얻으려는 듯
물끄러미 바라보았다
나는 작은 돌을 주어
떨어지지 않을 자리인 밑바닥에
조심스레 끼워 넣었다
위에 쌓다가 잘못 실수하여 떨어지면

안전한 탑 밑에 ⇨ 남무관세음보살

이별 후
그대 모습과
그대 그림자마저
안개 속에서 잃어버리고
끝내 혼자서 터덕거리며
걸어야할 눈물길인데
나……. 어쩌란 말입니까

서 낙동강풍경

가슴속에서 꿈틀거리는 뭔가를 잊어야할 시간이 다가와
이게 아닌데 생각에 붉은 얼굴이 되어 길을 나선 나는
여름에서 가을로 가는 길목 강변에 서있습니다

강변물안개는 수목 담채화를 미풍과 함께 그려내고
때 이른 코스모스가 눈물 꽃을 피우며 서럽게 울고 있는데
들 쑥들은 또 왔다고 떠돌이 바람을 붙들고 수근 거립니다

강가엔 등 굽은 노인의 손길이 간밤의 수확에 바지런합니다
빈 그물인가 생각했는데
자세히 보니 여러 사람의 생이 주렁주렁 매달려있습니다

노인의 집에선 따스한 아침상을 차려놓고 더딘 발길에
할머니 귀와 시선은 사립문을 향해 있을 것입니다
이른 아침 자연이 보여주는 풍경의 삶은 풍요롭습니다

인연

불현듯 생각에 등 떠밀려 찾아온 조붓한 오솔 길가
그리움의 기억들이 묻어있는 카페 넓은 창가에 앉으니
머릿속엔 그대와 마주 앉아 커피를 마시며 도란거렸던
지난 추억 시간들이 세월을 거슬러가며
오래된 흑백 영화 한 장면처럼 생성生城 되고 있습니다

불가佛家 에선 옷깃만 스쳐도 인연이라는데
느려만 보였던 세월에 우린 느긋하게 노닥이다가
옷깃이 서로 닿는 포옹 한번 못하고 헤어졌습니다

지금 이 시간
인연을 만들지 못했던
그때의 어리석음이 한없이 서럽습니다
보고 싶은 그대는 어디서 그리움을 달래고 있습니까?

타고 나지 않은 인연은 만들면 된다고 합니다

조급한 나에겐
바쁘다는 세월은 벌써 저만큼 앞서 달음질 치고 있습니다
잊지 못해 더욱 그리워진 사람이여
어제보다 오늘 더 그리워지는 것은
쉬지 않고 앞만 보고 달려가는 무정한세월 때문입니다

가지 않아야할 길

별빛이 캄캄한 어둠속으로 쏟아져 내리는 풍경을 보며
잠 못 이루고 넓은 창틀에 기대선 날 보려 졸음에 졸고 있던
가로등하나가 마파람에 눈을 크게 뜨고 창문을 기웃거립니다
그대와 내가 가지 않아야할 길을 가고 있는 지금 이 시간
한동안 나에게 행복한 미소지어주었던 까닭에
나의 커다란 한 부분은 영원히 그대를 따라 다니고 있습니다
그대에게 마음을 빼앗긴 지금에도 그 모든 추억들이
훨씬 더 아름답게 느껴지는 것은 미련 때문입니다

어젯밤 꿈속에선 날보고 웃고 있었는데 어쩐 일인가요
내일의 해가 떠오르면 그대는 나를 다시 사랑해줄 건가요
언젠가 별빛이 쏟아져 내리는 호숫가 벤치에 앉아
내 어깨에 장미향기가 은은한 머리를 기대고 이따금씩
따뜻하고 고운 손으로 내손을 잡아 사랑의 온기를 전해주며
때론 살며시 품에 안겨 사랑을 속삭이던 모습도
바람결에 흩어 진 머리카락을 다정하게 어루만져 주던
꿈같이 아름다웠던 시절도 잊지 않고 기억하고 있습니다

그러나 우린 서로가 가지 말아야할 길을 가고 있기 때문에
살아가면서 웃음과 행복보다
난 외로움과 절망을 더 많이 만나며 살아가고 있습니다
그대여 우리의 웃음이 메아리도 없이 사라져 버리듯
그동안 함께 나누었던 사랑은 추억으로만 남겨놓을 텐가요

201

우린 갈림길에서 가지 않아야할 길을 서로가 선택 했습니다
그대여 가고 있는 길 행복합니까
혼자서 걷고 있는 지금 이 길은 너무 힘이 듭니다
이젠 그 두개의 길이 합쳐지길 바라는 마음이 같았으면 합니다
그간 힘든 얘기를 손잡고 도란거리며 한길을 걸었으면 좋겠습니다

설혹 나의 소망이 헛된다하여도
그대의 커다란 한 부분은 영원히 내 곁에 머물 것입니다
우린 지금 가지 말아야할 길을 가고 있어 쓸쓸합니다

편지

오늘도 어제처럼 새벽잠에서 깨어나
방안을 서성거리는 것은

그대에게서 소식이 가득한 이메일 한통 왔을까봐
컴퓨터를 켜 보건만
화면 속엔 어젯밤 꿈속에서 날보고 울고 있던
못 잊어 그리운 상상의 그대 웃는 얼굴 가득합니다

그리움은 실바람에 술렁대는 물결처럼 찾아와
오늘도 어김없이
소리도 없는 고독과 창가에서 서성이고 있습니다

빛을 잃은 은하수를 건너가는 새벽초승달처럼
세월 속에 흐릿하게 지워져가는
그리운 그대얼굴을 보고 싶어
보낼 곳 없는 편지를 쓰고 있습니다

그대가 이렇듯 오랫동안 지워지지 않는
기억 속에 살아만 갈
가슴 깊이 묻어두긴 너무 아름다운
사랑이란 그 이름 하나이기 때문입니다

명지포구

기억의 언저리서 매섭게 후려친 회초리에
그리움이 아픔으로 깨어나 잰걸음으로 찾아온
사랑하는 사람이 떠났던 명지포구 선착장엔
그대는 보이지 않고 파도만이 하고 싶은 말 있는지
서럽게 몸부림치며 목매이게 울고 있습니다

서러운 파도는 나의 울부짖음 입니다

오늘 그대를 만날 수 있을까
초조했던 마음은
그리움의 마지막 종점에서 허우적이고 있습니다

산비탈 들국화 밭에 널브러져있는 저녁놀이
갈 길을 재촉하는데
그대와 같이했던 자그마한 카페창가에 앉아
어디로 갈지 허허 막막함에
목이 울컥하여 토해낸 긴 한숨이
식어버린 잔속 커피를 파르르 일렁이게 합니다

그대는 나의 생명줄이고
영혼이 숨을 쉬는 그리움의 안식처이기에

낙동강 하구언 ☆☆

흘러버린 세월로 인해 또렷하지 못한
흔적으로 남겨져가고 있는 영상처럼
떠오르는 모습과 모래위에 써놓았던
그대 이름을 파도가 지워버리듯

이제는 지워야할 때가 되었다는 푸념들과
시간의 공간에서 흐릿하게 떠오른
얼굴마저 지우려고 하는 노력이
어쩌면 아직 그대를 사랑하고 있다는
나의 몸부림 이라고 생각하세요

인연과 인연을 연결해주었던
낙동강하구언나루터 낡은 목선은
첫눈을 맞으며 밧줄로 목을 매고
갯벌에 누어 밀물을 기다고 있는데

예사롭지 않게 군데군데 모여서
서로 간에 손을 잡고
웅성거리는 낙동강포구 나루터엔
오늘도 누군가 서운히 떠날 모양입니다!

깊은 밤 잠 못 이루고

코스모스꽃대가 실바람에 하느작거리듯
아름다웠던 옛날 추억의 불꽃이
내 안에서 전체가 서서히 빛을 잃어 가는 시간

나는 지금 서재에 앉아 단 한 사람의 이방인인
슬픔 때문에 나의 마음은
그리움의 잔을 남김없이 마시고
고독의 몸부림으로 하얗게 밤을 보내고 있습니다

창밖 창공엔 반짝이는 별로 가득 차있고
달빛은 잔잔한 은물결로 내려와 뜰아래 떨고 있는
자작나무잎사귀에 앉아 소곤거리고 있는데
멀리, 또는 가까이서 귀뚜리와 여치가 합창을 하여
나의 마음은 아득히 먼 곳으로
그리운 그대의 얼굴을 찾아 헤매고 있습니다

그대 사랑하기에

가랑비 내려 쓸쓸한 늦은 저녁
창문을 두드리는 바람 소리에
문득 외로워져서 서럽습니다

그리움이 밀물처럼 밀려오는 시간이면
그리운 그대가 옆에 있어야 한다는
간절한 소망은 수없이 이어지고 있습니다

서로가 가까이 다가가지 못하고
낯설면 낯설수록 스쳐 가는 바람처럼
거부할 수 없는 그리움들이
텅 빈 가슴을 비집고 들어옵니다

그대를 잡지 못하고 떠나보낸 것이
나의 삶에 운명이라면
그래서 마음이 더 조급해 진다면
그것은
세상에서 변해가는 것들에 대한 두려움입니다
그래서 항상 누군가 옆에 있어주었으면 하는
간절한 소망을 떼어버리지 못하고 있습니다

죽도록 사랑한다
미치도록 보고 싶다

푸념어린한마니 내뱉어도
오늘도 오지 않는 그대를 내일이면 만날 수 있을까
아득한 미련속의 기다림은 머릿속 가득하여
이젠 말라가는 눈물 때문에 더 서럽습니다

그리움

그대를 매정하게 떠나보냈던 봉황대 산책로엔
지우지도 못할 질서를 잃은 발자국들이
그리움을 되새기며 안타깝게 발걸음을 붙잡으려 합니다

서럽게 헤어진 사랑 때문에 머뭇거림이 추해질까 봐
난 아무렇지 않은 듯 내숭을 떨었지만
눈물을 감추려고 고개 숙인 채 매정하게 뒤돌아섰습니다

헤어짐 뒤에
짙은 안개 속 같은 가슴을 그리움이 방망이질하여
눈물로 하얗게 지샌 그 수많은 밤과
고독에 몸부림치며 보낸 쓸쓸한 밤들을
행여나 하는 설렘으로 온몸을 떨었습니다

사랑을 잃어버리고도
눈물을 감추려고 애를 쓰는 그대 눈에 비친
애절한 내 하소연이 서글프기만 하겠지요

그대를 생각하다가 긴 밤을 뜬눈으로 보냈건만
머릿속 상상의 그리운 그대는 언제나
안타까운 그림자 늘어뜨리고 떠나고 있습니다

꿈

누구나 이 세상을 살아가면서 저마다 원대한
꿈을 이루려하지만 이루어짐보다는
더 많은 좌절과 실패를 겪게 됩니다

그렇지만 살다보면 누군가와의 특별한 만남이 있기에
다시 무언가를 기대할 수 있는 꿈을 꾸고 살아갑니다

우린 꿈꾸어 왔던 서로에게 그 무엇이 되기 위하여
하나의 길을 가자고 약속하였습니다
기쁨에 찬 우리는 몹시 행복해하였건만
그 길을 함께 갈 수 없다는 것을 이내 알게 되었습니다

수많은 슬픔의 날을 보낸 뒤 우린 가지 않아야할
두 개의 갈림길에서 서로가 다른 방향으로 걷고 있습니다

꿈은 저마다에게 아주 큰 기쁨이 될 수도 있지만
다른 한편으론 아주 큰 괴로움이 될 수도 있을 것입니다
그래서 세상에서 꿈 때문에 자기 자신만큼이나
자기를 괴롭히는 이는 이 세상엔 없는 것입니다

사람의 간절한 꿈이란 누군가와 더불어
삶을 함께 가꾸어 가려는 것이 아닐 까요
그러나 살아오면서 알게 된 것은

이 세상의 만물에겐 영원한 것이 없다는 것을 알았습니다
살다보면 누구에게나 소중하게 기억되는 사람이 있습니다
내 소중한 사람이 먼발치에서 사랑의 눈길로 바라보고 있다면
이토록 오랜 세월을 저린 가슴으로 살지 않았을 것입니다

그리움

그대와 헤어짐이 슬픔일지언정
사랑만은 가슴시리도록 아름다웠기에
그 숱한 불면의 밤들도
다시 돌아올 것 같은 그리움의 날이 있기에
그대를 그리워했던 추억이란 단어가
큰 위안이 되는 건 오랜 세월동안 기억케 한
추억이 아름답기 때문입니다

가슴을 후비는 고통보다 그대를 그리워해야 하는
미소로 머물렀던 우리사랑이
물안개가 아침햇살에 녹아내리듯 사라지든 날
사랑은 실패를 해도 아름다운 인연이라고
나 홀로 그 이별의 아픔을 이겨냈지만

잊어짐으로 사랑이 지워져 버린 줄 알았는데
이별보다도 더 큰 서러움으로 다가왔습니다

잊어야지 이젠 잊어지겠지 하는 궁상맞은 푸념은
다시 만날 기회가 있기를 바라는 간절한 마음입니다
살아온 동안 수 없이 생각나는 그대 모습을
기억 속에 가둔 뒤 잊으려고 빗장을 걸어놓고선
언젠가 우리 가슴 다 열고 웃을 수 있게 해달라고
그대의 아름다운 미소를 위해 기도하고 있습니다

미리내를 건너는 초승달이 이별을 고하면
희미하게 흩어지는 연보라 빛 그리움들이
언제나 그렇게 아픈 기억되어 머릿속에 맴돕니다

명지 포구

이 세상이 절망과 슬픔으로 다가올 때마다
조급한 발걸음이 되어 한 달음에 달려가
그대가 지탱하기 힘든 무게의 그리움을 남기고
홀연히 떠난 선착장에서
지는 해를 멍하니 바라보며
얼마나 많은 날들을 방황했는지 모릅니다

그림자가 길어지는 낙동강하구언포구 들머리에 앉아
자꾸만 눈에 밟히는 옛 추억에 젖어들면
홀로된 서러움이 배가 되는 애달픈 상념想念 속에
그리움은
뭍으로 향했다 뒤돌아서는 파도처럼
그대에게 갔다가 다시 뒷걸음질치고 있습니다

갈대밭 사이사이를 떠돌던 바람이
바쁘게 지나가면서 이따금 묻습니다

    - 이별 후 어떻게 견디었느냐

이별은 아픈 기억으로 남았습니다
하지만
그리움이 사라지지 않고 언제나 자리하고 있어
희망을 버리지 않고 슬픔을 견디며
사랑했던 사람을 오랫동안
잊어버리지 않고 살아야 하겠다고 답 했습니다

나 그대 사랑하기에

애처로운 한탄으로 고백하는 것을 왜 몰랐던가요
뒤척이며 깊은 밤을 아픔에 겨워하는 이 시간
슬픔과 더불어 한 자락씩 베어가는 기억의 언저리엔
이별과 만남의 끊임없는 되풀이로
이젠 눈물도 말라버려 울어지지도 않습니다

중앙차로에 그려진 노란선 두개가
직선이 아닌 지렁이처럼 꿈틀거리게 보이도록
포장마차에서 마신 잔술에 취한 나를 두고
우산을 거부한 채 길 건너 은행나무아래서
몸을 반쯤숨기고 고운 손을 흔들며
마지막으로 눈짓 인사를 보낸 그대의 모습이
너무나 작아 보여 슬펐습니다

그대로 인하여 거듭 태어난 나는
창틀 채양(遮陽) 에 떨어져 구르는 빗방울을 지켜보면서
빗방울 크기와 내가 흘리는 눈물의 크기를 가늠하며
조용히 기다려야하는 의미를 알았습니다

설레며 타오르고 있는 내 사랑이 언젠가는
내 꿈의 아름다움과 닮아지길 소원하고 있습니다
오늘도 어제만큼
나
WEIL ICH DICH LIEBE -그대를 사랑하기에

215

미련

타인의 마음을 알 수 없듯이
우리가 가야할 길의 끝은 알 수 없었기에
그대를 아끼고 사랑했던 그리움은 절망이 되었습니다

그대와 잠시 동안 떨어져 있어도
내 가슴속엔 언제나
둥지를 틀고 앉아 있는 그대가 있었기에
나 역시 그대 가슴깊이 각인 된 줄 알았습니다

기다리는 시간이 아득히 멀어져 보여도
난, 헤어진다는 슬픔보다도
어젠가 만날 수 있다는 소중한 미련 때문에
젖어가는 눈길로 거리를 방랑자처럼 맴돌고 있습니다

이 밤도 뿌리칠 수 없는 서러움에
그리움을 참지 못하고 눈물로 긴 밤 지새울 것입니다
이젠 기다리는 시간보다 그대의 가녀린 모습이
점점 아득히 멀어져 보이는 게 더 서럽습니다

그리운 얼굴하나

이 쓸쓸한 가을밤에 창문을 흔드는
소슬한 바람소리에 깨어
자판을 두드리다 잠시 눈을 들어
창 넘어 바람에 부대끼는 낙엽을 보고 있습니다

싸늘한 달빛에 떨고 있는 희미한 가로등 불빛아래
그대가 울고 있는 실루엣 모습이
어느 땐 표정 없는 얼굴로 물끄러미 바라보는 것 같아
서러워 눈물이 왈칵 솟아오르니
끝없이 밀려오는 그리움의 조각들이 가슴속 깊은 곳에서
고스란히 받아들여 차곡차곡 쌓이고 있습니다

헤어짐이 우리 사이에 어차피 주어진 운명인줄알고
그대를 향한 미련을 버리고 현실에 적응하였더라면
이렇게 초라하지 않아도 될 것인데도
그리움이 잉태되어 가고만 있는
슬픔을 되씹는 어리석은 바보짓을 해야만 하는
가혹한 현실이 너무 서럽습니다

그러나 이렇게 눈물 나는 세상에서
내가 견디어 낼 수 있는 힘은
살아가면서 그대를 그리워해야 하는 희망이
아직 많이 남아있기 때문 입니다

서 낙동강변의 추억

따뜻한 사과파이위에서 녹아내리는
아이스크림보다 더 부드럽고 달콤한 사랑을 나누었던
오래되어서 유난히도 눈에 띄는
서 낙동강변통나무 찻집에서
그대와의 추억이 한동안 공존하였기에
사랑하지 않을 수 없어 잦은 발걸음을 합니다

오늘도 바람개비단발걸음은
행여 지난날 아름다웠던 추억들이 생각이나 찾아와
넓은 창가에 앉아 탁자위에 한 손으로 턱을 고이고
식어가는 찻잔을 보며 나를 기다리고 있을 것만 같은
실루엣처럼 떠오른 그대모습이
금빛햇살저녁놀에 녹아내리고 있기 때문입니다

그저 바라만 보아도 행복했던 그대 보고 싶어
들국화가 늘어선 창밖 넘어 찻집으로 이어진
오솔길에 자꾸만 자꾸만 시선이 머무르고 있습니다

그대는 우리사이가 끝난 줄 알고 있겠지만
내가 그대를 잊지 못하고 기다리고 있다면
그건 우리사랑이 아직 끝나지 않았다는 의미 입니다

어스름이 우울증처럼 다가오는 이 시간

외기러기처럼 세상을 살아가면서도
이렇게 오랫동안 기다릴 수 있는
그대가 있다는 것만으로도 오늘도 많이 행복합니다

미련 때문에

쉽게 잊혀 질 추억이기보다
가슴 아파도 오랫동안
내 가슴속에 한가운데 자리하길 바랐던
그대 모습이 떠오르면
왜 이렇게 자꾸만 긴 한숨이 나는 건지

그대와 헤어져 세상을 살아간다는 게
얼마나 힘이 든다는 것을
이제야 어슴푸레 느낄 수 있게 되었습니다

사랑을 찾아 방황하는 외톨이는
점점 길어져가는 한숨에
발걸음소리는 첼로소리가 되어
궂은비 내리는 낯익은 거리를 배회 하고 있습니다

질척이는 황야에서 길을 잃고
질서를 잃어버린 발걸음으로
엄마 찾아 헤매는 배곯은 아기 사슴처럼

그대가 그리워지면

잠시라도 그대와 마주 앉아 이야기를 나누면
나는 온종일행복 했습니다
그대의 맑은 표정과 아름다운 목소리는
나에게 삶의 의지를 북돋아 주기 때문입니다.
돌아오는 날마다 그런 날이 되기를 소망하기에
오늘 하루해가 기울어져도 살아갈 이유가 됩니다

바람이 불어 낙엽이 떨어지는 계절이 오면
외로움은 자꾸만 더해 가는데
보고 싶은 그대의 소식은 아득하기만 합니다

오늘처럼 문득 그대가 그리워지면
나는 붉은 얼굴이 되어 낯익은 거리를 서성입니다

이별은 서러워도

그대와 헤어지는 슬픔을 잊기란
그다지 어려운 게 아니었지만
속절없이 지나간 시간들을 그리워하며
잃어버린 행복을 서러워합니다

이젠 쓸쓸하게 남겨진 마음의 상처와
그나마도 없어진 그대 모습담긴 스냅사진 한 장
잊지 못해 안타까워하고 있습니다

이별이 두려워 고개 돌려 애써 외면했던 나는
이젠 그 힘들었던 기억마저도
그저 희미한 추억의 그림자로 남았습니다

어느 땐 잠깐 아주 잠깐만이라도
예전 같지 않은 내 마음이 이별의 플랫폼에 서면
아득히 들려오는 기적소리마저 반갑습니다

이별을 고하던 날
물비늘에 번지는 노을을 보며 눈물 흘리던
희뿌연 그리움으로 남아있는
그대가
행여 올지도 모른다는 생각에

행나무

가을비 흩뿌리고 나니 찬바람이 제법 매섭게 달려드는 군요
거리의 나무들은 하늬바람에 몸을 맡긴 채
자신의 형형색색의 외투를 벗고 있습니다
벌거숭이 가지를 드러내면서 젊은 날을 빛나게 했던 이파리를
미련 없이 발치에 떨어뜨리고 있습니다
이 세상을 떨치고 가는 길 홀가분하다는 듯이

바람결에 구르며 놀던 낙엽은 길바닥을 곱게 빗질 하고 있습니다
길 건너 마주보면서도 다가가
껴안을 수 없는 그녀가 안쓰러운 것일까요
고목에 낙엽하나가 마파람과 힘겨룸을 하며 떨어 질 까봐
공포에 질려 비명을 지르면서
떨어지지 않으려 안간힘으로 매달려 있습니다
헤어지려는 엄마 손을 놓지 않으려고 발버둥치는 아가야 손처럼
이제 곧 북녘에서 불어오는 칼바람에 손 시려 놓아 버릴 텐데
그 모습이 자꾸만 자꾸만 날 뒤돌아보게 유혹誘惑 하는 군요

아무리 작은 것들이라 할지라도 이 세상에서 사라진다는 것은
그게 나무 잎이 됐던 다른 뭐가 됐던 무척이나 슬픈 일입니다
생성과 소멸이 비록세상의 모든 것들이 가지는 숙명이라 해도 말입니다
세상과의 인연의 마지막 장면 같은 느낌이 들어 많이 슬퍼집니다
차가운 북풍이 몰려오면 나무는 새로이 옷을 갈아입고
앙상한 가지가지마다 하얀 눈꽃송이로 피어 날 것입니다

수많은 고독의 밤들이 지나고 새날이 오면
옷 벗은 가지가지엔
영롱한 이슬이 방울방울 눈물 꽃이 맺겠지요
그리고 어느 날 햇살 좋은 아침
보랏빛 그림자로 그녀를 만날 것입니다
늦가을 찬바람이 몰아치는 날
눈앞에 펼쳐지는 자연의 풍경이
혼자인 당신에겐 너무나도 쓸쓸하다 구요
하지만 그것에서 웅크리고 있는
내일의 희망의 씨앗을 이미 보았겠지요
그래서 만물은 머묾이 있고 떠남이 있는 것 아닐까요

지나버린 세월 속에
잊어지지 않는 그대가
아직도 나에겐
그리움으로 남았는데
나······. 어쩌란 말입니까?

잊지 못하기에

세상에 존재하는 한 결코 사라지지 않을
그대 환상 때문에 깊은 밤 잠 못 이루는데
창문을 기웃거리는 만삭이 된 달이
그리운 그대 얼굴이 되어 서럽게 합니다

아직도 잊어버릴 것이 많아서인가
잊고, 잊고 또 잊었는데도
채워도, 채워도 채워지지 않는 그리움이
이젠
그대를 겨누는
비수가 되어가는 것이 많이 슬픕니다

꿈처럼 환하게 피어오르던 그대의 환상이
흘러가는 세월 속에 시나브로 사라지기에

그리운 얼굴

눈을 감으면 그대는 창밖으로 소리 없이 다가와
슬픈 눈망울 얼굴 되어 내 가슴에 묻힙니다

이별이야 하고 떠난 그대 목소리가
아직 귓속에서 하울링처럼 아득한데도
그대를 못 잊어 그리워하는 나에게
기다렸지 하는 목소리가 들려온다면
나는 아주 많이 행복할 겁니다

그간에 기다림을 수 없이 연습을 했어도
아직 익숙해지지 않아서 더 서럽습니다
다만 만날 수 있는 나의믿음만은
눈물에 녹아내릴 것이 아니기에
지금의 기다림은 잠시이길 바랄뿐입니다

내 가슴속깊이 각인된 그대의 얼굴은
시간의 흐름에 따라 변해가지 않는
언제나 그리운 얼굴이기에

못 잊어

아직도 끝날 줄 모르는 그리움 때문에
밤마다 깊은 잠을 못 이루고 절망해하는 것은
그대와 만남이 세상에서 그 어느 것보다 아름다웠기에
과거로 돌아가고 싶은 내 간절한 소망 때문입니다

잊을 것은 잊어야지 살아가면서
좋은 만남의 시간들도 아니 설혹 슬픈 만남이었어도
그 모든 것은 그대와 나의 아름다운 추억으로 남았는데
기약도 없이 가벼운 웃음을 흘리고 떠난 그대가
지금은 낯선 타인으로 굳어져가고 있어 슬퍼합니다

오늘도 그리움은 마지막 경계선을 긋는데
포장마차서 마신 잔술에 취해 질서 없는 발걸음으로
가로등이 하나 둘 눈을 감는 거리를 휘돌면서
음치의 목소리로 흘러간 유행가를 목청 것 부릅니다

　　- 못 잊어서 또 왔네 미련 때문에
　　　못 잊어서 또 왔네 상처가 아파
　　　차가운 추억이나 달래보려고
　　　울머가던 내가왔네 못 잊어 왔네
　　　그리운 임恁 찾아 내가 또 왔네

풍경

갑자기 낮아진 하늘이 슬퍼하여
가던 걸음 멈추고 뒤돌아서려는 연지공원엔
호수에 덮고 있는 희뿌옇게 물안개 속에서
보고 싶은 그대 환상이 비비적거리고 나와
옛 추억을 헝클린 실타래처럼 온몸을 휘 감습니다

손 전화

수레바퀴처럼 바쁘게 돌아가는 일상 속에
까마득하게 잊고 있던 그대에게서
어느 날 불현듯 전화기에서 들려온

　- 잊기 않고 있다.

는 소식에
난 잠시 동안 달콤한 휴식이 될 수 있었습니다

그때가 문득 생각나면 무작정 거리를 맴돌다가
그대를 닮은 이를 보곤 쓸쓸한 미소를 짓곤 합니다

꽃향기가 대지 활보하던
유난히도 평온 했던 봄 날
뭐가 황급했는지 발길을 재촉하며 떠버린
그대 생각에 오늘도 나는 고개를 갸웃거리며
쓸데없이 주머니 속 전화기를 만지작거리고 있습니다
그대☎ 번호가 아득해서

환상幻想

굳은비 내리는 창가에 시선을 건 내게로
어둠을 밟고 환영幻影 으로 오는 이 있습니다

바람처럼 떠나 돌아오지 않던 그대가
이젠 가슴을 쥐어뜯는 그리움이 되어
가끔씩
새벽을 여는 사람이 돼버렸습니다

머릿속 환상幻想 뿐인 그대의 모습 때문에
허기졌던 내 그리움도 여기서는 조용하여
애달픈 서러움이 오늘도 끝내는
내 눈 처마 밑만 하염없이 젖어들게 합니다
어느새 창밖엔 햇살이 출렁 거리는데

이 쓸쓸한 계절에

바람은 무수한 소리를 흘리고 다녀
내처 버릴 수 없는 그리움은 흥건이 젖는데
아가야가 설핏 잠에 하품 섞어 서럽게 울듯
비실하게 누운 코스모스 밭 언저리엔
짝을 잃었는가!
애절하게 울어대는 귀뚜리 소리가 서럽습니다

그대의 속삭임에 전율을 느끼며
박꽃 같은 고운모습 넋을 잃고 바라도 보았는데
이젠 이별로 무너져 내린 가슴은
아무것도 생각 할 수 없어 아득하기만 합니다
오늘도 기억 속 그대는 끝내 고운 손 흔들고
계절을 비껴 그렇게 홀연히 떠나고 있습니다

삶을 서두르지 말라고 가르치는
자연의 흔적은 보이진 않지만
세월의 무상함을 익히 알았기에
그리움을 잠재우려 무던히 노력 합니다

이 초록의 계절에

겨울 내내 집에만 있었습니다
어느새 향기가 공해에 찌든
코끝 때를 닦는 봄 온줄 모른 채
안 보여서 걱정 많이 하셨죠 저 괜찮아요
차가운 칼바람이 태양과 힘겨룸을 끝내던 날
방금 열어놓은 창문 사이로
봄 전령이 소리 없이 찾아 들었어요
아주 오랜만에 방안 곳곳을 환하게 밝혀주네요
적당한 앉을 자리를 찾느라 비좁은 방안 구석구석을
힐끔거리는 햇살이 그저 마냥 반가울 뿐입니다

견디기 힘든 추위와 힘겨룸을 끝에 찾아 온
낯설지 않는 계절에
봄 이라는 이름이
언제나 반가운 애인처럼 날 유혹합니다
그래요 나 여전히 살아 있음이 실감나네요
아직도 내가 살아있음의 증거는
아파트 현관입구 우편함에 쌓인
내 이름 박힌 우편물이 가득했습니다
때론 반갑지 않은 흔적들 이긴 하지만
태어나 지금까지 살아온
세상의 희망의 빛이겠지요
아무도 모르게 소리 없이

살금살금 찾아 온 그리움들이
우편함에 차곡차곡 자꾸
그렇게 쌓여만 갈 것입니다

보고 싶은 그대의 환상만 떠올려도
지금 너무 행복 합니다
그립다는 말과 함께 분홍빛햇살에 형형색색으로
곱게 피어나는 꽃잎에
그리운 사연을 적고 있는 이 시간
전파사 문 틈새를 비집고나온
수 톰슨의 노래 '슬픈 영화를
떠돌이 바람이 동무삼아
가파른 골목길 오르면서 힘들었나!
잠시 창가를 맴돌며
귓속을 간질이고 있습니다

오오오 새드 무비 올웨이스 메이크미 크라이

    "지은아! 오늘도 어제 만큼 널 사랑해"

그대를 기억한다는 것은
사랑이 멈추지 않은 까닭입니다

미련

그대와 만나기로 약속도 아니 했는데
늦은 밤거리를 거니노라면
허락 없이 마음 한 구석을 독차지한 사람이
기억의 초입에 뿌리 깊게 심어져 발길을 잡습니다

누굴 기다리는 척 내숭을 떨며
두 잔 커피를 시켜놓고선
떠날 줄 모르고 자릴 잡고 앉아서

행여나 하는 어리석은 기다림이
여닫는 문소리에 가슴이 울렁이는데
희미하게 비쳤다가 꺼져버리는 반디 불처럼
그대를 향한 미련이 사라졌다 금새나타 납니다

기다림은 불치병이다

잃어버린 아름다운 것들을 아쉬워하고
애달아하거나 그리워하는 이상
기다림이 어떤 것인지 알고 있습니다
서리서리 쌓인 그리움이 불치병 된 뒤에

희망은 만남을 기약하고

그리움의 실타래가 그물처럼 엉킨 인연 때문에
한숨 섞인 넋두리에 내재됐던 설움이 주춤대다
목젖가지 차오르더니 갑자기 울컥 솟아오릅니다

지나가던 바람만이 걸음을 멈추고
근심스레
신작로에 늘어선 나목들과 수런거려도
기다리는 시간이 아득히 멀어져 보여
만난다는 기쁨보다 헤어진 뒤 찾아오는
날선 고독이 두렵습니다
쓸쓸히 돌아올 땐
언제나 내일 만남을 기약하지만

인생

천상병 대人 선배 시인이
1993년 4월 28일 귀천歸天 했다

나 하늘로 돌아가리라
새벽빛 와 닿으면 스러지는 이슬 더불어 손에 손잡고.
나 하늘로 돌아가리라 노을빛 함께 단둘이서 기슭에서 놀다가
구름 손짓 하며는, 나 하늘로 돌아가리라.
아름다운 이 세상 소풍 끝내는 날, 가서, 아름다웠다고 말하리라……

저녁노을과 노닥이다가 어둠이 지자
밝아진 하늘로 갔을까
술이 있어 즐거웠고 시를 쓸 수 있어 행복했다던
그래서 세상의 소풍이 아름다웠다고
말하겠다던 선배 시인은
향수병을 술병으로 착각하고 마셔버려
코와 입……. 쉬를 하고 응아를 하면
향수냄새가 진동 했다던데
귀천을 하면서 음주는 안하고 갔을까
세상살이가 소풍이었다고
어린아이처럼 천진스럽게 비유하시더니
이 서럽고 한이 많은 세상을 훨훨 털고 떠나면서!

아버지 어머니 고향 산소에 있고
외톨배기 나는 서울에 있고.

형과 누이들은 부산에 있는데.
여비가 없으니 가지 못한다.
저승가는 데도 여비가 든다면
나는 영영가지 못하나?
생각느니, 아, 인생은 얼마나 깊은 것인가.

자신의 처지를 시를 지어
장탄했던 선배는 여비나 챙겨 갔을까
진즉이나 알았다면 이자 비싸기로 유명한
뚱뚱보 쌍과부 술집
새끼주모 전대 돈이라도 빌려 주었을 텐데
술이 없어 아니 즐겁고
여비가 없어 귀천을 못하고
구천에서 떠돈다면!
글을 사랑해서 가난했던 시인이여!
잠시 발길을 돌리시어

  - 후배! 나 귀천할 때 여비하고 남으면
    막걸리 사서먹게 2000원만
    그 천진스럽다는 얼굴로
    꿈에라도 나타나서 부탁하면 좋으련만!!!

명지포구

살랑거리는 물결이 해묵은 슬픔을 일깨우는데
언젠가 어릴 적에 꿈속에서 본 것처럼
추억의 천사들이 하얀 날개를 펴고 있습니다

갈매기가 서럽게 울 때면 나는 오랫동안
귀 기우립니다
그럴 때면 당신은 떠도는 부평초처럼
한 조각구름 되어 낯설게 다가옵니다

마음의 궁핍과 고뇌를 안고 살아가야하는
기억 속에 그려져 있는 그리운 그대얼굴은
한낮의 가벼운 꿈에서 깨어나
조용한 미소를 지으며 퇴색해 갑니다

수많은 추억들이 어떤 흐름에 의해
나에게 실어왔어도
어느 것 하나 붙들어둘 수 없어 서럽습니다

끓어오르는 그리움을 달래 보려고
명지포구를 찾아 갔지만
언제나 그렇듯이 그곳엔 그리움만 더했습니다

연지공원

눈감으면 그리움은 기억의 저편에 모여 있어
설렘으로 발길 재촉해 찾아간 공원 산책로엔
나무들은 각각이 고운 화장을 하고 반긴다
마치 내 사랑 일부인 것처럼
자연이 찾아낸 아름다운색이 참 곱기도 하다

마음은 터질 듯 부풀어 오르고
가슴이 뜨겁게 요동치는 이 시간

바람도 지쳐 잠들었나
침묵의 풍경은 별빛 속에 사라져 가고
못 위에 야영하는 여러 쌍의 원앙새 무리와
창공의 달과 별무리들 움직임 외에는
모두가 정지된 것 같은 느낌이다

달은 휴식을 취하려 잠시구름 뒤로 숨어들어
고독에 떨고 있는 외로운 가슴은
아무것도 생각할 수 없는데
나의 침묵은 언제쯤 길을 열어 줄 것인가

꿈처럼 환하게 창공에 떠 있는 만월은
언제나 그리운 그 사람의 얼굴인데
임호산 중턱에 자리한 흥부암 종소리에
별빛과 달빛은 내일을 기약하며 이별을 고한다

※ 흥부암, 김해시 임호산에 있는 암자

241

존재의 이유

언제나 그대 때문에 존재하는 나는
그대와 하나가 되고 싶다는 이유가 되어
언제나 미소를 잃지 않고 다가왔던 그대를
머릿속에서 지울 수 있는 방법을 모릅니다

가슴속에 남아있는 그리움이란
타인의 마음을 헤아릴 수 없듯이
내밀스러운 또 하나의 연정입니다

그리움을 앓고 살아간다는 것은
생에 고통이기도하고
다른 한편으론 절망이기도 합니다

그러나 그리움은
또 하나의 삶의 원천이기도 합니다

기도

미륵불상아래 작은 연못 속엔
동전이 가득하다
삶이 두려워 질 때 찾아 와서
하나 둘 던져 넣으면서 빌었을 소원
갖가지 바람이 많았을 텐데
누구의 기도가 더 간절했을까
부질없는 짓이건만
신화를 만들어 내는 사람들의 마음이
내 가슴에 간절히 와 닿는다
....
⇩
南無觀世音菩薩남무관세음보살

간이역

각각의 사연에 만나고 헤어질 수밖에 없었던
모든 사람들을 위해
언제나 말없이 기다리는 간이역 플랫폼서면
중요한 모든 것들이 하찮은 것들이 되어버려
나는 낡아버린 역사벤치에 앉아 느긋하게
옛 이야기가 돼버린 추억을 그리고 있습니다

사랑했던 시간보다 이별이 준 상처가 길기에
삶이 고단 할 때마다 그대가 보고 싶어
낯익은 간이역을 찾아와 얼마나 많은 날을
방황 했는지 기억도 아득 하기만 합니다

오늘도 행여나 하는 미련을 버리지 못한 채
귀가길
후줄근한 모습으로 낯익은 정류장에서
느려터진 구산동행 마지막 버스를 기다립니다

사랑 한다는 이유로

이젠 잊고 살아야할 꿈처럼 고운 이야기들이
이미 오래전에 흘러간 이야기라 할지라도
이렇게 소리 나지 않는 그리움은
언제나 기억의 언저리에 맴돌아 행복 합니다

예기치 않은 어느 날 외로워서 서러운 밤
오랫동안 지워지지 않는 머릿속 얼굴 때문에
이렇듯 당신을 향한 그리움이
자꾸만 반항하는 몸짓으로 사라져 가는 그대를
이토록 사랑했던가를 생각하면 웬일인지
자꾸만 서글퍼져 더욱 가슴이 미여져 옵니다

나는 또 무엇이 서러운 것인가
그것은 그대를 기억 속에 지우지 못하고
살아야 앞으로의 생이 아득하여서입니다

명지포구

피곤에 지친 회색도시 항구의 네온야경이
강물위에 어리면
솟구치는 그리움을 다스릴 줄도 알아버렸습니다

쏟아져 내려온 별빛이
일렁이는 수면위에 앉으면
이렇게 보기 좋은데
왠지 콩닥거리는 가슴은 서러움으로 채워집니다

이런 날이면 왜 이리 난 쓸쓸 해지는가

언젠가는 있으리라 믿어왔던
재회의 날이 아직 요원하기 때문입니다

슬픔을 눈밑에 그릴 뿐

더 많이 사랑했기에

사랑했던 사람과 헤어진 뒤 슬픔을 잊기란
그다지 어렵지는 아닐 것이라고 생각 했는데
나에겐
그리움 뒤에 엄습해오는 고독의 나날이었습니다
그 이유는
사랑을 받기보다 훨씬 더 많이 사랑했기 때문입니다
칼바람 불어와 창문을 흔들어
이 밤도 잠을 이루지 못하고
뒤척이는 까닭은
남겨진 추억을 한가슴에 지니고
난 아직 그대를 사랑하고 있기 때문입니다

아직도 잊지 못해

헤어진 것은 이미 오래전인데도
지난날의 추억들이 이제와 가슴한 곳에서
소용돌이를 쳐 커다란 고통을 주고 있습니다

이렇게 외롭고 허전한 밤
하늘엔 새벽 별이 가냘픈 빛을 발하며
내일 밤을 기약하는데
그대는 어디서
이렇게도 나를 시름케 합니까

세월이 가면 불꽃처럼
뜨겁게 사랑했던 가슴도 식는다는데

바람이 불수록 짙어지는 향기처럼
놓지 못한 것은
그대의 손목이 아니라 그리움입니다

그리운 얼굴 하나

이른 봄날 낙동강 강변에 늙어버린
찻집돌담길을 산책했습니다
그곳에서
파릇한 작은 이파리 담쟁이 넝쿨이
질서를 잃은 돌담 벽을 타고
힘겹게 어기적거리며
기어 올라가는 것을 보았습니다
드높은 곳을 향하여 잠시도
머뭇거리지 않고 느릿한 걸음으로
위로 옆으로 자기 마음대로 퍼져 나갔습니다
여름을 맞이하기가 두려운 듯
그렇게 느릿하게 번져 나갔습니다

가을이 시작된 어느 날 다시 찾아 간 그 곳은
붉은 색깔로 곱게 물든
담쟁이의 이파리를 보았습니다
무엇이 이렇게
자연의 아름다운색깔을 입혔을까요
파릇파릇한 색깔들로 시작되어 온 몸을
붉게 물들인 담쟁이덩굴의
억척스런 삶을 보았습니다

난 그 찻집에서 잠시 잊고 있었던
사랑하는 사람을 만났습니다

사랑은 떨어져 있다 해서
잊어지는 것이 아니었던가봅니다
정말로 사랑한 사람은
가슴 깊은 곳에 담아두는 것입니다
그리고 잊지 않고 오래오래 기억하는 것입니다
사랑은 그래서 모두가 아름답습니다

누구나 가슴 저린
그리움이나 슬픈 기억들이 있겠지요
힘들었던 시절도 뒤돌아보면
모두가 아름다운 추억일 것입니다

서녘하늘노을이 게으름 피며
물비늘과 노닥거리는 이 시간
갈대들의 하모니가 들리는
강변에 홀로앉아 늙어가고 있는 그 찻집엔
사랑하는 사람의
온기가 꼭 있을 것만 같은 생각이 듭니다
나는 간혹 그리움의 기억들에 의해
그 곳을 한달음에 달려가곤 했는데

갈길 잃은 바람이 장난기 많은 아이처럼
머리 결을 흩으러 놓고 사라지니
갑자기 지은씨와 같이 마셨던
따뜻한 커피가 생각나네요
그곳에는 지금쯤
'철새는 날아가고'팝이 흐를 것 입니다
생각만 해도 가슴이 쿵쾅거리는
그대를 만나려면 서둘러야 하겠지요

환영 幻影

애틋한 시선으로 잡은 손 살며시 놓아주며
하고 싶은 말이 많은 것처럼 머뭇거리면서
마지막 전철을 타고 떠나던 그대의 모습이
태양에 사위어질 낮달이길 바랬는데

눈감고 그려보면 하늘 끝에 걸려있는
하얀 보름달이 되어버린 그대 얼굴이
예전과 조금도 달라지지 않는 모습되어
내 가슴 속에 숨어듦으로
이렇듯 오랫동안 지워지지 않는 사랑인데
나에겐
사라진 것보다 더 안타까운 건 그리움입니다

명지포구

그땐 왜 그리 망설이며
할 말을 다 못하고 돌아왔을까
돌아서서 곧 후회할 것인데
그대 얼굴이 햇살에 녹아내릴 아침안개처럼
언젠가는 사라지겠지만

망각忘却 속에 불현듯 다시 그리워진다 해도
이젠 잊혀질만한 세월도 흘렀는데
문득 그대가 그리워지면 잠을 이루지 못한 채
긴 밤 섧게 지새고
나는 붉은 얼굴이 되어 조급한 발걸음으로
예전에 남겨둔 추억 가득한
낙동강 끝자락 명지포구 선착장을 찾습니다

우린 언젠가 만나자는 약속은 하지 않아
그대는 나를 쉽게 잊을 수도 있겠지만
나는 그리기엔 쉬운 일이 아니었기에
갯벌에 한가로이 누어있는 나룻배를 흘겨보며
오늘도 헛걸음에 무거운 발걸음을 옮깁니다

인생

가을이 내려앉은 고즈넉한 골목길
그만그만한 늙은 집들이 어깨를 기대고 있는
통영 노대도 섬에 자식 키워 모두 육지에 보내고
늙은 두 부부만 살고 있다

육지에서 온 이방인 위해
할머니는 조촐한 밥상을 차려왔다
평소 두 부부가 먹어왔던 소박한 밥상에
방금 할아버지가 에메랄드빛 바다에서 건져 올린
삶은 싱싱한 문어 한 마리를 더한, 이방인에 환대다

밥을 먹던 이방인은 수저를 밥상위에
가만히 내려놓고 의아해 한다
밥상 앞에서 손님에게 결례되는 두 다리를 펴고
할머니가 다리를 주물린 것을 보고

  - 다리가 많이 아프십니까
    이방인의 물음에
  - 말도마소. 육남매 나서 등에 업고 일하며 키우느라
    힘들어 흘린 눈물이 한가마니는 될 테고
    내어 쉰 한숨소리에 쉰 길의 깊이의 땅이 파였을 것이오

거침없이 달려온 칠십 평생의 삶속에

힐머니가 짊어졌던 바닷물의 무게는 얼마나 될까?
엄마가 섬 그늘에 굴 캐려 가면
배곯아 울던 아가가 손가락을 입에 물고 잠들었던
그 섬의 옛날의 핏줄은 다 어디가고
오늘도 핏줄이 그리운
할머니 아픈 다리는 핏줄을 그리워한다

사랑의 구조 요청

오늘도 오지 않는 그대 때문에
얼굴이 붉어지자
덩달아 서녁하늘 끝과 바다 끝이 붉어지니
세월을 함께한 등대가 바빠지기 시작 합니다

사랑이란
서로 간에 가느다란 실타래의 운명으로 만나
슬픔과 기쁨을 나누며 살아가게 해주는
하늘이 맺어준 인연입니다

파도가 때로는 격렬하게
때로는 부드럽게 모래위에 흔적을 새겨 넣듯이
오늘도 어제처럼 을숙도 백사장위에
나는
대문짝만한 HELP 흔적을 남기고 갑니다

다시 찾아오면 흔적도 없이 지워버리던
언제나 훼방꾼인
바람의 시간은 다행이도 외출 중입니다

255

풍경

변하지 않은 시골 5일 장터엔
예나 지금이나 시장상인의 인심은 그대로입니다
입심 좋은 상인에게
천륜의 끈 줄인 손자가 미끼를 물자
할머니 지갑이 이내 열립니다

기억속의 빛바랜 흑백 풍경은
흘러간 세월속의 내 마음을 열고 있습니다
할머니 손을 꼭 잡은 손자의 얼굴을 보니
나 어릴 적
어머니의 세월과 나의 세월이 멈춰있습니다

어머니께 때를 써 따라나선 시장가는 길
뻥튀기 붕어빵 *십리길 알사탕가게 앞에
어김없이 어머니 치마 자락을 잡은
나의 손에 힘이 들어가고
외씨 같은 고무신을 신은 발에는
어김없이 급제동브레이크가 걸렸습니다

아~
어머님!
기억은 봄바람을 타고 흩날리고
추억이 서려있는 정겨운 풍경에
가슴이 먹먹하고 명치끝이 아릿해옵니다

*잘 녹지 않아 입에 넣고 빨고 가면 십리를 갈수 있다 해서 지어진 이름
일명 나일론 사탕

종점

오늘도 그대가 올지 모른다는 생각에
마지막 경전철 구산동역 플랫폼에서서
물기 젖은 눈으로 저녁놀 바라보니
낯익은 풍경의 아름다움은
옛 추억에 젖어 들게 합니다
그대를 생각하면 왜 눈가가 젖어드는지

기다림은 외롭고 서글프기도 하지만
나에겐
그 기다림조차 즐길 수 없다면
남은 내 생에 크나큰 고통의 연속일 것입니다
뒤돌아본 나의 오랜 기다림은
차라리 행복이었다고 말하고 싶습니다

느티나무 잔가지에도 가을빛이 서렸고
철마는 먼 - 길 떠나기 위해
또다시 채비를 서두르고 있습니다
이 밤이 다가도록 코트 깃을 세우고
마지막 철마의 거친 숨소리를
그대 고운 웃음소리로 위안을 삼으렵니다

그대가 새벽하늘 은하수를 건너는

초승달처럼 허허롭게 작아지는 몸짓으로

점점 더 멀어지는데

나……. 혼자 어쩌란 말입니까?

살다보면

인간은 이 세상에 태어나면서
죽음의 정거장 까지 가는
열차 표를 누구나 가지고 태어나서
자기가 내려야할 정거장도 모르고 차에 탄다
개개인에 따라 태어나자마자 내리기도하고
1년을 10년을 간혹 100년을 넘게 타기도 한다
다만 가다가 지어진 운명에 의해
누가 먼저 내리는 역은 각자 다르다
그 정거장을 끝에서 돌아온 사람은 아무도 없다
그곳에서 어디로 가는지 결과를 알고 싶어 하나
끝의 결과를 말 해주는 사람도 없다
자신이 도달해도 말해주지 못하고 간다
이것은 피할 수없는 숙명이고 진리다
진리를 초월해서 살려고 하는 인간이
제일 어리석은 인간이다

그래서
살다보면 때론 낡고 느린 것이 그리울 때도 있다
아 ~ 인생!!!

권력 따먹기 화투놀이

삼팔선 이북은 악惡
삼팔선 이남은 선善
지구상에서 같은 민족끼리 분단국가가 되어
160여만 명의 혈기 왕성한 이 땅의 젊은이들이
철조망 경계사이로 너와 나는 한 민족이 아닌 적이 되어
오늘도 서로 간에 총 부리를 겨누고 있다.

그러지들 말고, 고려청자 항아리 안에
1·2·3·4·5·6·7·8·9·10
솔·매조·사쿠라·흑사리·난초·
목단·홍사리·공산·국진·장
쥐·소·범·토끼·용·뱀·말·양·원숭이·닭
열장의 화투를 넣고
이명박!
김정일!
두 사람이 눈을 가리고 두 장의 화투를 꺼내어
합한 수數 가 높은 사람이 먼저 통일 대통령을 하기로
유엔에서 서로 간에 각서를 하고 개임을 하면 될 것을
먹이를 놓고 먼저 차지하려 다투는 하이에나 같은 짓을 할까

　　- 야이, 빙신아! 여가 거시기가 껌 씹는 소리 하기 말거라
　　　뭔-그런 상소리를!
　　- 여가 거시기가 껌을 씹기도 못할 것이고 설혹 씹는다 해도

소리가 나지 않을 것이다라는 말이다
한마디로 말해서 말도 안 되는 소리를 하지 말라는 뜻이다

피한방울 안 흘리고 아주 쉽게 할 수 있는 통일인데
아이큐가 138인 내가 시방 얼빵한 말을 했나!
누구든지 피 한 방울 흘리지 않고
남과 북 두 댓빵들이 공평하게 손해를 보지 않고
단 몇 초안에 통일을 할 수 있는 방법을 말해봐?

*12간지 민속화투「저자가 12간지 동물그림으로 만든 화투
  3개의 특허로 생산하였으나 사장시킴.
  이유는 화투놀이 하여 망하면 개발자를 욕을 하기 때문이라는 가족들의 반대로……
  KBS와 MBC를 비롯하여 중앙일보에서 보도

존재의 증거

서러움과 싸우며 긴 밤을 홀로 지새워보아도
아득한 기억 속에 채워지지 않은 빈자리 있어
고개를 휘둘러 긴 숨결을 내쉽니다

사랑할 수 없었던 그 아픈 기억 때문에
세상을 살아간다는 게 크나큰 고독 입니다
고독이란 존재의 확실한 증거입니다

이젠 잊어져가는 그대를 기다린다는 말은
어쩌면 초라하고 궁색한
또 다른 나의 변명같이 들리겠지요
누군가를 기다림의 시간을 보면
그 그리움의 깊이를 알 수 있습니다

기다림

어떻게 그렇게 냉정하게 돌아설 수 있습니까
난 아직 이별을 준비하지도 않았는데
그대가 떠난 후 간혹 젖어드는 눈물 때문에
내 삶에서 그댈 잊어본 적은 없습니다
가슴에 빗장을 걸고 대못질한 후
잊어버릴 수 있는 추억이라면
이렇게 많이 가슴아파하지 않을 텐데
가끔씩 내 기억 속에 그대가 꿈틀거려
이젠 몰라라할 수도 없습니다
기다려도 오지 않는다는 것을 번연히 알면서도
그대만은 포기할 수 없었습니다

어쩌면 다시 오지 않을 것이란 것을 알기에
더 잊지 못하고 그댈 그리워하는지도 모릅니다

뷔페

먹고 가는 것은 배가 터져도 시비 않지만
가지고 가는 것은 절대 안 돼
*국세고지서 들고
찾아간 잔치 집에서 받은 뷔페 티켓 들고

나랏님 잔치 상보다 더 거할 것 같은 뷔페
나는 갑자기 펠리컨이 되고 싶다
가마우지도 되고 싶다
수가지 맛있는 음식
그중에서도 쇠고기 돼지고기 닭고기
한입 가득 넣고 집으로 가고 싶다

  - 쇠고기는 미국산 빼고 왜? 광우병 때문에

올 같은 폭염에 밥맛없어 먹지 않아 비실해진
우리 집 경비대장 *해피에게 토해주고 싶다

나들이하고 들어오면 우리 집에서 제일 반겨주고
예쁜 각시 지켜주고 집도 지켜주는 해피가 어여뻐서

절마가 아비마음을 알까!

  - 행여 농담이라도 그런 소리마시소

거지 항문에 걸려있는 콩나물을 빼어먹지
더럽고 치사하게 훔쳐온 부패腐敗 음식 안 먹을라요

참으로 잘 키웠다 순전히 내 마음대로 생각!

*결혼식 청첩장
*애완견 이름

265

나 살아가는 이유

사랑은 내가 상상한 그런 사랑이 아니었나봐
이별이야 하기엔 너무 가혹한 말인 줄도 모르고
사랑하지만 헤어진다는 함부로 해버린 말들이
돌이킬 수 없는 커다란 상처를 주고 돌아선 후
몇 날을 잠 못 들고 후회하며 용서를 비는 것은
아직 그대를 잊지 못하고 사랑하기 때문이야
내가 살아가는 이유는 그댈 사랑하기 때문이야

사랑은 내가 상상한 그런 사랑이 아니었나봐
이별이야 하기엔 너무 가혹한 말인 줄도 모르고
좋아하지만 널 떠난다는 마지막 인사의 말들이
돌이킬 수 없는 커다란 상처를 주고 돌아선 후
몇 날을 잠 못 들고 나 그대를 그리워하는 것은
아직 그대를 잊지 못하고 사랑하기 때문이야
내가 살아가는 이유는 그댈 사랑하기 때문이야

대중가요 CD제작발표
작곡 : 이성호 가야팝스 오케스트라 단장
가수 : 추미경

가야팝스오케스트라는 김해시 진영에 있으며 창원KBS 악 단장을 지낸 이성호단장 밑에
19명의 벤드인원과 7명의 가수를 포함 4명의 무용수로 꾸며져 있는 수도권 아래로서는
제일 큰 악단으로 유명하며, 노무현 전 대통령도 부부동반 두 차례 공연 관람을 하였으며
한국가요 방송국 아이넷TV 녹화방송

눈물보다 서럽게 젖은 그리운 얼굴하나

그대 온기가 남아 있을 것 같은 찻집에 앉아
가슴속 그리움이 나올까 봐 빗장 걸었는데
이슬비가 하염없이 내리는 이 쓸쓸 가을날
애절한 사랑을 남기고 떠난 그대가 보고파
가슴에 빗장 풀고 펑펑 소리 내어 울고 있네
우 ~ 우 ~ 우 ~ 우 …… 워워 워 ~ 워 ~ 워
이 생명 다하도록 가슴속에 묻어 둘 사랑
잊으려 애를 써도 아득한 기억 속에 떠오른
눈물보다 서럽게 젖은 그리운 얼굴 하나
눈물보다 서럽게 젖은 그리운 얼굴 하나

대중가요 CD제작발표
작곡 : 이성호
가수 : 황주연

이별

죽도록 사랑한다
명세한 그 언약이
영원히 변치 않는
약속인줄 알았는데
떨리는 차가운 손
살짝 놓아주고
서럽게 내 곁을
떠나버린 그대여
가슴 아팠던
지난날 추억 때문에
이젠 눈물 흘릴 일 없다고
다짐했건만
다 잊겠다는 약속
내가 먼저 깨버린 채
그대의 온기
남아있을 것 같은 거리에서
오늘도 어제만큼
그대를 그리워합니다

작곡 : 이성호
가수 : 나미란

보고 푼 얼굴

낙엽이 바람에 떠밀려 떠나가듯이
가슴 시리도록 그리움만 남기고 간 사람아
어디로 갔나 어디로 가야 찾을 수 있을까
기억은 아지랑이 같이 나타났다 사라지네
이젠 잊어야지 잊어지겠지 푸념을 반복하지만
그럴수록 더욱 더 보고 푼 그리운 얼굴
그럴수록 더욱 더 보고 푼 그리운 얼굴

이 생명 다하도록 못 잊을 그리운 얼굴
이 생명 다하도록 못 잊을 그리운 얼굴

대중가요 CD제작발표
작곡 : 이성호
가수 : 송미희

김해아리랑 가야쓰리랑

김해 아리랑 가야 쓰리랑 김해아리랑 가야쓰리랑 야!
아유타국 안악현 아리땅 허황옥 공주는
아버지의 꿈속에서 계시 받은 임㤗을 찾으려고 에헤 에헤
수만리 험난한 뱃길로 동방에 가야국 찾아 왔네
에헤에헤 에헤 얼씨구 절씨구
구간들과 백성들의 축원 속에 봉황대 궁궐에서
가야국 수로왕과 백년가약 맺으셨네 얼씨구

(후렴) 아라리 아가씨 아리랑 행복한 아리랑
　　　아라리 아가씨 아리랑 즐거운 아리랑
(삼절에서 반복) 아리아리 아리랑 김해아리랑
　　　쓰리쓰리 쓰리랑 가야 쓰리랑

김해아리랑 가야쓰리랑 김해아리랑 가야쓰리랑 야!
문화유산 가득한 김해를 천하의 제일로
행복하게 살아가는 삶의 터전으로 함께 일궈보세 에헤 에헤
오대양 육대주 수많은 사람이 김해를 찾아오네
에헤에헤 에헤 얼씨구 절씨구
김해시는 아름다운 너와나의 살아 갈 지상낙원
낙동강 물길같이 포근하게 감싸 안네 얼씨구

김해아리랑 가야쓰리랑 김해아리랑 가야쓰리랑 야!
아유타국 안악현 아리땅 부모님 그리워

고향 쪽을 바라보며 눈물 가득고인 효녀 허황후는 에헤 에헤
언제쯤 부모님 만나려 그리웠던 고향땅 찾아갈까
에헤 에헤 에헤 얼씨구 절씨구
꿈속에서 그려보는 수만리길 고향 집 아득하여
봉황대 궁궐뒤뜰 칠성단에 소원비네 얼씨구

대중가요 CD제작발표
작곡 : 이성호
가수 : 천태문

김해 칠암 문화센터에서 공연당시 노무현 전 대통령 부부가 참석 관람하였는데 마지막으
로 가수열창이 끝나고 사회자가 작사가 소개를 하자 엉거주춤 자리에서 일어나 나를
보고 손을 흔든 뒤 열열 한 박수를 쳐주었다. 공연 전 "장인 권오석씨가 보도연맹원도
빨치산도 아니라는 내용을 쓴 다큐실화소설「지리산 킬링필드」저자인데 청와대에 세
권을 보냈는데 받아보았느냐?"는 질문에 "잘 받아보았습니다. 고맙습니다."란 인사를
했다

백승태 교수가 성악으로 작곡하여 김해시 큰 행사 때 합창단이 부름
시립합창단과 시립청소년 합창단 공연
강숙자 작곡가에 의해 김해 시립가야금단 연주용으로 작곡하여 공연

271

봉황대 비련悲戀

어제 밤 꿈속에 나를 보고 웃고 있던 그대 보고파
봉황대 산책로를 서성이건만 그대는 보이지 않고
가야로에 늘어선 희미한 가로등만 졸음에 졸고 있네
오늘도 혼자 걷는 이 길이 너무 싫어 너-무나 싫어
잔술에 붉어진 초라한 외톨이는 그대를 그리워하네
나~아직 그댈 잊지 못하고 너무나 사랑하기에
우린 언젠가 웃는 얼굴로 다시 만날 수 있겠지

어제 밤 꿈속에 나를 보고 울고 있던 그대 보고파
연지공원 산책로를 서성이건만 그대는 보이지 않고
해반천에 늘어선 희미한 가로등만 졸음에 졸고 있네
오늘도 혼자 걷는 이 길이 너무 싫어 너-무나 싫어
잔술에 붉어진 초라한 외톨이는 그대를 그리워하네
나~아직 그댈 잊지 못하고 죽도록 사랑하기에
우린 언젠가 웃는 얼굴로 다시 만날 수 있겠지

대중가요 CD제작발표
작곡 : 이성호
가수 : 김연옥

이별

안개비가 소리 없이 거리를 적시는 날
행여나 하는 마음으로 오솔길을 거닐건만
보이는 건 젖은 낙엽과 텅 빈 벤치 뿐
그대와 불꽃이 되어 사랑을 나누었는데
홀로된 지금 지난날의 행복이 그리워지네
추억이라고 묻어두기엔 애절한 그 사랑이
길 잃은 짐승처럼 거리를 방황케 하네

　　헤어짐 뒤에 또다시 만남이 있듯
　　잊어짐 속에 더욱 더 지워지지 않은 것이
　　서로가 사랑하면서도 못 이루는 사랑이지요

작곡 : 이성호
가수 : 윤서현

이생에 남겨둔 사랑 하나

너와 내가 서러움을 달래기기도 전에
미소로 머물렀던 사랑 이슬로 사라지던 날
그대와 이별을 준비하지도 않았는데
눈물보다 서럽게 젖는 그리운 얼굴 하나
새벽녘 희미하게 흘러가는 깜박이는 별처럼
아름다운 그대는 기억 속에 멀어져 가버렸네
이생에 마지막 남겨둔 사랑하나 천국에선
그대에게 쓰려고 고이 간직 하고 있네

(대사처리)
가슴속 깊이 묻어둔 그대와 추억 때문에
수많은 회환에 휘몰리던 날들이
이젠 잔잔한 호수처럼 너의 작은 숨소리는
귓전에 맴 돈다

작곡 : 이성호
가수 : 김연옥

구산동 로터리

첫사랑 그대와 만남은 오래된 헤어짐으로 남아
찾아온 연지공원 벤치엔 그리움이 앉아 있네
이별은 아니야 널 사랑해 그 목소리 들리는 것 같아
발걸음 멈추고 뒤돌아보지만 바람에 낙엽만 구르고
차가운 달빛은 어둠의 거리를 밝히고 있는데
그대와 거닐었던 구산동 로터리 눈물 나는 교차로
무심한 붉은 신호등이 지친 발걸음을 가로막네

첫사랑 그대와 만남은 오래된 헤어짐으로 남아
찾아온 연지공원 벤치엔 그리움이 앉아 있네
내 이름 부르며 널 사랑해 그 목소리 들리는 것 같아
발걸음 멈추고 뒤돌아보지만 바람에 낙엽만 구르고
차가운 달빛은 어둠의 거리를 밝히고 있는데
그대와 거닐었던 구산동 로터리 눈물 나는 교차로
무심한 붉은 신호등이 지친 발걸음을 가로막네

작곡 : 이성호
가수 : 홍택성

마지막 부탁

그동안 너무 힘들었어
삶이란 원래 그렇잖아
죽도록 사랑했는데
이제 와서 날 떠나려고
마지막 눈길마저 거부한 채
돌아선 내 사랑아
떠나지마 제발
간절한 나의 마지막 부탁이야
수많은 날을
슬픔만 가득 않고 살아온 널 위해
지난날의 아픈 기억까지
잊지 않고 사랑할 테니
남은 생 널 사랑할 수 있게
용서를 해줘
이 세상에서
가장 아름다운 미덕은 용서이니까

작곡 : 이성호
가수 : 김연옥

세상에서 제일 아름다운 이름…….
어머니!

보고픈 얼굴하나

고향의 흙내 음 풀 냄새가
코끝을 자극 합니다
어머니 젖무덤의 젖 냄새 같은
고향의 냄새
그래서 명절 때면
왔다 가는 고향길입니다

　2006년 첫 시집 "잃어버린 첫사랑"책이 출간 3일 만에 출판사 대표로
부터 전자책으로 만들게 허락을 해 달라 하여 허락을 하였는데……. 당시
엔 시집이 전자책으로 출간을 한 것이 처음이라 하였습니다. 베스트셀러
가 된 "지독한 그리움이다"두 번째 시집은 출판사에 원고를 직접 가지고
갔는데……. 그 자리에서 계약금인 선先·인세 200만원을 주면서 출판사
대표는 "초판 3,000부를 찍겠다"는 출판계약을 하였습니다. 이 책은 출간
3개월 만에 국립 중앙도서관에 보존서고에 들어갔으며……. 내가 살고
있는 김해도서관 보존 서고에도 들어갔습니다. 이러한 일은 극히 드문
일이라 하였습니다. 또한 서울신문에 가로 20센티미터에 세로 17센티미
터 크기의 칼라와 흑백 광고를 월 6~9회씩 2011년 2월부터 2014년 4월
까지 무려 38개월을 하고 있습니다. 출판사상 시집을 이렇게 긴 기간
동안 하는 것은 처음이라 하였습니다. 이 책은 우리나라에서 7년간 시집
은 베스트셀러가 없었는데……. 베스트셀러가 되었다고 했습니다.　출간
된 책 중 베스트셀러 10권이고 스테디셀러가 11권이 되었습니다. 이번
시집 역시 쉽게 잘 읽힐 것입니다. 그러나 평론가나 전문시작군은 "전반
적인 사유나 감수성이 내밀하고 치열한 감각을 동반하고 있다"고 말하기
에는 주저하게 될 것입니다. 종종 드러나는 평이한 묘사와 비유에 그치는
진술……. 정제되지 않은 채 노출되는 직설 등도 아쉬운 부분일 것입니다!
그러한 것을 모르고 시작을詩作·하는 작가가 아닙니다. 초등학교 고학년
수준이면 어느 정도 이해를 할 수 있는 글을 쓰다 보니 어쩔 수 없었습니
다. 첫 번째 시집 출간 후 초등학생들로 부터 은유隱喩·법으로 쓴 글귀내
용의 전화문의를 많이 받아서입니다. 이를테면 "억새풀꽃 하모니가 무슨

279

뜻이냐'하는 것입니다. "억새꽃이 피어있는 곳에 오선지를 마음속으로 상상하면서 음계를 만들어 그려보라. 그러면 억새풀꽃 봉우리가 음계가 될 것이고 바람이 불면 바람소리와 억새풀들이 서로 몸을 부디 끼면서 내는 소리는 시인에게는 음악으로 들리는 것이다."라고 설명을 해주었더니 "잘 알았습니다. 시는 어려운 것이네요"하면서 전화를 끊었습니다. 또 다른 질문은 "선생님! 시집에 오타가 나왔어요. 흑 백 활동사진 이라고 해야 하는데, 흙 백이라 했으니 흙 자가 오타입니다." 올바른 지적입니다. "흙 백 활동사진이란 흑 백 영화가 오래되어 변색되면서 누렇게 퇴색된 모습을 이야기한 것이다."라고 설명을 해주었습니다. 이렇듯 운유 법으로 쓰면 요즘 책을 많이 접하지 않은 청소년을 비롯하여 일반인들이 쉽게 이해를 못하고 어려워하는 것입니다! 그래서 나는 평론가나 전문 시작詩作·군을群·위해 글을 쓰지 않습니다. 누가 뭐래도 작가는 독자들과 공감이共感·우선입니다. 선생님의 시가 "잘 읽히는 것은 미덕입니다."라고 했습니다. 수 십 권의 책을 쓴들 독자가 없는데……. 이 땅의 작가입네 하고 떠버릴 수 있겠습니까? 내가 생각한 시란 사람과 사람사이의 공감대의 글이라고 생각합니다. 시에서 나타난 문맥은 시인의 고백이 아닙니다. 혹자는 "고백과 묘사의 발견이다"라고 하기도 하지만! 나는 시란……. 거친 언어를 세상에서 제일 아름다운 언어로 융화시키고 응축시켜 만든다고 생각합니다. 누구나 쉽게 접할 수 있고……. 읽고 이해를 하여야하는데! 짧게 쓰려는 것 때문에 은유의隱喩·글을 써서! 지금의 신세대에게 왜면 당하고 있다는 것입니다. 비단 신세대뿐만 아니라 기성세대도 어려워하는 한문자 문맥을 한글해석을 넣지 않아 지금의 한글세대에겐 무슨 뜻인지 몰라 "짧으면 시냐? 시집은 시인들만의 책이다"라며 구독을 하지 않는다는 것입니다. 몇 초면 지구의 반대쪽의 소식을 알 수 있는데……. 느긋하게 옥편이나 한글백과사전을 들고 어려운 문맥을 찾아보지 않는다는 것입니다. 그렇지 않아도 소수 문학인데 아예 책이 팔리지 않아서 기획 출판이 어렵다고 하였습니다. 아름다운 말들을 지나치게 응축 시키

러다보니 그렇습니다! 시는 한마디로 사무사思無邪·라는 공자의 말처럼…… . 맑고 투명한 시인의 생각과 느낌을 표현한 것입니다. 그런데 시는 다른 한편으론 매우 함축적이고(!) 상징적이며 때로는 모호하기도 합니다. 무슨 설명문처럼 한번 읽으면 이해가 되어야하는데 요즘의 독자들은 두 번 세 번 반복해 읽어도 도무지 이해가 되지 않는다고 합니다. 시인이며 교수인 강희근은 어느 시인의 시집 출간 기념 축사에서 "시 한편의 내용을 이해하려고 52만 명이 사는 김해시를 한 바퀴 돌아도 이해를 못하는 시가 있다"고 했습니다. 나에게도 매년 수십 권의 문학지와 시집이 옵니다. 읽어보면 대다수가 위에서 지적한대로입니다. 읽어보고 글을 쓰는 나도 무슨 뜻인지를 몰라 고개가 수없이 갸웃거려 집니다. 그래서인가 요즘 직설로散文詩·쓰는 시인들이 더러는 있다고 했습니다. 그러한 시집은 팔려서 기획 출간이 이루어진다고 했습니다. 2013년 2월에 출간된 하상옥 시집 『서울 시』가 출간 반년 만에 2만 5천부가 팔렸다고 합니다. 오랜만에 베스트셀러라는 것입니다. 그의 시집에 대한 기존 시단의 반응은 냉랭했다는 것입니다. "이게 시냐?" "잘 봐줘도 광고 카피"라고 비아냥거렸다는 것입니다. 그렇게 혹평을 하는 자들이*·왜? 자기들은 베스트셀러 시집을 못 내고 자비출판을 하는지…… . 내가 살고 있는 지역의 문학상에서 자비로 출간한 시집이 상을 받았다. 물론 베스트셀러가 된 "지독한 그리움이다" 책과 겨루어서입니다. 웃기는 일이 아닌가요? 심사위원의 이름을 밝히고 싶은 것을 참습니다. 요즘의 시를 보면…… . "산문시다" "짧으면 시냐?"라는 어느 선배 소설가의 비아냥거림이 머릿속에 각인되어 시를 쓰기가 솔직히 말해 두렵습니다. 해서 산문시든 짧은 시든 조금이라도 독자와 공감共感·되는 글을 쓰려고 노력하고 있습니다. 고정관념을 깨는 일이 만만치 않기 때문입니다. 남을 깨우치려면 기존의 가치관을 가지고는 어려운 일이기 때문입니다.

『시詩·사랑문화인협의회가 서울 고려대 인촌기념관에서 "현대시와 소

통” 세미나를 열었다. “시는 어렵다”는 편견을 깨고 독자와 소통疏通 →
뜻이 서로 통하여 오해가 없음·범위를 넓히는 방법을 고민하는 자리였다. 세미나
발제 문을 보면 2000년대 들어 문단에 등장한 뒤 성장한 ‘미래파’ 시인에
대한 비판이 강하게 담겨 있다. 미래파가 노래한 난해한 시들이 독자와의
소통을 방해했고 결국 시의 위기가 심화됐다는 지적이다. 예술원 회원인
성찬경 시인은 난해한 시에 대해 “여기에는 문학의 문제뿐만 아니라 인간
의 심리 문제, 즉 허영의 문제가 끼어들었다”고 지적했다. 즉, 시인은 무
슨 뜻인지 아는데 남이독자 = 讀者·모른다면 시인이 우월감을 느낄 수 있다
는 심리가 어려운 시에 깔려 있다는 것이다. 그는 “까다로운 어휘를 선택
함으로써 뜻을 조금 불투명하게 만드는 작업 자체는 하나도 어려운 일이
아니다”라며 “같은 값이면 어려운 표현보다 간명하고 쉬운 편이 좋다”고
강조했다. 고려대 교수인 최동호 시인의 비판은 더 직접적이다. 미래파인
여정 시인이 올 초 낸 시집 ‘벌레 11호’에 대해 “인간을 치유하는 것이
아니라 인간을 더 깊은 중독의 세계로 끌고 들어가는 ‘종양의 언어’라며
“사물화 된 인간의 고통을 부패시키고 악성 종양을 유포하는데 그의 시는
기여한다”고 비판했다. 그는 조연호 시인이 지난해 출간한 ‘농경시’에
대해선 “들끓는 감정의 산만한 전개는 있지만 그것이 시적 문맥에서 견고
한 구조적 조직을 보여주지 않는다. 전체적으로 혼란스러운 감정의 토사
물들이 얼크러져 공존하고 있다”고 일갈했다. 이 같은 서정주의 시인들의
비판에 대해 미래파 시인들은 정면 반박했다. 여정 시인은 “트로트와 헤
비메탈 중 ‘어떤 게 노래냐’며 논쟁하는 것과 비슷하다”면서 “따뜻한 감
정을 가진 시인들은 소통의 시를 쓰면 되고 사회분열적인 예민한 시인들
은 다른 시를 쓰면 되는 것 아니냐’라고 말했다. 소통에 대해서는 “소통을
원한다면 산문을 쓰면 된다. 개인적으로 시는 타인과 소통하기 위한 장르
가 아니라고 생각한다”고 반박했다. 조연호 시인은 “기존 시가 가진 가치
들이 손상되는 것에 두려움을 갖고 있는 분들이 계신 것 같다”며 “제
시가 어렵다는 것에 반감은 없다 결국 취향의 문제”라고 말했다. 그는

"소통을 부정한다는 일부 비판엔 공감하기 어렵다. 결국 책을 낸다는 것 자체가 소통 행위다. 다만 좀 다른 종류의 대중을 독자로 상정하고 있는 것"이라고 강조했다.』

출판 시장에서는 요즘 베스트셀러 시집을 찾기 어렵다는 황인찬 기자의 취재내용인…… 동아일보 2011년 6월 17일 판 A21면에 실린 "詩는 쉬워야" "독자의 취향의 문제"란 토론기사입니다.

미래파 시인들의 주장인 책을 내는 게 소통이라는데……. 소통이 안 된다는데 문제입니다. 어려운 글들이 나열해 있어 책을 사가지 않아 출판이 어렵다는 것입니다. 그러니 기획 출간이 안 되어 300~500만원의 자기 돈으로 출간하여 "내가 유명 문인이다"식으로 이곳저곳에 공짜로 책을 나누어 주는 것을 보면 한심합니다! 조금 이름 있는 시인들 다수가 정부 에서복권기금이나 문화관광부지원 자금으로 출간·보조해 주는 돈으로 대형 출판사 에서 출판해 주고 있습니다. 시집은 대다수가 자비 출간입니다. 나는 그동 안 여러 곳에서 출판을 했는데 출판사 측에서는 팔리는 책을 집필 해 달라고 했습니다. 잘 팔리지 않을 책을 무엇 하려 그 고통을 감내하며 집필 자비출간 하여 사장 시키는지 모르겠다는 것입니다. 그러니까 독자 가 없는 책은 책이 아니라는 뜻입니다. 소설을 제외한 모든 책들은시조 ·시·동시·수필·99%가 자비출판이라는 것입니다. 이러한 책들은 서점 가판 대에 2%도 진열이 안 된다는 것입니다. 소설과 동화책은 그런대로 팔린 다고 합니다. 작품성이 없는 책은 출간되어 서점 가판대에 올려보지도 못하고 파지 장으로 가는 것이 절반이며 1주일을 못 견디고 재고 처리되 는 것이 50%라고 합니다. 1주일이 되어도 한권도 안 팔린다는 것입니다. 자비출판이란……. 출판사에서는 저자가 돈을 주니까 이익이 있어 출판 을 해 주는 것입니다. 그러한 자비로 출간된 책들이 문학상을 받아 문단이 발칵 뒤집어지기도 했습니다. 선거철만 쏟아져 나오는 검증 안 된 자서전과 유치원생 그림일기도 돈을 주면 출판해줍니다. 그런류의 책을 책이라 할 수 있겠습니까? 또한 어느 문인은 자신의 책에 "글은 취미로 쓰면 된다"는 글을 상재하여 출간을 했습니다. 그러한 글을 써서 자비 출간을 하여 "내가 유명문인입니다"하는 뜻으로 이곳저곳에 책을 내 돌린 것을 보고 기가 막혔습니다. 그러한 짓은 동인들의 모임에 있는 문인들이 하는 짓일 것입니다! 이러한 몰상식한 말은 문인들의 자존심을 건드리는 짓입니다. 글을 쓰기 위해 몇 년을…… 또는 신춘문예에 몇 백대 일로 당선하여 등단한 문인들의 마음을 헤아리지 않고 내뱉는 사람을 어찌 이 땅의 문인이라 할 수 있겠습니까? 문학인은 자존감을 갖고 글을 써야합니다. 독자가 온밤을 꼬박 새워가며 읽도록 우리 작가들은 완성도 높은 작품을 써야할 의무가 있는 것입니다. 그것이 곧 작가의 양심입니다. 그래야만 세월이 흐른 뒤 이 나라의 문학사 흐름에 당당히 편입될 수 있을 것입니다. 문인들의 글은 어느 시대이든 그 시대의 증언록이기 때문입니다. 작가란 덫을 놓고 무한정 기다리는 사냥꾼이나 농부가 전답에 씨앗을 뿌려놓고 발아가 잘될지 안 될지 기다리는 신세입니다. 독자의 판단을 기다림을 말하는 것입니다. 출판사에서 기획 출판을 해 주는 것은 그런대로 팔려 이익이 있기 때문입니다. 아무리 유명한 평론가나 비평가가 완성도 높은 책이라고 책 평을 하고 추천사_{보증서}·를 써주거나…… 또는 각종 문화예술 단체에서 지원금을 받거나 한국문화예술위원회에서 창작지원금을 받아 출간한 책이라도 기획출판을 안 해 주는 것은 출판사 대표가 평론가나 비평가보다 훨씬 위라는 것입니다. 서울 대형출판사에서 출간한 시집은 대다수가 자비출간도 어려운 시인들을 위해 국무총리복권위원회의 복권기금을 지원받아 발간한 책으로 무료로 각 기관단체에 배급하고 있습니다. 어리바리한 문인들 일부는 완성도 높은 책으로 착각하고 있습니다. 나는 자주 문학 세미나에 참석하여 비평이나 평론가의 강의를 들었습니다. 그렇게 평론과 비평을 잘한 사람이 자기가 글을 잘 써서 돈을 왕창 벌면 될 것인데……. 그들이 집필하여 출간한 책의 글을 보면 그렇고 그렇습니다! 또한 등단 처와 등단 지를 보면 구역질이 나올 정도의 저급입니다. 동인들의 모임일진데……. 분기마다 조잡한 글들을 모아 책을 발간하여 등단시키면서 패거리를 불려 문학단체 간부직을 차지하고 지역 문학상 심사위원이 되어 자기패거리에게 수상시켜 비난을 받기도 합니다. 지역에서 발간한 저급문예지는 수없이 많습니다. 애매모호한 글을 등단시켜 문학인 전체의 얼굴에 똥칠하는 짓을 저지르고 있는 것입니다. 그래서 무려 10~20여년을 문단 생활을 하면서 자신 장르 책을 단 한권도 집필을 못하면서 문인입네 하고 호기를 부리는 것을 보면 기도 구역질이 나오려고 합니다. 각설하고……. 출판사 대표는 사업가입니다. 책을 출판하여 잘 팔려야만 이익을 볼 수 있습니다. 자기가 망할 일을 절대로 안 한다는 것입니다. 그러니까 많이 팔린다는 것은 어떤 면으로든 좋은 일이고! 그것이 작가의 역량을 얘기하는 것이며 작품의 완성도가 매우 높다는 뜻입니다. 판매 부수와 작품의 평가가 별개일 수는 있습니다. 상업성과 통속성은 경계해야 되겠지만……. 어느 누가 뭐래도 작가는 대중성은 존중을 해야 될 것입니다. 어떻든 잘 안 팔린다는 것이 어떤 명분으로든 장점이 될 수는 없으며 작품성이라든지 예술성 때문에 대중성을 확보할 수 없다는 논리는 세울 수가 없는 것입니다. 혹시 순수작가와 대중작가라는 구분이 허용된다면 순수작가는 대중작가의 독자사회학을 필히 탐구해야 하며……. 자신의 작품이 팔리지 않는 것이 순수성이나 작품성 때문이라는 어리석은 착각은 떨쳐버려야 합니다. 이번 시집은 1차로 원고를 도서출판 "학고방"에 "탈고한 시집원고가 있는데 출간이 가능하냐."고 먼저 전화를 했는데 팀장님이 "원고를 보내달라"고 하여 2013년 10월 28일에 보낸 뒤 일주일을 기다려도 소식이 없어 2013년 11월 4일 원고를 다른 출판사에 보내고 우체국에서 3분여를 걸었을까! 학고방에서 출간을 하겠다는 전화가 왔습니다. 조·최·강 씨들의 성격 급하다는 말이 이래서 나온 것이 아닌 가 싶습니다. 월요일에 보내고 다음 주 월요일 아침에 연락이 온 것입니다. 7일을 못 참아 벌어진 일입니다. 그간에 출간한 책들이 베스트셀러가 된 "북파공작원"말고는 2~3일이면 기획출간 확정이 이루어 졌기 때문에 그렇게 된 것입니다. 내 책 『북파공작원』과 시집 『지독한 그리움이다』 베스트셀러 두 권을 출간 했던 곳입니다. 할 수 없어 그곳에 전화를 하여 양해를 구했습니다. 이러하든 저러하든 출판계의 어려움에도 시집을 기획 출간해준 도서출판학고방에 감사했습니다. 이 시집은 이미 출간된 두 시집에서 어머니와 고향을 묘사한 6편의 시를 비롯하여 동식물에 관한 모체를母體 = 고향과 어머니·다룬 신작시를 더해 출간에 이른 것입니다. 지구상에 살아 있는 생물의 고향은 모태母胎·라고 생각 합니다. 생성生成·탄생과 소멸은消滅·자연의 이치이기 때문입니다! 그러한 사연이 내재된 글을 모은 것입니다. 어느 여자고등학교에 특강에서한 말입니다. 강의를 끝내자 한 학생이 "선생님 이 세상에 제일아름다운 것이 무엇입니까?"하고 물었습니다. 참으로 난감한 질문에 한참을 생각하다가 "임산부라고 했습니다."의외라는 반응에 이렇게 설명을 했습니다.

"한 생명이 잉태 되는 불룩한 배를 봐라. 생은生·소가 통나무 다리를 걷는 만큼 어렵게 태어난다. 해서 날생生·자는 소우牛·글자 밑에 외줄인 한일 『一』 자를 더 하여 『牛 + 一 = 生』 생자가 된 것이다. 네발 달린 소가 통나무다리를 건너가기가 무척이나 어려울 것이다. 어머니가 된다는 것은 최고의 고통을苦痛·격고 최고의 희열을喜悅·맛보는 것이다. 그만큼 사람이 힘들게 태어난다는 말이다. 그 어려운 일을 하는 곳이 모태이다. 얼마나 아름답고 거룩한 일을 하는 몸인가! 임신을 하게 되면 마음도 곱게 써야 되고 음식도 좋은 것만 가려먹어야 되는 등 인간이 가져야 할 온 갖 선한 일만해야하는 임산부 모습이 이 세상에서 제일 아름다운 모습이 아니고 무엇인가? 바로 자기 자신이 태어난 곳 어머니 뱃속이다. 세상이란 바로 나 자신부터 시작되는 것이 아닌가! 내가없으면 세상은 없는 것이다."

학생들은 곧바로 수긍 했습니다.

나를 나아주었던 어머니를 생각 하면 항시 눈가가 젖어옵니다. 아버지와 일찍 사별을 하시고 10남매를 농사지으시며 힘들게 키웠습니다. 자식을 키웠던 모든 모정은 같으리라고 생각합니다. 어머니와의 가장 기억에 남는 일은 1968년 1월 21일 김신조 일당이 박정희대통령을 해치려 남파된 사건으로 인하여……. 이 일로 화가 난 대통령은 "우리도 똑같은 부대를 만들어 김일성의 목을 가져오라"는 명령에 의하여 내가 북파공작원 테러부대요원으로 차출되어 교육을 끝낸 뒤 그 보상 일환으로 첫 휴가를 받아 집에 들어서자. 마당 귀퉁이에서 빨래를 널고 있던 어머니는 손에 들고 있던 흰 옷을 질퍽거리는 땅바닥에 던지고 신발이 벗겨지는 것도 모르고 맨발로 달려와 품에 꼭 안아주었습니다. 난 인간으로서 감내하기 어려운 교육을 가까스로 받고 인간 병기가 된 뒤 공작원 중 제일 악질 부대인 테러부대 팀장에 임명이 되어서 8명의 부하를 데리고 2번의 북파 되어 작전을 하면서 직감으로 할 것인가! 본능적으로 작전을 할 것이냐! 두 생각을 놓고 번민하게 되는데……. 나는 짐승처럼 본능적으로 작전을 하여 모두 성공 했다고……. 실화소설 북파공작원 상·하권을 출간 후 서울 MBC초대석에 초대되어 숭실대학 장원재 국문학 박사와 30분간 방송을 하면서 했던 말입니다. 그 본능이란 어머니가 아들을 보고 반가워서 물에 젖은 흰옷을 빨래터에서 넘친 물로 인하여 질퍽거리는 흙바닥에 내동댕이치고 신발이 벗겨진 줄도 모르고 달려와 끌어 않은 것과 무엇이 다를까요? 나는 그때의 장면이 고향을 생각하거나 어머니가 그리울 때면 제일 먼저 떠오르곤 합니다. 1948년 11월생인 내가 1966년 11월 16일에 자원입대하였습니다. 18세 어린 몸으로 입영하는 동내 형을 따라 논산 훈련소 현장에서 덜컥 자원입대하여 훈련을 끝내고 자대근무 중 차출되어 국군 창설 이래 제일 어린나이로 육군 부사관 학교를 졸업하고 최전방 부대 행정반에 근무 중 다시 공작원에 차출되어 교육을 끝내고 13개월 만에 첫 정규휴가를 받고 집에 온 아들이어서 그랬을까! 생각이 들기도

하지만……. 지금 돌아가시고 안계시기 때문에 더 더욱 그립습니다. 당시 나는 키158센티미터에 52킬로의 왜소한 체격으로 자원입대를 하였습니다. 2013년 KBS 1 텔레비전에서 4일간에 방영된 정전 60주년 다큐멘터리 4부작 DMZ 1~2부 「7월 27일과 28일 9시 40분에 방영1부는 휴전선이야기·2부는 북파공작원 이야기」 출연을 위해 김해시청 2층 소회의장에서 2시간의 녹화를 하면서 PD는 "어리고 왜소한 몸으로 그 엄청난 교육을 어떻게 받고 인간 병기가 되어 두 차례 임무를 성공적으로 완수 할 수 있었느냐?"는 질문에 "남편을 일찍 사별하시고 10남매를 키우는 어머니를 위해 꼭 살아서 전역 후 어머니를 도와야 한다는 생각 때문에 견디어 낼 수 있었다."라고 했습니다. 김해시청 2층 소 회의실에서 녹화를 하려 입구에 들어서자. 담당 PD가 헐크자세를 하자……. 녹화세트를 설치 중이던 일행 6명이 일손을 멈추고 웃음을 터트리는 것입니다. 이유를 묻자 북파공작원 중 제일 악질인 테러부대의 팀장이라 천하장사 씨름꾼의 체격인줄 알았는데……. 너무나 외소해서 웃었다는 것입니다. MBC에서 장원재 교수도 "길거리에서 만나면 그저 평범한 사람으로 보일 것인데! 인간이 얼마나 고통을 견딜 수 있는가? 한계의 훈련을 받았다는데 놀랐다."라고 했으며, 방송이 끝내고 밖으로 나오자. 담당 강동석 PD는 "훈련 내용을 들으니 온 몸에 소름이 돋았다."고 했습니다. 출간되어 지금까지 베스트셀러가 된 "북파공작원"책에 자세히 서술하였지만……. 80명이 훈련을 받아 38명이 교육 중 탈락하고 최종 42명만 정식 대원으로 활약 할 정도의 특수 훈련입니다. 타 부대 특수부대원도 책을 읽은 후 "세상에 그렇게 지독한 훈련도 있었느냐?"할 정도의 문의 전화가 왔습니다. 방송 PD를 비롯한 각 신문사 기자들은 "어리고 외소한 몸으로 어떻게 그런 부대에 차출이 되었느냐?"는 질문에 교육을 받을 때 부하들이 자주한 농담을 들려주었습니다. "팀장님의 사격술은 사거리 안에 있는 빈대 성기도 고환을 건드리지 않고 명중시킬 수 있는 특급사수다."라고 농담을 했습니다. 부연 설명하자면 저격용 M-14에 장착된 조준경 사거리 안에 들어온……. 움직이는 목표물도 하느님이 아버지라도 살릴 수 없다는 뜻입니다. 팀원대다수가 명사수들입니다. 방송 PD 비롯하여 각 신문기자들에게 "휴전 후 휴전선에서 근무한 사람이 수백만 명이 될 것이고 북파공작원이 몇 천 명일 것인데! 서울서 찾으면 될 것을 많은 경비를 들여서 멀리 김해까지 수고스럽게 찾아오느냐"는 질문에 "선생님이 휴전선에 고엽제를 뿌렸다고 최초 폭로 하여 중앙일보에 특종으로 보도되었고……. 북파공작원 중 첫 테러를 목적으로 창설된 부대의 팀장으로 두 번 북파되어 무사히 임무를 수행하고 전역한 후……. 오픈 된 사람이여서 찾기가 쉽다"라고 했습니다. 작금의 우리 사회를 보면 검찰총장 내정자의 병역비리 문제로 국회가 시끄럽고 언론에선 연일 대서특필과 특종보도입니다. 이회창 의원이 대통령후보 출마 때 두 아들의 병역 면제로 인하여 시빗거리가 되어 당선되지 못했습니다! 내가 생각해보아도 이상한 일입니다. 당시에 아버지가 대학을 나와서 이 땅의 모든 사람의 선망인 직업인 사자가 붙은 집안의 자식이라면 엄청 잘사는 집안일 텐데! 두 아들이 비실비실하여 신체검사에 불합격을 맞았다는데……. 어느 누가 수긍을 할 까요? 우리 어머니도 그랬고 우리 각시도 그랬고 우리며느리도 그러하고 있지만……. 자식의 건강을 위해서라면 어떠한 희생도 감수 했고 그렇게 하고 있습니다. 잘 먹이고 병원의 수혜도 더 많이 받았을 부자 집안들의 자식이 신성한 국방의무에서 불합격 장애인이라니! 이명박 대통령이 병역 비리로 시끄러워지자. "기관지 확장 증"으로 면제 됐다고 하였습니다. 그 소리를 듣고 적당히 큰 욕을 해 주었습니다. 나는 어린나이에 외소한 몸으로 기관지 확장 증 병이 입대당시에 있었지만 논산훈련 1개월 부사관학교 교육 4개월 북파공작원 교육 5개월 도합 10개월의 그 엄청난 훈련을 받았고 특수임무를 무사히 수행하고 35개월 16일의 병역을 마치고 지금도 그 병을 안고 숨 잘 쉬고 살고 있습니다. 병원에선 생활하는데 지장이 없고 수술도 어렵다고 하였습니다. 금전적으로 풍족한 집안과 힘깨나 쓰는 집안의 병역 면제가 일반인보다 20% 더 만다는 게 문제라는 것입니다.

제대 후 어머니를 도우겠다는 약속과 달리 객지 생활을 전전하였습니다. 어머니가 돌아가신 후 고향을 찾는 발길이 점점 더뎌졌습니다. 어머니가 그리울 때 찾아간 고향은 늙어 저승사자 소환장을 기다리는 사람들만 살고 있었습니다. 나는 간혹 그리움의 기억들에 의해 그 곳을 한달음에 달려가곤 했는데……. 고향을 찾으면 그곳엔 시간과 공간을 훌쩍 뛰어넘는 기억들이 살아나곤 했습니다. 고향과 어머니는 불변 할 수 없는 자신의 모태가 아닌가요? 때 되면 찾아오는 허기처럼 누군가 그리우면 나는 고향을 찾아가세요. 고향을 찾아 갈 때마다. 그곳에서 또 다른 지울 수 없는 기억을 한 아름 새기고 돌아올 것입니다. 누군들 가슴 저린 그리움이나 슬픈 기억들이 있을 것이며 그런 시절도 뒤돌아보면 모두가 아름다운 추억일 것입니다.

어머니! 그립습니다.

누군들 가슴속에 추억하나 없으려만......
그때를 생각하면서 오늘도 추억을 만들고 있을 것이다
그것이 먼 ~ 훗날 아름다운 추억이 될 것이다
삶에 찌들고 잊혀 진 것들이 많아지면
고향을 한번 찾아가 보면 될 것이다
고향은 배반하고 떠났던......
당신의 게으른 발길을 탓하지 않을 것이다
언제나 고향의 어머니는
당신의 발길을 반겨줄 준비를 하고 있을 것이다

▌목차

늙어가는 고향

　타관 객지에서 부초처럼浮草·살다 향수에鄕愁·젖어 찾아 온 늙어버린 고향 땅 산 끝자락에 옹기종기 앉아 있는 형형색색 늙은 집 마당에서 사립문을 박차고 늙으신 어머니가 버선발로 뛰쳐나와 두 손을 덥석 잡고 반겨 줄 것 같다. 정겹고 소담스런 머~언 이야기 같이! 청명靑明·한 가을 햇살을 머리에 이고 앉아 구슬땀을 흘리며 호미 들고 밭이랑 잡초를 뽑는 어머님 모습처럼 세상에서 가장 아름다운 풍경으로 나에게다가 온다. 집을 떠나고 싶은 충동을 잡아 주었던 어머님 품 같은 고향 땅 그 아름답고 잊지 못할 추억이 서려 있는 나의 모태母胎·그곳에는 유년기 흔적들인 추억이 가득한 흑 백오래 되어 누렇게 변한 사진·사진첩이 남아 있고 동구 밖 당산 늙은 팽나무아래 작은 공터에는 흑 백 활동사진이 돌고 있었다. 고향의 산수山樹·빚어내는 그 편안함과 운치는韻致·나 어릴 적 머릿속에 각인된 대로 남아 있고 작은 가슴 깊은 곳에 숨겨 놓았던 아련한 추억들이 도란거리며 나를 반겨주었다. 그 모든 것들이 있는 고향 땅은 그리움으로 나를 보듬어 안는다. 세월이 흐른 뒤 나는 그리움으로 고향을 찾으면 고향은 또다시 추억을 한 아름 안고서 나를 그리움으로 맞이할 것이다. 그래서 나는 고향을 찾아가는 이유가 된다. 그러나 한번 떠나면 세월은 같은 얼굴로 찾아오지 않을 것이다. 가을도 이제 떠나야 할 고갯마루에는 늦은 가을 따사로운 햇살이 산골 다랑이 전답에田畓·골고루 뿌려 마지막 알곡식을 살찌우고 있었다. 류수는流水·없고 군데군데 남아있는 계곡 천泉·속에 고은 옷 갈아입은 게으른 산 그림자 하나가 발을 담그고 있었다. 그 동양화 화폭 위에 물방개 부부가 왈츠 춤을 추고 산 그림자를 징검다리 삼아 건너온 떠도는 바람 한 점이 억새 풀꽃과 하모니 되어 가을을 노래하며 갈 길 바쁜 나그네 바지 자락을 잡고 정담을情談·나누자고 한다. 하지 만……. 고향엔 다랑이 논두렁을 사타구니 속 불알이 요령소리 나도록 오르내리며 진종일 친구들과 놀던 곳엔 이젠 나 대신할 아이들도 없었다. 사랑방 아궁이에 청솔 - 靑松·나무 가지 잔뜩 밀어 넣고 풍구 돌려 군불 때면 굴뚝에서 머리를 풀어헤친 처녀귀신처럼 하늘을 오르던 하얀 연기 도 없어졌다. 삼 십리 길을 한가득 짐 보따리를 싫고 머리에 풍경-워낭 달고 씩씩대며 덜거덕거리는 달구지 끌고 오일 장터로 오가던 얼룩소도 없었다. 집 뒤뜰 남새를 키우는 텃밭 둑 늙은 감나무가지엔 홍시가 주렁주 렁 매달려 있지만 장대로 따주던 할아버지 할머니도 저승가고 없었다. 유년 시절 추억이 고스란히 잠들어 있는 고향땅 그곳엔 희미한 기억의 빛바랜 흑백 사진첩 배경도 없었다. 마을 앞에서 오고가는 길손을 맞이하 고 앉아있는 이정표는 당산나무와 거리를 두고 살아온 그들은 세월과 너무나 닮아 있었다. 그래도 고향땅엔 나 죽으면 잔디한 평 덮고 누어 잠들 땅은 있었고 늙어 죽을 때가 된 이름 모를 새 한 마리가 구슬프게 울고 있었다.

그러한 고향엔……. 아련한 추억만큼 그리운 것은 없으리라!

어머니! 그리고 고향땅인 그곳은 나의 모태가 아닌가? 생각만 해도 괜히 눈가가 젖어든다. 객지서 생활하는 모든 이의 공통된 생각이리라. 고향에 가면 기다렸단 듯 그곳 들꽃은 익숙한 향내로 코끝을 씻어 줄 것인데! 젊은이들이 다 떠나 늙으신 부모님만 남아있는 늙어버린 고향땅 엔 고향을 떠난 자식들은 돌아오지 않고 그 자리엔 이국의異國·여인들이 고향을 지키고 있다.

이젠 세월이 흐르면 흐를수록 고향은 점점 더 늙어만 갈 것이다.

그런 고향을 생각하면

눈물보다 서럽게 젖은 그리운 얼굴 하나…….

아 ~ 어머님! 그립습니다.

누군들 가슴속에 추억하나 없으려만! 그때를 생각하면서 오늘도 추억을 만들고 있을 것이다. 그것이 훗날 추억이 될 것이다. 삶에 찌들고 잊혀진 것들이 많아지면 고향을 한번 찾아가 보면 될 것이다.

고향은 배반하고 떠났던 당신의 게으른 발길을 탓하지 않을 것이다. 언제나 고향은 당신의 발길을 반겨줄 준비를 하고 있을 것이다.

고향

세상에 그리는 일
아무것도 없건만
수평선 끝자락에서
자맥질하는 저녁놀 바라보니
아스라이 가물거리는 작은 섬 위로
살풀이 흰 천처럼
흔들어 대며 휘감는 저녁연기
어찌 내가 모르겠는가

　　－객지로 흩어져 떠나 살고 있는
　　　자식들을 기다리는
　　　내 고향 어머니 손짓인 것을!

참으로 서러운 재회

고단한 도시의 삶이 눈 깜짝할 사이에
나의 청춘의 빛은 사라져 버렸건만

어린 아이처럼 어머님의 손길이
그리워 찾아온 나에게

돌담으로 쌓은 좁은 골목 끝집엔
발길 더딘 자식을 기다리는
어머니 흔적은 나를 반가이 마주해 준다
나의 마음은 터질 듯 부풀어 오르고
가슴은 뜨겁게 타고 있다

그러나 나는 지금 이 마을에서
단 한사람의 이방인이 되어
그리움 때문에
슬픔의 잔을 남김없이 비우고 있는데
실루엣 어머니 모습은 쪽머리를 가로 저의며
노을빛으로 퇴색해 가고 있다

해는 어느새 자취를 감추고
어스름한 산 넘어서
땅거미가 찾아오는데
하늬바람에 뜰 안의 정원수들이 몸을 떨고

흔들거리는 줄기들이 낫을 가는 소리한다

어머니의 생각에 가슴이 메어와
나는 조용히 고개를 숙이고
마당을 곱게 빗질하는 낙엽을 밟으며
찬바람 속을 지나 집으로 돌아가는 길

오늘도 어김없이 어디선가 어머니는
그리움을 구걸하는
아들의 모습을 보고 있을 것 같다!

오늘도 목젖은 쉬어가지 못하는데
차라리 목 놓아 울어버릴 수만 있다면
그리움은 가슴아래 잠들 수 있을까?
세상등진 어머니는 이젠 아들의 눈물이 됐다

이별은 기다림의 연속이다

동구마루 놀이터에서
실어증 걸린 것 같은 표정으로 서성거리다
객지로 훌훌 떠나는
자식의 뒷모습 멀리까지 더 보려고
까치발로 서서보며

　- 조심해서 잘 가거라
　 "금방 또 오겠습니다"

이별의 마당은
동아줄에 칭칭 엮어진 허무처럼
그리움으로 돌아서서
슬퍼서 우는 어머니의 가슴이다

오늘도 어머니가 문틈 밖을 응시하는
섣달 그믐밤 불이 꺼진 고향집 장지문에
시나브로 스멀스멀 떠오른 자식들 얼굴은
울컥울컥 솟구친 그리움의 막장일까?
헛기침이 목울대에 걸려도
고요는 마침표 찍힌 기다림이다

오늘도 발길 더딘 자식들이
그리워서 애타는 어머니의 마음은
두고두고 풀어야할 어머니의 숙제일 것이다

살아나는 기억들

흙 때 묻은 머릿수건 동쳐 매고
다랑이 밭이랑 어디엔가
우주행성처럼 큰 대나무 소쿠리에
갖가지 푸성귀 챙겨서 머리에 이고
호미를 들고 사부작사부작
어머니가 걸어오실 것 같은데

저 지난해 세상만사 훌훌 털고
한 평 남짓 뗏장 이불 덮고
평안하게 누워계신 어머니 묘를
넋을 놓고 바라보니
건드리면 터져버리는
봉선화 씨방처럼 그리움이 터져버렸다

살아생전 어머니의 기억보다
그리움이 먼저 목울대를 건드리니
눈물이 왈칵…….

어스름이 기웃거리는
산자락 끝에 버려진 아기 사슴처럼
울 엄니를 애타게 부르자

어머니 자식 사랑인지

어머니와 이별인지
어머니의 눈물인지
어머니에 대한 그리움인지
슬프고도 혼란스러운 기억들이 방출되어
너무나 많은 슬픔이 밀려들어 애달프다

오늘도 어김없이 젖은 입술 깨물며
삶의 터전에 곳곳에 흘려있던
그리움을 다독거려주고 가건만
뒤섞여있던 어머니의 옛 그리움들이
가슴속에서 웅성거리며 피어나고 있다

풍경

변하지 않은 시골 5일 장터엔
예나 지금이나 시장상인의 인심은 그대로입니다
입심 좋은 상인에게
천륜의 끈 줄인 손자가 미끼를 물자
할머니 지갑이 이내 열립니다

기억속의 빛바랜 흑백 풍경은
흘러간 세월속의 내 마음을 열고 있습니다
할머니 손을 꼭 잡은 손자의 얼굴을 보니
나 어릴 적
어머니의 세월과 나의 세월이 멈춰있습니다

어머니께 때를 써서 따라나선 시장가는 길
뻥튀기 붕어빵 십리길 알사탕가게 앞에
어머니 치마 자락을 잡은
나의 손에 힘이 들어가고
외씨 같은 흰 고무신을 신은 발에는
어김없이 급제동브레이크가 걸렸습니다

"……."

아 ~
그리운 어머님!
기억은 봄바람을 타고 흩날리고
추억이 서려있는 정겨운 풍경에
가슴이 먹먹하고 명치끝이 아릿해옵니다

* 잘 녹지 않아 입에 넣고 빨고 가면 십리를 갈수 있다 해서 지어진 이름
                                        – 일명 : 나일론 사탕

천사天使

서울행 아시아나 기내서
승무원 아가씨들…….

어머니에게

　"어머니! 음료수 무엇으로 드릴까요"

　- 나는 목 안 말라 필요 없소

　"나는 콜라 주세요"

그러자 어머니는 자리에서 벌떡 일어나
시집 올 때 친정어머니가 만들어준
목단 꽃 자수가 곱게 새겨진
어머니의 비밀금고 허리춤주머니를
서부영화사상
최고의 총격전이 연출되는 오픈레인지에서
캐빈 코스트너가 허리춤에서 적을 향해 빼는
권총 보다 더 빨리 꺼낸 뒤
주머니 끈을 풀고서
호흡곤란으로 얼굴이 시퍼렇게 변한
세종대왕님을 꺼내
승무원에게 내밀었다.

- 아가씨! 우리 아들 음료수 값을 받으시오

번개 같은 행동에 놀란 승무원

　"어머니! 전부 공짜 입니다"

생후 비행기를 처음 타는 우리 어머니
무료로 주는 음료수 인줄 모르고
아들보다 먼저 값을 계산하려는
아 ~ 어머니 천사 같은 우리 어머니

그리운 얼굴 하나

기다릴 것도 그리울 것도 없다고
속내로 다짐 하였건만
언젠가 잊어져야 할
눈물보다 서럽게 젖은
그리운 얼굴 하나
아 ~ 어머니!

창문에 입김으로 그렸다 지워버린 이름
보고파 마주 앉은 거울 속에
넉넉한 웃음으로 나를 바라보고 있다

오늘도 그리움의 가슴 아리를
꾸역꾸역 밀어 넣고 가슴에 빗장을 걸었다
날 밝으면 나도 모르게 빗장을 풀면

언제나 위험스런 목젖은 쉬어가지 못하고
"……."

어머니 자화상

김해시 가락로
8남매 키워서 모두 객지에 보내고
혼자 사는 김 씨 할머니
오늘도 폐차 직전 유모차를 끌고
불편한 발걸음으로 일터로 간다
차를 멈추고 생활 정보지 가판대에서
벼룩시장·교차로·한부씩 차에 싣는다
취직하려고 모집공고 찾으려는가

앞에서 끌었다가 뒤에서 밀다가
1928년산 엔진이* 무리가가나!
가다 쉬고 또 가다 쉬고를 되풀이한다

길거리 상점 음식점 가가호호 대문밖에
널브러진 종이상자나 고물들을 수거하며
진종일 돌고 돌아 한가득 싫고
하루에 두 번씩 고물상 집하장으로 간다

　- 오늘은 합계가 2500원 입니다
　　이젠 힘 드는데 집에서 쉬거나
　　경로당에 가서 친구들과 노세요

그런 소리 하지 마

돈도 벌고 운동도하고 얼마나 몸에 좋다고
……!!
자식출산 때 생에 최고의 고통을苦痛·겪었고
그 아기를 첫 대면 때 최고의 희열喜悅·하며
힘들게 키웠던 그 많은 자식들은
어머니의 힘든 삶을 알고나 있을까

*1928년생 85세 할머니 심장

그리움

세상사 흐르거나 말거나
자연의 뜻에 따라 살아가는
어머니를
해질녘에 나도 모르게 부르며
구깃구깃 목구멍으로 넘기던 그리움이
보따리를 풀어버렸다

긴 ~ 기억 탓일까!

내 가슴은 내가 주인인데
어머니를 생각하는
애절함도 슬픔도 그리움도
모두가 내 몫이 아니겠는가
이러한 흔적들이
내 삶에서 수놓고 있는 것이다
그리움이 질서 없이 가득한 가슴을
삯바느질을 하여서라도
열리지 않게 할 수 있다면 얼마나 좋을까?
언제부터인가 나도 모르지만
고향집 사립문을 나설 때면
고개를 숙이고 걷는 버릇이 생겼다

호곡 號哭

병원 영안실…….
고문을 당하듯 몸부림을 치며
호곡을 하는 여인에게
-누구를 잃었습니까?
나의 물음에
심드렁한 표정으로 바라보며
여인은 가슴을 북을 치듯 두드립니다
왜! 저럴까……. 언 쳤나!
식물인간이 되어버린 자식의
여섯 가지 신체 부위를 기증하고
눈은 기증을 못했다는 것이다
꿈에라도 앞이 안보여
어미를 찾아오지 못할까봐!
자식을 먼저 보낸
어머니의 절규가 가시처럼 목에 걸린다
바라만 보아도 시린 것이 자식이기에
자식의 영원한 언더우먼이었던 어머니가 울고 있다
아 ~ 어머니
바지런한 바람이
나뭇가지에 신경통을 안겨주 듯
나의 물음이
자식을 잃은 어머니에게
가슴을 언치 게 하였던 모양이다!
자식은 언제나 어머니의 가슴이다

음식을 만들고 계신 어머닌
혼자 먹으려고 저렇게······.
마음이 두근거리지는 않았을 것이다!

그리움을 베어 무는 설움을 달래려고
차라리 목 놓아 펑펑 울어버리면
그리움은 말짱하게 시치미를 뗄 수 있을까

살아온 세월을 뒤돌아보면 저 멀리 아득한데
남은 생을 생각하면
더욱 생생해지는 것은
사무치게 그리운 어머니와의 추억이다

고향 길

깊고 깊은 마음속엔
어머니가 들어 앉아 있기에
차창에 부딪쳐 흐르는
빗물은 닦을 수 있건만
내 마음속에서 흐르는
눈물은 닦을 수가 없습니다
그래서 내 곁에 오래 머무를
야속한 눈물은
좀처럼 마르지 않을 것입니다

바쁘다는 세월은
머뭇거리지 않은 채 달아나건만
어머니의 빈자리가
아직은 익숙지 않아 서럽습니다
나에겐 아직은
시간이 더 필요할 것 같습니다

※ 자식은 평생 어머니의 짐이었는데 어머니는 자식에게 짐이 되지 않으려고 일평생 자식
  을 위해 노력을 하시며 살다가 먼저 저세상으로 떠났습니다. 하면 된다는 소신을 가지고
  살아온 나에겐 못하는 것이 하나있습니다. 저승으로 가는 어머닐 잠시 잠깐만이라도
  붙잡지 못한 것입니다.

인생

초여름 빛이 아슴아슴 찾아드는
계곡 도랑가
잔디가 뿌리를 내리지 않은
산 끝자락 다랑이 밭 귀퉁이
작은 묘 앞에
소복을 입고 잔술을 따르는
연노하신 여인!

  - 누구의 묘입니까?
    영감 묘입니다
  - 살아생전 술을 좋아 하셨던 모양이지요?
    술로 세월을 벗 삼아 살았지요!
  - 고생을 많이 하셨겠네요?

여인은 눈 밑에 슬픔을 그리고 있다
슬퍼보이던! 하늘이 갑자기 눈물을 흘린다
묘 앞에 놓인 꽃잎에도 눈물이 맺었다
내 눈가도 젖어 들었다
영혼은 가셨지만 육신은 두고 가셨으니
얼마나 좋은가!
자신의 흔적을 지극 정성으로 돌보는
이승에 두고 간 부인이 있으니

어둡고 긴 터널을 지난 뒤에야

그렁그렁한 여인의 눈물울음은
사무치게 그리운 남편일 것이다

떠돌이 바람이 여인의 머릿결에 발을 내린다
훼방꾼인 바람 끝이 오늘은 살갑다

아스라이 가물거리는 작은 섬 위로
살풀이 흰 천처럼 흔들어 대며 휘감는 저녁연기
어찌 내가 모르겠는가.
객지로 흩어져 떠나 살고 있는······.
자식들을 기다리는 내 고향 어머니 손짓인 것을!

세월

늙어버린……. 고향집엔
그리움은 아우성인데
울 엄니 기척은 없고
저물녘 산 그림자가 스산한 바람과
주인 없는 마당에서 놀고 있었습니다

기억 속에 스멀거리는
희미한 그리움 떼거리에
덜미가 잡힐까봐
발걸음 소리마저 가만가만하고
차 시동을 걸었습니다

가슴아래 차곡차곡 쌓인 그리움의 저장고를 샅샅이 뒤져서 리모델링
― remodeling·해볼까나

목격

물안개가 녹아내리는 이른 아침
해반천※ 둑길을 따라 산책을 하던 중
물가에서 있는 백로 가족을! 목격하였다

……물고기 사냥을 교육시키려는 것 같아
발걸음을 멈추고 구경을 하였다

어미가 목을 길게 빼고 물속을 노려보고 있다
나도 순간 포착을 위해
카메라를 렌즈를 고정 시켰다
침묵의 시간이 흐르고 두 마리 새끼들이
어미에게 시선을 고정시킨 순간?

허공을 가르는 화살촉같이!
어미의 부리가…….
작가의 예리한 통찰력과 순간의 아름다움을
렌즈에 담아내는 찰나의 예술을 만들려고
나도 셔터를…….
어쩌나? 어미의 사냥은 헛방 이었다
내가 입가에 미소를 짓는 순간

  - 애들아! 저 영감탱이가 지켜보고 있으니
    신경이 쓰여 실수를 했다

그러하듯!
떨떠름한 표정으로 쳐다본 뒤
다시 물고기 사냥에 열중이다
인간의 삶도 실수의 연속이다
이른 아침 백로 가족들의 삶의 현장이
나에게 좋은 교훈을 주었다

※ 김해시 문화의 거리를 따라 흐르는 하천

어머니 마음

가을이 만들어준 풍요한 계단식 밭에서
어머니 얼굴엔 삶의 흔적이 파도를 친다
첫 수확 고구마 튼실한 것과
파치는頗媸·별도로 포장을 한다

     - 튼실한 것은 어머니가 먹을 것이고
       파치는 짐승 줄려고 따로 모으세요?

     "튼실한 것은 자식들에게 보내고
       못난 것은 내가 먹으려고 분리를 하요
       ……들짐승이 겨울이면
       먹을 것이 없어 굶주릴 것이니
       파치는 일부는 주점부리하게 남겨두어야지"

근검절약이 몸에 배인 어머니에겐
세상엔 필요 없는 것은 존재하지 않았다

부자 집 곡간에서 생쥐가 울고 나올 일 없듯
부지런한 어머니 곳간에서도 그럴 것이고
동내 참새 방앗간이라고 소문난 어머니의 집엔
마을 사람들의 잦은 발걸음이 분주할 것이다!

가을빛이 내려앉은 다랑이 밭에서
구슬땀을 흘리시며 일하던 어머니가

잠시 허리를 펴 흙이 잔뜩 묻은 손으로
이마에 채양을_{遮陽}·치고 하늘을 바라본다

아 ~ 어머니의 넉넉한 마음은
가을하늘보다 높아 보였다

길…….

실바람에 가벼이 팔랑이는 물결처럼
하늘에서 내려와 길을 잃었나!
중 도포자락 같은 구름 한 조각이
가파른 산을 넘어가지 못하고
산 중턱에서 쉬고 있는
고향 선산을 찾아가는 이유는?

세상을 살다보면 힘든 외로움에
무거운 잔디를 이불삼아 잠들어 있는
어머니를 깨워 이야기를 나누자는 뜻에서다.

이승을 등진 영혼이 깨어날리 없지만
묘 앞에 앉아 있으면
머릿속 활동사진이 기억을 충전해준다
그래서 내가 찾아가는 이유가 된다
오늘도 어머니가
절대로 돌아오지 않는다는 것을 알기에
더욱 그리워하는지도 모른다!
오늘도 떠돌이 바람에게 들키고 말았다
어머니의 정이 그리운 아들의 눈물을
고맙게도…….
어머니가 볼까봐 그러하나!
떨어지는 눈물방울을
바람이 이내 훔쳐 달아난다

길……

뉘엿뉘엿 서산으로 지는
힘이 빠진 해처럼
유령처럼 가면도 쓰지 않고
차례도 없이
눈치코치 하나 없는
애물단지 그리움의 패거리가
까불까불 촐싹거리며 따라오니
오늘도 어김없이 그리움과 추억은
언제나 나에겐 고문이 되었다

또렷해진 저녁별 혓바닥이
뒤통수를 핥아대니
아스팔트에 붙은 껌 딱지처럼
끄트머리가 보이지 않는 그리움이
나란히 줄을 선다

툇마루에 앉아서
집 떠나는 아들을 보는
늙으신 어머니의 가슴엔
스멀스멀 떠오른 추억이
내 가슴을 훔쳐보고 있을 것이다

오늘도 귀향길엔

자기마음대로 잘생긴 간호사에게…….
무례하게 주사 맞은 궁둥이 통증처럼
그리움 때문에
눈물이 수양버들 가지처럼 휘날린다

어머니의 마음

집에 찾아온 아들을 보고
늙은 초가 집 안방 장지문을 벌컥 열고
버선발로 뛰쳐나와
두 손을 꼭 잡아주던
어머니의 아들 사랑은
지금도 그때와 변함없다

어머니께
용돈 몇 푼 쥐어주고 돌아오는 길

어머니가 칭얼대는 자식을 혼자 두고
삶의 터전에 일 하려가던 때의
어머니의 마음과 같을까

어머니는
어릴 적 등교하는 나를 바라보던
그때 그 모습으로
동구 밖에까지 배웅 나와서
삶의 터전으로 돌아가는
나를 바라보고 계신다

어머니에겐 10남매가
모두 아픈 열 손가락이다
어머니가 나의 뒷모습을 바라보며 기도하는
그러한 마음으로 세상을 살아가려고 한다

추억

내 가슴아래 똬리를 틀고
순간순간마다 파닥거리는 것을
조심스레 풀어놓아
뿌리를 내리기 시작한 그리움이
스스로 지은 사랑으로 업이業·되어
차곡차곡 쌓여가는데
얼마나 더 울어야 그리움을 털어낼까

악기는 속을 비우고
끊임없이 울어야 하듯

언제나 예측불허인
봇물 터진 그리움만…….
산을 넘고 강을 건너 고향으로 달려간다

오늘도 어김없이
아슴아슴하게 다가온
유년시절의 추억들은
풀릴 길 없는 애달픔이 되어
가슴아래 빈 공간을 채우고 있다

언제나 어머니의 배웅을 받으며 나선 길

장맛비 맞은 병아리처럼 후줄근한 모습으로
두 어깨를 축 늘어뜨린 채
……. 게임 종료 몇 초전
골대를 맞고 튀어나온 공을 차듯
길가 조약돌을 걷어차며 걸어가는
나의 모습을 본 어머닌
오늘도 쉬 잠들지 못 할 것이다

행여나 눈치 챌까 봐
자식 모르게 모아둔
어머니의 삶과 죽음의
짧은 여정 사이에
남은 마지막 유산이었습니다
그 돈 일부는 자신의 핏줄인
손자손녀 들에게
쪼개 주었을 것입니다

어머니께
용돈 몇 푼 쥐어주고 돌아오는 길
어머니가 칭얼대는 자식을 혼자 두고
삶의 터전에 일 하러가던 어머니의 마음과 같을까

어머니는
어릴 적 등교하는 나를 바라보던
그때 그 모습으로 동구 밖에까지 배웅 나와서
삶의 터전으로 돌아가는 나를 바라보고 계신다
어머니가 나의 뒷모습을 바라보며 기도하는
그러한 마음으로 세상을 살아가려고 한다

꿈

손을 내민 나에게 어머니가 놓고 간 것은
어려선 사랑이었는데
지금은 아리고 저린 가슴에 남겨진
울먹이다가 지쳐버린 간절한 그리움이다
달이 되어 길 밝히는 어머니 얼굴엔
아무리 두드려도 열리지 않는
알 수 없는 흐뭇한 미소가 번진다

오늘의 운수를 점치는 걸까
송아지가 외나무다리 건너듯
그리 쉽지는 않을 것인데
그러나 마냥 즐거워 보이는 얼굴이다

추억 속 어머니의 삶이
강철 같은 가슴속의 문을 야금야금 부수고 있는데
휘청거리며 갈 길을 잃은 영혼 하나가 머뭇댄다

　　"꿈이다"

마당 한가득 널브러져 있는 달빛 밟으며
삶의 터전으로 돌아가는 자식의 뒷모습에
가만히 못 있는 어머니의 목젖을 건드려
왁자하게 일어선 그리움에

별빛이 왈칵하고 울음을 쏟을 것 같다!
눈보라치는 섣달보름날
소리 없는 가장 슬픈 눈물을 흘리며 집으로 왔다

패륜悖倫

병원 장례식장 냉동시체보관실에
5개월째 누워있는 어머니를
3남매가 찾아가지 않고
부위 금만賻儀金·챙겨 도망을 쳤단다는 뉴스다
참으로 험악한 세상이다

경찰서에 나타난 자식이
시체인도 포기각서를 썼기에
시청에서 화장을 하여 납골당에 보관한단다

효의 근본을 모르는
자식들 벌을 주려 내가나서야 겠다

하느님!
부처님!
제가 찾아가거든
저승입구 경비원으로 채용해주세요

　　……왜?

이 불효막심한 삼남매가 죽어서 저승으로 오면
하느님이 계시는 천당 못 가게 길을 막을 것이요
부처님이 이승으로 윤회시키면…….

지옥불로 보내려고 합니다
그자리만 보장된다면
대한민국 졸부들…….
좋은 자리 청탁하려
줄줄이 돈 보따리 들고 오면
우리 집 대문 경첩에 불이날것이다!

"5개월을 냉동고에서 추위에 떨고
이젠 1,500도의 뜨거운 불가마에서
화장을 당하는 불쌍한
어느 어머니의 사연에
자식을 어떻게 키워야 되는 가 대 한
많은 교훈이 될 것이다!"

위의 글을 쓰면서 KBS 방송의 미담을美談·기록한다.

※ 도회지에서 살다가 시부모님이 아파서 시골로 내려와 농사일을 하면서 무려 20년을 병수
발을 하면서 살았던 며느리의 이야기다. 시아버지를 먼저 저 세상으로 보내고 몇 년을
시어머니를 간호하였는데…….
죽음에 다다른 어느 날 시어머니가 며느리에게 "아가야! 너에게 소원이 하나 있다"하여
"어머니 무엇이든 들어 줄 테니 말씀하세요"하자. 시어머니는 며느리에게 "너를 엄마라고
부르고 싶다"하여 "그렇게 부르세요" 했다는 것이다.
어느 정도 머리회전이 있는 독자라면 부연 설명을 하지 않아도 될 것이다!

이별

마디마디 굳은살이 돋은
어머니의 손을 살짝 펴
용돈 하라며 몇 푼 손에 쥐어주고

갈 길이 멀다고 새벽녘에서
횅허케 떠나는 아들의 뒤 모습을
암만해도 보이지 않아 까치발로서서

　- 갈 길 멀다고 싸게 싸게 가기 말고
　　쉬엉쉬엉 가라

눈물을 훔치며
손사래 치는 어머니의 모습에
오늘 만은 들키지 않으려던 눈물을
만월 때문에 들키고 말았다

여명으로 하나 둘
시나브로 사위어가는 창공의 별들처럼
자식에 대한 근심 걱정이 사라지길 빈다

강중강중 뛰면서 고샅길부터
휘 바람을 불면서 간지럼 태우던
뒤 따라온 바람도 이별을 하잔다

집에 도착하면
시바스리갈 연거푸 꿀꺽꿀꺽하고
빨리 취해야 할 것 같다

※ 국민이 궁금해 하는 궁정동 안가에서 박정희 대통령이 술자리에서 부하 경호 실장
  에게 총살당할 때 마신 양주 이름

고향

타관 객지에서 부초浮草 처럼 살다
향수에鄕愁 젖어 찾아 온
늙어버린 고향 땅
산 끝자락에 옹기종기 앉아 있는
형형색색 늙은 집 마당에서
사립문을 박차고 늙으신 어머니가
버선발로 뛰쳐나와
두 손을 덥석 잡고 반겨 줄 것 같다
정겹고 소담스런 머 ~ 언 이야기 같이
청명한靑明 가을 햇살을
머리에 이고 앉아 구슬땀을 흘리며
호미 들고 밭이랑 잡초를 뽑는
어머님 모습처럼
세상에서 가장 아름다운 풍경으로
나에게다가 온다
집을 떠나고 싶은 충동을 잡아 주었던
어머님 품 같은 고향 땅
그 아름답고 잊지 못할
추억이 서려 있는 나의 모태母胎
그곳에는 유년기 흔적들인 추억이 가득한
흑 백 사진첩이 남아 있고
동구 밖 당산 늙은 팽나무아래
작은 공터에는

흑 백 활동사진이 돌고 있었다
고향의 산수가川樹 빚어내는
그 편안함과 운치는韻致
나 어릴 적 머릿속에
각인 된 대로 남아 있고
작은 가슴 깊은 곳에 숨겨 놓았던
아련한 추억들이
도란거리며 나를 반겨주었다
그 모든 것들이 있는 고향 땅은
그리움으로 나를 보듬어 안는다
세월이 흐른 뒤…….
나는 그리움으로 찾으면 고향은
또다시 추억을 한 아름 안고서
나를 그리움으로 맞이할 것이다
그래서 나는 고향을 찾아간다
그러나 한번 떠나면
세월은 같은 얼굴로 찾아오지 않을 것이다

거짓말

배 아파 자식 낳고
속 썩이는 자식들을 키우면서
줄건 다 주고

   - 필요한 것 없습니까?

어머니께 물으면
없다고 뻔 한 거짓말을 합니다

그러하신
어머니의 마음을 알아버린 나는
울먹이다가 울먹이다가
울어버린 울음은…….
내가 시키면 고분고분 잘 따르는
하인이 되어야하는데
언제나 반항아입니다

어머니 자신의 가는 길은 가시밭길이여도
자식의 가는 길은 꽃길이기 바라는 것입니다

"……."
  ⇩
그리움이 넘나들던 고갯마루에서면

추억어린 풍경 속으로 들어선다
고향보다 고향 밖에서 살아온 세월이 더 길다
조금은 부족했던 고향이지만…….
자연만은 언제나 넉넉했던 고향이다

여정을 갈무리할 시간이다
태양도 쉬 쉬지 못하고
긴 그림자를 드리우고 머뭇거리는데!
하늘을 머금은 저수지물은 숨고르기를 하고 있다
과거와 현재의 시간이 희미해져가는 고향땅
돌아서면 그리워지는 고향 풍경을 가슴에 담고 간다
세상에서
제일 아름다운 이름인 어머니를 부르면서

유통기한

유통기한 없는 그리움 때문에
찾은 고향 집 구석구석엔
저승길 따라나서지 못한
어머니 꿈의 알들이 덕지덕지 붙어있고
삶의 흔적은…….
아직은 지천으로 널려있다

터질 듯 터질 듯 위험천만한
그리움을 꾹꾹 눌러두고
가슴의 빗장을 걸었건만

그러나
누가 막으랴
각혈을 토하듯 봇물이 터진
울음을 아무도 막지 못했다

창공에 달이 되어버린 어머니를
애타게 그리워하는 아들에게
서정적인 눈길을 줄만한데

언제나 갈 길은 비춰주던 달이
오늘은 구름 커틴 뒤로 숨어있다

인생

가을이 내려앉은 고즈넉한 골목길
그만그만한 늙은 집들이 어깨를 기대고 있는
통영 노대도 섬에 자식 키워 모두 육지에 보내고
늙은 두 부부만 살고 있다

육지에서 온 이방인 위해
할머니는 조촐한 밥상을 차려왔다
평소 두 부부가 먹어왔던 소박한 밥상에
방금 할아버지가 에메랄드빛 바다에서 건져 올린
삶은 싱싱한 문어 한 마리를 더한! 이방인에 환대다

밥을 먹던 이방인은 수저를 밥상위에
가만히 내려놓고 의아해 한다
밥상 앞에서 손님에게 결례되는 두 다리를 펴고
할머니가 다리를 주물린 것을 보고

　- 다리가 많이 아프십니까

이방인의 물음에

　- 말도마소 육남매 나서 등에 업고 일하며 키우느라
　　힘들어 흘린 눈물이 한가마니는 될 테고
　　내어 쉰 한숨소리에 쉰 길의 깊이의 땅이 파였을 것이요

거침없이 달려온 칠십 평생의 삶속에
할머니가 짊어졌던 바닷물의 무게는 얼마나 될까?
엄마가 섬 그늘에 굴 캐려 가면
배곯아 울던 아가가 손가락을 입에 물고 잠들었던
그 섬의 옛날의 핏줄은 다 어디가고
오늘도 핏줄이 그리운
할머니 아픈 다리는 핏줄을 그리워한다

귀향 길

고향을 뒤로하고 돌아오는 길
움푹 페인 주름살처럼
가슴에 새겨진 상처는
언젠가 부터
새살이 돋아 가려져가고 있다

그러나 가끔은 아리고 쓰린 고통이
스멀거리며 가슴에 파고 들 때

엄니!

목청껏 악다구니를 써보았건만
하늘은 도통 관심 밖의 일처럼
오늘도 어김없이 무반응이다

......

진절머리 친 메아리가
다시 돌아와 억장을 무너뜨리니
그리움의 흔적이 가득한 가슴에
대못 박히는 소리 들린다

어머니가 저승 가던 날······.

이별의 장에서 흘린 눈물만큼이나
오늘도 눈물은 흘려야 할 것 같다!

저승길을 편하게 떠났을 것이라는
소망을 품고 일어선 아들이
어머니를 가슴에 품고 목 놓아 부릅니다

⇩

서녘에 힘 풀린 태양이 능선을 따라 길동무 긴 그림자를 만들어 준다 숨죽어 멈춘 것 같아보여도 오랜 세월동안 자연과 함께 숨 쉬며 살아온 고향땅엔 꽃단장을 하고 있는 가을은 떠남을 머뭇거리고! 아름다운 설경을 만들려는 성급한 겨울이 기웃거리는 계절……. 하얀 설렘이 색바랜 흙길을 멀겋게 채색하고 떨어지는 낙엽은 어김없이 계절의 약속을 지키고 있다. 자연의 세계에서도 시간과 속도에 순응하며 사는 것이 어떤 것인지 조금은 알 수 있을 것 같아 길을 나선 것이다. 보이지 않는 끈을 풀 수 없는 아름다운 이유가 존재하는 한……. 긴긴 기다림은 내 마음의 시들지 않는 믿음의 씨앗이 있기 때문이다. 지울 수 없는 그 무엇이 존재한다면, 내가 태어나 자란 곳이고 삶을 마감하고 영원히 잠들 고향이기 때문이다.

고향집 옆 텃밭 언덕바지엔 내가 태어난 해에 심었다는 단감나무 두 구루가 일란성 쌍둥이처럼! 비스듬히 마주보고 서있었다. 그 나무는 커서 어김없이 열매를 맺어 우리형제들의 주점부리 역할을 했다. 늙어버린 감나무도 이승 떠난 울 엄니 손길을 그리워할까?

인생

울릉도 끝자락엔
91세 김화순 인어※ 할머니가 혼자살고 있다
오늘도 구부정한 허리에 물 허벅을 등에 지고
아들 같은 이웃 65세 양승길 선장의
늙은 배를 타고 섬 그늘에 물질하러 간다

이젠 힘이 없어 선장에게
잠수복 입을 때나 벗을 때는 도움을 받는다
나날이 물질하는 일이 힘들다

    - 이젠 물질을 그만 하셔도 되는데
      무엇 때문에 힘든 일을 계속 합니까
      "평생해온 일을 그만두면
      사는 끈을 놔버린 것 같아 서운해서"

바다 속에는 하늘과 땅이 있고
할머니 삶이 있기에 일손을 놓지 못한다
하지만 날이 갈수록 호흡도 힘이 없다
소라 성게 어떤 때는 수확이 짭짤한 문어가 잡히면
할머니 얼굴의 수많은 주름살이 파도를 친다

언제나 바쁘다는 세월 앞에…….
할머니도 선장도 배도 같이 늘어가고 있다

늙어 죽을 때가 다된
갈매기 울음소리가 서글픈 울릉도 바닷가
엉거주춤한 자세로 삶의 터전을 멀거니 바라보는
할머니 그림자와
살아생전의 내 어머니 그림자가 겹쳐 있다

※ 해녀

고향

어머니! 그리고 고향
그곳은 나의 모태가 아닌가?
생각만 해도 괜히 눈가가 젖어든다.
객지서 생활하는
모든 이의 공통된 생각이리라
고향에 가면 기다렸단 듯
그곳 들꽃은
익숙한 향내로 코끝을 씻어 줄 것인데!
젊은이들이 다 떠나고
늙으신 부모님만 남아있는
늙어버린 고향땅엔
고향을 떠난 자식들은 돌아오지 않고
그 자리엔 이국의異國 여인들이
고향을 지키고 있다
이젠 세월이 흐르면 흐를수록
고향은 점점 더 늙어만 갈 것이다

장터

30십 리 흙먼지 자갈길을
뒤뚱거리는 소달구지타고
어머니와 함께 갔던
있어야할 것은
모두 갖추어 있는 5일 장터

떠돌이 장꾼들이 펴놓은
수많은 난전 앞에서
주고받는 흥정 속에
간혹 목소리가 커지기도 하지만…….
서로 간에 양보해가며
물건을 팔고 사는 여유로운 풍경이다

논어論語 맹자孟子 중용中庸 대학大學
사서를四書 내가 집어 들자
어머니는 장지갑을 열고
흥정도 안하시고 책값을 지불 하였다

자식이 사는 물건은 너무 흥정을 하면
우리가 떠난 뒤에
뒷모습을 보고
장사꾼이 욕을 할 것이란 마음에서다

아~ 어머니! 우리 어머니!
친가 외가 학자집안이여서
어머니 교육열은 남다르셨다
어머니 자신에 대한 물건을 살 땐
언제나 수번 흥정을 하고나서
나무늘보처럼 느린 동작으로
허리춤에서 주머니를 꺼내 열고 돈을 지불했다

가훈

우리 집 가훈은家訓

  - 상대방이 나를 볼 때
    고운 눈으로 바라보는 사람이 되어라

어머니께서는 내가 어릴 때 말썽을 부리자
대청마루에 무릎을 꿇게 하고

  - 너의 잘못으로 인하여
    저놈이 누구 놈의 자식이라고
    손가락질 하면서 눈을 흘기면
    부모를 욕을 먹이는 것과 같으니
    불효를 하는 것이다

뭇 사람에게 말과 행동을 바르게 하라는
어머니의 훈육訓育 이었다
5세 때부터 어머니에게 받은 밥상머리 교육이다
나도 자식에게 그 말을 답습시키며 살아가고 있다

갑옷

하늘이 갑자기 낮아지며
구름이 태양을 보쌈하든 날
하늘이 답답하였는가
귀청이 떨어질 듯한
콰르르 쾅쾅 천둥 번개 불 칼이
허공을 쪼개버리자
구름보자기가 찢어지며
불 회초리가 튀어나와서
예배당 종탑을 후려 패서 작살을 내자
어머니는 불 회초리보다 더 빨리
어린 나를 품안에 감싸않았다

우리 어머니 등은
계백장군의 갑옷보다 더 강했다
곧 이어 쏟아지는 소낙비에
어머니 등은 우산이 되어 주었다

칭얼대는 자식들의
안락한 침대 역할을 했던 어머니 등은
이젠 눈썹달이 되어 버렸다

세상사 흐르거나 말거나
자연의 뜻에 따라 살아오신 어머니
그러나 무정한 세월은
어머니에게만 지나간 것 같아보인다

계량기도 티스푼도 필요 없이

눈가늠으로 대충대충 뿌려서

스적스적 뒤섞어서 만드는 겉절이

어머니 손은 마술 손!

어머니의 마술 손

얼가리 배추를 손으로 듬성듬성 잘라서
다진마늘·고춧가루·물엿·참기름·간장·참깨가루
계량기도 티스푼도 필요 없이
눈가늠으로 대충대충 뿌려서
스적스적 뒤섞어서 만드는 겉절이
어머니 손은 마술 손!

자식이 집으로 돌아가는 길
보자기에 바리바리 싸온 어머니의 삶을
차 트렁크에 한 가득 실어주면서
어머니의 손과 입은 쉴 틈 없이 바쁘다

내무검열

토요일 아침부터 걸린 비상
털고·쓸고·닦고·정돈하고
대 청소하느라 땀 흘렸으니
늙은이 냄새날까봐
목욕탕에 가서 샤워를 한 후
장미 향수 한 번 찍 ~

말썽꾸러기 *해피는 철장가둔 뒤

   - 우리 집 내무검열 준비 끝

띵 ~ 동 소리에
현관 문 앞에서 긴장 한 채
도열한 각시와 나
다급하게 문이 열리고

   - 김해 할부지! 할무니!

대한민국 독립만세를 부르듯
두 팔을 번쩍 쳐들고
환한 미소 띠며
외씨 같은 예쁜 발에
바람개비를 달고 달려와서

355

품에 안기는 손자係子

- 엄마보다 할아버지 할머니가 더 좋아

뒤따라 들어 온 며늘아기
시샘어린 한마디에…….
우리가족 싱글벙글

* 애완견 이름

인생

일광단日光緞 짜서 무엇을 할 거냐
월광단月光緞 짜서 무엇을 할 거냐
일광단 남편 옷을 만들고
월광단은 내 옷을 만들지
어머니가 삼베를 짜면서 부른 노동요다

　　- 일광단과 월광단은 무슨 말입니까

일광단은 낮에 짠 베여서 촘촘히 잘 짜진 것이고
월광단은 밤에 짠 베여서 허름한 것이다

무릎이 다 까이고 입술이 부르트도록
길 삼을 하여 만든 고운 베는 남편 옷을 만들고
허름하게 짜진 베는 자신의 옷을 만드신 어머닌
삼강의三綱 부이부강과夫爲婦綱
오륜의五倫 부부유별을夫婦有別 실천한 것이다

아름다운 여인의 모습

클레오파트라!

　- 아니야

양귀비!

　- 그도 아니야

미스코리아!

　- 천만에 말씀

한 올 한 올 뜨개질 하는 여인
임신한 여인
아기에게 젖을 먹이는 여인
이 세상에서 제일 아름다운 여인의 모습이야

왜?
사랑하는 사람에게 주려고
정성들여 뜨게 질을 할 것이고
생명을 잉태한 여인은
정갈한 마음을 가질 것이고
배고파 우는 자식에게
젖을 먹이는 모습은······.
천사 같다는 생각이 들기 때문이다

약속

옛날 청상과부가 살고 있었다
어느 날 낮잠을 자고 있는데
꿈속에 비둘기가
젖가슴 속으로 파고들어
깜짝 놀라 일어나 보니
흰 비둘기가 한 마리가
마당을 가로 질러 날아가는 것이었다

그날로 임신을 했는데
출산일이 지났지만 아기가 나오질 않아
이웃 노파가 와서 ※뗏잎으로 배를 가르고
아이를 무사히 꺼냈다
아이는 열 달이 지나자 걷기 시작을 하고
말도 유창하게 하였다

그러던 어느 날 아이가
팥 한 말과 ※서숙 한 말을 자루에 넣어 달라 하여
그렇게 해주었더니…….

"어머니! 제가 집 뒤에 있는 큰 바위 속으로 들어가 공부를 하고 나오려고
하오니……. 1년이 되는 날에 내가 어머니 뱃속에서 태어날 때 사용했던 억새
풀로 바위를 내려치면 내가 나올 것입니다. 이 말은 절대로 비밀이니 아무에게
도 말을 하면 안 됩니다. 어머니와 저와의 약속이니 약속을 깨면 절대로 안

됩니다."

그러한 약속을 하고 아이는 팥과 서숙을 들고 바위 속으로 들어갔다. 1년이 다되어가던 어느 날 이웃 노파가 마실을 와서 아이의 행방을 물었다. 그간에 수차례 아이의 행방을 알려고 하여 "친정집에서 기르고 있다"고 얼렁뚱땅 둘러대고 넘어 갔으나……. 오늘은 집요하게 물어와 아이와의 약속이 거의 다 되어 "아무에게도 말하지 말라"는 노파와 약속을 하고 그간에 아이와의 비밀을 털어 놓았다.

궁금함을 못 견딘 노파가 과부 몰래……. 과부와의 약속을 깨고 아기 출산 때 사용 했던 뒷들에서 무성히 자란 억새풀을 한줌 베어와 과부가 말해준 바위를 내려쳤다. 그러자 천지를 진동하는 굉음과 함께 바위가 갈라졌다. 그 소리에 놀란 과부가 달려가서 살펴보니 노파는 그 자리에서 즉사를 하였고 갈라진 바위에서 쏟아진 것은 무릎을 펴고 일어나려는 수많은 말과 칼과 창 그리고 방패를 손에든 수를 헤아릴 수 없을 정도의 병졸들이 갑옷을 입은 채 엉거주춤 자세로 곧 일어날 것 같은 모습이었고 아이는 황우 장사의 모습에 허리에 큰 칼을 차고 있었다.

아이는 약속을 어긴 어머니를 원망어린 눈으로 바라보며…….

"어머니! 이 나라를 왜적으로 부터 구하려 하였으나 어머니의 말실수로 인하여 저의 꿈을 이루지 못 하게 되었습니다. 이젠 아무 것도 할 수 없으니 파랑산에※ 가서 신선이神仙·되려고 합니다."

아이는 어머니와 헤어져 파랑산으로 떠났다. 아이가 바위 속으로 가지고간 팥알은 말이 되었고 서숙은 병졸이 되었던 것이다.

※ 이 이야기는 내가 어렸을 때 어머니가 들려주던 이야기다. 약속을 지키라는 어머니의 아들에 대한 훈육이었을 것이다. 나는 천재지변이 없는 한 약속을 지키려고 노력하며 살고 있다.

내가 소설가가 된 것도 옛 이야기를 잘 해주시 어머니의 유전인자에 의해서 일 것이다!

※ 뗏잎 – 억새풀 억새풀잎은 톱니처럼 날카롭다

※ 서숙 – 좁쌀

※ 파랑산 – 전남 고흥군 바닷가에 있는 산

※ 팥은 말이 되었고 서숙은 병졸이 된 것이다

할머니의 사랑

오늘도 다급하게 문이 열리고…….

"깅해 할부지! 할무니!"

대한민국 독립만세를 부르듯 두 팔을 번쩍 쳐들고 환한 미소 띠며 외씨 같은 예쁜 발에 바람개비를 달고 달려와서 품에 안기는 손녀다孫女·.
그랬던 아이가 어느 날 부턴가 각시에게 먼저 안긴다. 아이가 요즘 마음이 변했나. 아닐 것이다! 제법 사물을 알고부터 할아버지보다 할머니가 자기에게 더 세심한 관심을 보이고 먹는 것에서 부터 장난감까지 잘 챙겨 주는 할머니가 어린마음에 더 좋았을 것이다! 그러한데? 자기 집으로 돌아갈 때 내가 용돈을 주면 아무 돈이나 주는 대로 받았는데……. 최근에 와선 천 원짜리퇴계 이황 할아버지·몇 장을 주면 아직 발음이 부정확한말로…….

"할부지 시더요 - 싫어요"

오천 원을율곡 이이 할아버지·쥐도

"할부지 그거도 시더요."

만 원을세종대왕·쥐도

"그거는 많이 시더요."

"애야! 오늘은 용돈 필요 없니?"

질문에 눈물을 글썽이며

"할부지! 할부지 그려진 돈 시더요. 할머니가 그려진 돈 주세요."
"……"

양손을 포개 손을 내민다. 줄 수밖에……. 그러면 아이는 오른쪽 발을 뒤로 구부리고선 공연을 끝낸 발레무용수가 관객에게 인사를 하는 것처럼 인사를 한다. 그러한 모습을 보고 아들과 며느리는 싱글벙글 이다. 시켰나! 아니다. 어린 마음이지만 할머니의 지나친 관심에서 일어난 일이라고 생각한다. 큰돈을 주어서 앞으론 날 더 좋아하려나. 철모르는 아이가 큰돈을 알고 날 좋아 한다면! 안 될 말이다.

※ 부동산 사무실에서 자주 고스톱을 게임을 하는 절친한 친구의 이야기다.
　나는 친구들의 기쁨조다.
　승률 20%도 안 되는 실력이어서 친구들은 수시로 전화를 한다.

어머니의 모습

이승이나 저승이나!
천사가 있고
선녀가 있다는 믿음을 가졌다면
배고픈 자식에게
밥을 먹이는 어머니 표정을 보아라
넙죽넙죽 밥을 받아먹는
자식을 바라보는
어머니 눈빛이
천사이고 선녀의 모습이리라!
하여…….
예부터 선인들은
세상에서 제일 듣기 좋은 소리는
자식이 글을 읽는 소리요
밥을 먹는 소리라고 하였느니라

세월

쪽마루 밑에 가지런히 놓인 검정 고무신엔
어머니의 흔적이 완연한데…….

집으로 돌아가는 길
잠시
동구 밖 당산 팽나무아래 돌 위에 앉아
옛 생각을 하니
적당히 길어진 세월동안 묻어 두었던
어릴 적 고향의 추억들이 낯설지 않게 다가와
발그레 진 눈 밑에 슬픔을 그리고 있다

"……."

핏기 없는 만월이 걱정스레 보고 있는데

살아생전 어머니가
삶의 흔적들을 바리바리 챙겨주시며
갈길 먼 자식의 안전귀가를 바라시던
그때의
아련한 기억들이
가벼운 궁둥이를 붙잡고 노아주질 않는다
이젠
나이 들어 찾은 고향은

돌아가는 발길을 더디게 한다
오늘도 어느 때처럼…….

늙어 죽을 때가 다된!!!!
이름 모를 새가 구슬프게 울고 있다
나도 멀지 않아 저승사자 소환장을 받을 것이다
아직 끝내지 못함이 많은 인생인데

　　"임마야! 천하를 호령했던 군주도
　　하루 밥벌이가 고달픈 거지도
　　인생은 모두가 미완성未完成 이니라."

고향

봄이 오면 논 밭 두렁에 솟아오른 삘기 까먹었고
버들강아지 솜털 벗는 날 실개천에서 가재를 잡으며
할미꽃 핀 동네 옆 동산 묘 터에서 해거름까지 놀았지

여름이면 동네 앞 저수지에서 코흘리개 고치 친구들과
홀러덩 옷 벗어 던지고 멱 감고 놀았지
제비가 되어 강남으로 날아갈 거냐
두더지가 되어서 땅속으로 들어갈 거냐
이놈들 꼼짝 말고 있거라 쫓아오며 소리치는
욕쟁이 할부지 참외밭도 서리하여 먹었지

콩 깍지 익어 가는 늦은 가을날
황소 타고 꼴망태 등에 지고 소 먹이다가
상수리 개 도토리 주어다 구슬치기하고
산골짝 구석에서 콩 타작하며 알밤도 구워 먹었지

동지섣달 기나긴 밤 봉창 문풍지가 삭풍에 울 때
친구 집 사랑방에서 호롱불 밝혀두고
이쁜이 금순이 고 가시네들과 손목 맞기 민화투놀이
동트는 새벽녘까지 밤샘하고 놀았지

이제 나이 들어 찾은 고향 땅
당산 늙은 나무 아래 돌 앉아 옛 생각을 해보니

늙어버린 고향 땅은 옛 그대로 이건만…….
계단식 논두렁을 씨 주머니가 요령 소리나도록
진종일 뛰고 놀던 유년시절 고추 친구 하나 없고
머릿속 기억이 빛바랜 흑백 사진처럼
흘러 가버린 세월 속으로 나를 데리고 간다

※ KBS 제일 라디오 2002년 설날 귀향길 수원대학교 철학과 이주향교수가 진행하는
　책 마을 산책에서 30분 특집방송 때 성우가 낭송 국군의 방송 문화가 산책 1시간 특집방
　송 때 낭송

이승의 끈

여름은 머뭇거리고
가을이 기웃거리는
연지공원 산책로 벤치에 앉아
피로를 푸는 중
툭…… . 젊은 소나무에서
솔방울 하나가 떨어 졌다
달려가 살펴보니
50여 곳 씨방이 텅텅 비어있다
돌개바람이 부는 어느 날
솔 씨들은 머리에 바람개비를 달고
정착할 곳을 찾아 모두 떠났을 것이다!

소나무는
필요 없는 씨방을 떨쳐버린 것이리라
울 엄니도 자식들이 민들레 씨앗처럼
살길을 찾아 객지로 모두가 떠난 후
어느 날…… .
솔방울처럼 이승의 끈을 놓아버렸다
자연이나 인간사 알고 보면
생성과生成·소멸은消滅·모두가 닮은꼴이다

천도제 天道祭

어머니 영혼을 하늘로 보내고

집으로 돌아오는 고갯마루

만삭의 달이 된 어머니 얼굴이

그림자 동무되어 내 뒤를 따라 나왔다

가슴속 그리움을 부리나케 뒤져보니

세월이 유수처럼 흐르고 흘렀지만

마음 한 곳에 오직 한 사람

웃음 반 울음 반 뒤섞인 어머니 얼굴에

비우고 채울 수도 없는

사랑의 눈물이 흐르고 있었다

불길처럼 번지는 어머니에 대한 그리움의

유효기간은 이제부터 시작이다

※ 차창 밖에선 굵직한 빗방울들과 사립문에서부터 뒤 타라오며 아우성치는 그리움들이
자기들 떼어 놓고 갈까봐! 필사적으로 쫓아오고 있지만……. 혹사시킨다고 간혹 차가
불평을 하여도 그러거나 말거나 속도를 늦추지 않은 채 얼레고 달래가면서 집으로 왔다.

낙동강

낙동강 강둑은 옛날처럼 그 모습대로 누워 있고
강물은 어머니 품에 안긴 듯 숨결을 다듬고 있다
머나먼 여행길 피로에 지친 철새들
강어귀에 밤 내리니 끼리끼리 동무되어
물소리 먹고 살랑거리는 갈대숲 틈에 침실을 편다

눈감으면 낮게 호흡하는 소리
잔잔하게 몰려와 작은 등을 쓸어내린다
엄마 팔베개 속에 죽지 아파 훌쩍거리는
아기 새 옆에 별과 달이 내려와 누우니
물안개 차갑게 눌러 앉은 강물 속에 잠긴
낮은 꿈들이 하나 둘 눈물 씻는다

슬픔 속을 빠져 나온 떠돌이 바람 한 무리
발목 담근 갈대숲에 머무르니
갈잎들의 살 ~ 그랑 거리는 울음소리가
수만리 먼 길을 날아와 지쳐 잠들려는
철새들과 낙동강 강물을 깨워버렸다

371

고향 나 들 목에서

바람 불어 좋은 날…….
신식 걸망 등짐 지고 길을 나섰다.
햇볕에 달구어진 대지를 뚫고 나온 들풀은
물오른 소나무 새순 솔향기와
도심에 찌든 코끝 때를 닦아낸다.

자연의 모든 생물 태어나고 죽는
두 이치를 아는 듯!
지난날 파란 새싹 돋아난 것 같이
수줍게 꽃망울 터트려 버린 찔레꽃 향기는
그렇게 살다 지쳐 산으로 떠났다.
눈물 흘리며 엄마 찾는
아기송아지 울음소리도 하늘로 날아갔다.

산 끝자락 옹기종기 앉아있는 늙은 초가집
누군가가 버선발로 뛰쳐나와 반겨줄 것 같은
정겹고 소담스러운 길고도 먼 이야기 같이!
봄볕을 머리에 이고 앉은 어머니 모습처럼
세상에서 가장 아름다운 풍경으로 다가온다.

집을 떠나고 싶은 충동을 잡아 주었던
어머니 품 같은 고향 땅
고갯마루 들꽃은 바람을 부르고

바람은 산 고랑을 달려와 꽃향기를 휘돌아 안고
바쁜 발길로 산자락을 흩어 내 닫는다.

- 아련한 기억 속에서 "톰 존슨"의
"고향의 푸른 잔디"가 재생되고 있다.
귀향길……. 세상의 아름다움이 이어달리기라도 하듯
달리는 차창 밖의 풍경이 자주 얼굴을 바꾼다.
심산계곡까지 길을 잃지 않고 찾아온 계절에
허락 받지 않은 풍경은 버려야할 욕심인데!
해 뜨면 살아 움직이고 해지면 쉬는 자연과 나는 닮은꼴이다!

고향

계단식 다랑이 논두렁을
사타구니 속 불알이 요령소리 나도록
오르내리며 진종일 친구와 놀던 곳에
이제 나 대신할 아이들도 없다

사랑방 아궁이 입이 터지게

※ 청솔가지를 밀어 넣고 풀무 돌려 군불 때면 굴뚝에서 처녀귀신처럼 머리 풀고 하늘을
  오르는 하얀 연기도 없다

30리 5일 장터로 오가던
뿔 밑에 워낭을 달고
덜거덕거리는 달구지 끌며 씩씩대던
얼룩무늬 황소도 없다

집 뒤뜰 남새밭의 늙은 감나무에
홍시 감이 주렁주렁 남아 있지만
장대로 따서주시던
할아버지 할머니도 저승 가고 없다

나 유년시절의 그 땅 그대로인
늙어버린 고향 땅 그 곳엔
희미한 기억 속의 흑백활동사진도 멈춰버렸다

그래도 고향은
나 죽으면 잔디 한 평 덮고 누워 잘 땅은 있다
뜀박질하는 아가야 하나도 없는 고향은 늙었다
나 역시 유수 같은 세월을 따라 늙어가고 있다

※ 생 소나무가지

수화기 넘어 칠순 어머니 목소리가
귓가에 쟁쟁 함이 엇 그제 같은데
저승으로 여행을 가신 뒤
어머니는 돌아올 기미가 없다.
저승이 얼마나 좋아서 한번가면
어느 누구도 이승으로 오질 안았다
아버지 · 형님 · 장인 · 장모 · 처남과
수많은 일가친척을 비롯한 지인들도

- 나도 한번 저승에 가 볼까

"아직 이승의 인연이 너무 많이 남아있으니…….
조금 더 있다가오란다!

輓歌 상엿소리

새로운 무덤을 예고하나!
워낭※ 소리가 들린다
머~언 좁은 계곡 사이로
저승이 두려운 어머니에게
상여꾼의 슬픈 만가輓歌 가
귓전에서 맴돈다

　- 어머니는 꿈을 꾸었다
　　어머니의 불길한 예감이……
　　한 낮의 가벼운 꿈에서 깨어나
　　조용한 미소는 퇴색해 나간다

차가운 대지에 온기를 주느라
힘 빠진 햇살이 구름 뒤로 숨어들고
바쁜 갈 길을 비껴주지! 않는다고
비록 내일 이승을 떠날지라도
오늘도 어머니는 이렇게 살고 있다

호남지방에선 상여꾼 앞잡이가 워낭을 흔들며 상여노래를 부르면 상여꾼들이 따라서 합창
을 한다.

화가 난 돌개바람 행패를 부린다
한껏 겁에 질려 떨고 있던
옷을 벗은 나뭇가지들이 서러이……
죽음의 공포처럼 비명을 지르자
건너편 산 중턱에 외로이 앉아있는
암자 처마 밑에 몸이 묶인 풍경이
다급하게 금강경을 읊어 댄다

어머니는
불길한 생각들을 밖으로 내보낸 뒤
전화기 자판을 누른다
어머니 세상의…… 근심 걱정 사라진다

귀향 길

언제나 들어도 싫지 않았던
다정다감의 어머니의 말도
그 무엇 하나 담지 못한 나는

보이지 않은 어머니를
목쉰 소리로 부르며
그리움에 울먹이다가
사립문 밖에서 눈물샘 다 비우고
가까스로 돌아서는데

기억의 공간에 휘청거리는
어머니의 영혼이
여명의 빗장이 열린 고갯마루에서
엉거주춤한 자세로
손사래 치며 머뭇거리고 있다
오늘도 작은 흔적을 남기고 돌아서건만
풀리지 않는 그리움의 갈증은
아직 그대로인데
뒤돌아보고 또 바라보니
그리움은 고향산천
이곳저곳을 여울져 떠다니고 있다

보이지 않아도 느껴집니다
어머니의 영혼만이라도
언제나 자식에게 향하고 있다는 것을…….

엄마생각 + 아기생각

KBS TV 인간극장 한 장면

공해에 찌든 도시 삶에 싫증을 느낀 가족이
귀촌하여 사는 산골
도란도란 거리며 물이 흐르는 도랑※가를
3살배기 딸아이 손을 잡고 걷는 산책길 변엔
연분홍 진달래꽃에 꿀벌들이 꿀 채집이 한창이다

조막 ※趙漠 발걸음을 멈춘 아이가 꽃 앞에서
검지손가락으로 꽃을 가리키며

　- 엄마! 꽃이 운다

클로즈업 된 화면에는
분명 꽃잎엔 아침 이슬이 크게 맺어 있다
아기의 눈에 비친 동화세상!
아기는 훗날 훌륭한 시인이詩人 될 것이다

아기엄마는

　- 꿀을 모두 가져가니까! 꽃이 우는 모양이다

아기의 눈에 비친 느낌을 알아차린

엄마의 설명이 얼마나 멋진 교육인가!

※ 조趙 – 걸음걸이의 느린 모양 『조』
　막漠 – 조용하다 『막』
※ 도랑가 – 시냇물이 흐르는 둑길

망부의 만가輓歌

신어산 품속에 안겨있는
자그마한 암자

법당에 천도제가天道祭 열리고 있다.
서편제西便制 가락인가
동편제東便制※ 가락인가
소복은 입고 엎드려 흐느끼는
여인의 남편제를男便祭 지내는 중이다
서럽다! 서럽다!!!
이만한 슬픈 가락이歌樂 또 있을까?

까만 상복을 입은 어린아이는
고사리 같은 왼손엔
하얀 국화꽃 한 송이를 들고
오른손으론 엄마 어깨를 붙잡고 울고 있다

기쁨은 나누면 두 배 이고
슬픔을 나누면 절반이라는데

　　- 어린 자식 두고 저승가면
　　　나 혼자 어찌 살란 말인가

어머니의 울부짖음에

뜨겁게 달군 프라이팬 위에서
맨발로 뛰는 물방울처럼 발놀림을 하며
몸부림치는 두 딸의 눈엔
분수가 가동되어! 버렸다

살풀이 춤·극락 춤·바라 춤·춤사위에
슬픔을 토해내는 여인의 절규와
어린 자식들의 울부짖음이 신어산을 울리고 있다

스님들의 염불소리
서편제 : 전남보성 지역 노래로 가늘고 느리다 『서편제 영화촬영 – 청산도』
동편제 : 전남구례 남원 지역 노래로 활기차다
남편제男便祭: 남편제사 『祭 – 제사 제』

어머니의 이야기

옛날엔 부모가 늙으면 깊은 산속에 버리는 고려장이란 풍습이 있었다. 어느 산골에 효성이 지극한 아들은 당시의 풍습대로 어머니를 지게에 지고서 버릴 곳으로 가는데…… 어머니는 가는 도중 자꾸 쉬어가라고 하였다. 어머니가 무거운 자기를 지게에 지고 가는데 힘들까봐! 그러나 했는데…… 쉴 때마다 그곳에 하얀 치맛자락을 잘라서 나뭇가지에 매달았다. 어머니를 버릴 곳에 거의 다 달아서 궁금하여 어머니에게 "무엇 때문에 그러하느냐?"고 묻자 어머니는 "네가 나를 버리고 집으로 돌아갈 때 어두워 길을 잊으면 이 표식을 보고 집으로 잘 찾아가게 하기 위하여 서다"란 말을 듣고 아들은 많이 깨우치고 어머니를 데리고 집으로 왔다. 어머니를 버릴 장소엔 배곯은 호랑이가 기다리고 있었는데…… 먹을 것을 버리지 않고 돌아가자. 달려와 길을 막고 "왜? 버리지 않고 가느냐?"며 으르렁 거리며 연유를 물어서 아들이 어머니의 얘기를 들려주자. 호랑이도 어머니의 자식 사랑에 감복하여 길을 비껴주었다는 설화 이야기다. "효도는 짐승도 감동시킨다."는 아름다운 이야기다. 어머니 어린 시절에 이러한 동화책이 나와 있었는지는 나로서는 알 수 없지만…… 형제 중 호기심이 많은 나에겐 곧잘 이러한 이야기를 해주었다.

효의 근본을 알면 말 못하는 짐승도……

이별의 장場

10 남매를 키우면서
어머니가 흘린
땀방울의 무게는 얼마나 될까?
가늠하기가 어렵다
어머니 평생소원은

　　"자식 앞서 저승에 가는 것이다"

라고 했다

자식들 잘 키웠다고
하늘이 감복하였나!
10남매 모두 출가시키고
20여년을 더 사시다가
어머니의 소원대로
큰아들 일하는 곳에
새참을 마련하여 가셔서
평생 자식들을 위해
일하셨던 삶을 터전에서
큰아들이 지켜보는 가운데
신들의 도움이었을까!
논 두럭을 베고 곱게 저세상으로 가셨다

지금의 신세대들은
자식을 1~2명 기우기도 힘들다고 하는데

고향을 찾아가는 길목에
어머니가 이승을 떠난 터를 지나간다

어머니의 땀내 나는
풍경이 숨어 있는 곳엔…….

삼배적삼에 머릿수건을 질끈 동여맨 채
염천 뙤약볕아래 논이랑 사이를
앉은뱅이걸음으로…….
흘린 땀방울이
작물 포기마다 거름이 되게 하여
자식들의 삶을 심었을 것이다

빛바랜 깃발이 나부끼는 밭엔
무사히 임무를 끝낸 허수아비가
손사래를 친다
어머니의 분신처럼!

  - 내년에 또 만나요

질서를 지키지 않는
그리움이 스멀거린다
밑그림을 설명할 수 없듯이…….

⇩

어머니의 가슴

산 그림자를 안고 서성거리는 바람이
데이지 꽃대를 흔들고 있는 묘 앞에
세상에서 가장 낮은 자세로
엎드려 기도하는
여인의 모습은 경건하기까지도 하다

왜! 저럴까?
궁금증을 참지 못하고 조용히 다가가

   - 누구의 묘입니까?

늙으신 어머니는 가슴아래 묻어둔
슬픔의 빗장을 풀어버린다

괜한 것을 물어 보았나 보다
아마…….
자식이어서 그럴 것이다!

계곡까지 오느라 늦어진 햇살이 걸음을 멈추고
어머니 볼을 타고 내리는 눈물을 만지고 있다
슬픔은 감출 줄 알지만
흐르는 눈물은 어쩔 수 없는 모양이다
오늘부터 어머니의 세상은 점점 좁아질 것이다

인생이란 영원한 것이 아니기에
난
오늘 살아 있음에 감사하다

어머니는 못난 죄인

이 땅의 어머니의 푸념은

    "어미가 죄인이고…….

어미가 못났다"이다

왜?

뼈가 부서져라 일을 하였건만
어머니의 삶은 그대로다!
자신의 궁핍과 어깨에 짊어진
삶의 무게가 버거워
오늘도 어머니의 삶과 희망은
좌절과 슬픔으로 범벅되어 있고
가난의 아픔이 일상의 시름과 혼합되어
밥그릇 속에서 출렁거리고 있다

자식에게 많이 가르치지 못하였고
자식에게 많이 주지를 못하여서다!
자식들을 안보면 그립고
보고가면 더 그리운 것이 어머니의 마음이다
어머니의 가슴의 응어리는
언제나 과거속의 시간에 있는 것이다

풍경

가슴 속에서 꿈틀거리는 뭔가를
잊어야할 시간이 다가와 이게 아닌데 생각에
붉은 얼굴이 되어 길을 나선 나는
여름에서 가을로 가는 길목 강변에 서있습니다

강변 물안개는 수목 담채화를
미풍과 함께 그려내고
때 이른 코스모스가 눈물 꽃을 피우며
서럽게 울고 있는데
들 쑥들은 또 왔다고
떠돌이 바람을 붙들고 수근 거립니다

강가엔 등 굽은 노인의 손길이
간밤의 수확에 바지런합니다
빈 그물인가 생각했는데
자세히 보니
여러 사람의 생이 주렁주렁 매달려있습니다

노인의 집에선 따스한 아침상을 차려놓고
더딘 발길에
할머니 귀와 시선은
사립문을 향해 있을 것입니다
이른 아침
자연이 보여주는 풍경의 삶이 풍요롭습니다

5-BLY→어머니

폭염이 작열하는 복날
연지공원 벤치에
말티즈애완견이 앉아 헐떡거린다.
어지간히 더운 모양이다
안쓰러워 들고 있던
지리산 청정수가 담긴
키 낮은 페트병 마개를 열고
손바닥에 물을 따라 먹였다
갈증이 많아 선가!
반병을 먹어 치운다

애완견을 데리고 산책을 나온 개 어머니가!
고맙다고 인사를 하자

개는
물을 준 나에게 고마움을 표시한다고
진한! 키스를 퍼 붙는다

　- 5~BLY 더럽게 무슨 짓이야?

소리치는 엄마 말을 무시한 채
내 입을 계속 핥아댄다
지독히……. 진한 키스다!

- 맛데 구다사 = 기다려

고함소리에
막무가내로 하던
키스를 멈추고 얌전히 앉는다

일본인의 애완견!

국적이 어딘 간에
고맙다고 말로는 표현 못하는 개가
어쩌면 사람보다 더 예의가 있다

물질

적당히 파도가 살랑거리는데
물 허벅을 등진 82세 어머니
오늘도 쉬지 않으시고 물질을 한다

　- 오늘 같은 날에도 많은 수확을 합니까?

　- 바닷물 속에 칠성판을 짊어지고 들어가
　　용왕님의 물건을 훔치는 일인데
　　억지로 많이 잡으로고 하면 안 되는 일이지
　　욕심을 내고 일을 하면 벌 받아

　- 어르신! 이젠 쉴 때도 되었는데요?

놀면 밥이 나오고 돈이 나오는가?
손자들 용돈도주고 나 가용도家川·쓰고

그래서 어머니의 뒤 모습은 항시 바쁘다
언제나 비바람을 막아주던 어머니의 넓은 등과
늘 저만치 앞선 어머니의 마음을 자식들은 알까

어머니 얼굴은 빤질빤질 잘 익은 홍시감이다
오늘따라 목이 쉰 바람은 뭍으로
날선 파도는 용궁으로 ……모두 외출중이다

오리엄마

2013년 7월 10일 오후 4시
김해시 내동 연지공원 분수 관람대 우측
뚱뚱보 쌍과부 술집 새끼주모 궁둥이 많 한
인위적으로 만든 돌 동산 중앙
우듬지가 가지런한
키가 낮은 물 버드나무 아래서
여자 물오리 한 마리가
2마리 남편들의! 꽥꽥 소리에
수련 밭을 공중부양空中浮揚 하여 합류한다
산책 나온 어린이가
빵을 쪼개서 흩뿌려주어 먹기 위해서다

배를 채운 오리는 돌 동산 앞에서 목욕을 한다
옷을 말리려…….
분수대 배관위에 앉아 깃털을 다듬는다
물갈퀴여서 둥근 배관을 잡지를 못해
앞으로 넘어지고 뒤로 넘어지기를 수차례
"……."
부들과 물 억새가 가림한迦林
물 버들 밑으로 들어간다.
유심히 관찰한 나를 보고 한 시민께서

  - 지금 알을 품고 있는데

배가 고파 나와서 먹이를 먹고 들어갑니다

나는 그곳에서 아름다운 모성애를 보았다
더러워진 자신의 몸을 깨끗이 씻고
알을 품는 초보! 오리엄마
오랜만에…….
아니 처음 보는 자연의 감동의 장이었다
오늘은 머릿속 컴퓨터를 끈다
내일 다시 그곳을 찾을 것이다

"……."

2013년 8월 10일
김해지역 기상 관측이래 최고인 39.2도의 폭염이다
연지공원 수면의 위에는
2마리 수놈 오리와 암 오리가
인공 목책 다리 밑에서 한가롭게 몸단장이 한창이다
부화기간 1개월이 넘었는데
기대 했던 새끼오리는 보이지 않는다
폭염에 아마! 부화에 실패를 한 것 같다

그 넓은 수면엔 노란 어리연꽃이
밤별을 뿌려놓은 듯 가득하다
아기오리 발바닥 같아 보였다!

　- 차 ~ 암 슬펐다

돌아서는데

395

1 ~ 2주 생명인 매미들이 유쾌한 수다를 떨자
못마땅한 듯!
어리연꽃에 에워싸인 연못 어둠 속에 가라앉은
애물덩어리 황소개구리 부부가

- 억울하고 불쌍하지……. 소리쳐 울어준다

호수 변을 따라 듬성듬성 앉아있는 원형분수대서
갑자기 물이 머리채를 뒤흔들며 솟구친다
오리가족 눈물방울처럼! 물방울을 쏟아내고 있다

그리움으로 물든 호수는 수시로 일렁이고 있다

- 암만 생각해보아도 거짓말 같다

※ 수련 : 땅속줄기에서 잎자루가 자라 물 위에서 잎을 펴는 식물로 6~7월에 여러 색의
　　　꽃을 피운다.
　부들 : 6~7월에 노란 꽃이 피며 핫도그 모양의 열매가 되는데 적갈색이다.
　물억새 : 다년초로 잎은 줄 모양이며 9~10월에 꽃이 핀다.
　어리연 : 다년초로 8월부터 새끼오리 발처럼! 샛노란 작은 꽃이 핀다.

툇마루에 앉아서
집 떠나는 아들을 보는
늙으신 어머니의 가슴엔
스멀스멀 떠오른 추억이
내 가슴을 훔쳐보고 있을 것이다

오늘도 귀향길엔
자기마음대로 잘생긴 간호사에게…….
무례하게 주사 맞은 궁둥이 통증처럼
그리움 때문에
눈물이 수양 버들가지처럼 휘날린다

자식처럼 키웠는데

TV 화면에 축산업 하는 적당히 늙은 여인
소들을 가리키면서

    - 자식처럼 키웠는데

곧 한가위 명절이다
소들은 도축장으로 가는 화물차에서
포도 알 크기의 눈물을 흘리고

TV 화면에서 축산업을 하는 중년의 여인
돼지를 가리키면서

    - 자식처럼 키웠는데 값이 내렸다고 푸념이다

돼지삼겹살이 여인의 밥 상위 불판에서……

TV 화면에서 양계 사업을 하는 젊은 여인
폭염에 힘들어 하는 닭을 가리키면서

    - 자식처럼 키웠는데 사료 값이 올라 적자란다

닭들이 더워서인가 빨게 벗고 할복을 한 채
삼계탕 집으로

나도 해피를 자식처럼 키운다
복날에도 해피는 걱정을 안 해도 된다

   - 여보! 해피 산책시키고 오세요
    "알았어요! 갔다 올 테니 걱정 마세요"

제발! 도축장에 갈 짐승을
자식처럼 키우고 있다고 하지 말라
그러한 말을 들으면 온 몸에 소름이 돋아난다

해피 : 말티즈 애완견
    해피는 2012년 6월 10일 출간한 소설집 『묻지마 관광』
    179페이지에 실린 "경비대장" 단편 모티브이다.

동구 밖 쉼터

엉거주춤한 자세로
웃음을 달고 와서 반겨 주시던
그날처럼 햇살은 온화한데
어머님의 흔적들은 간곳없고
북적이던 마을 고샅길 추억이 나를 반긴다

당산 팽나무 그늘아래서
옛일들을 간추리고 또 간추렸건만
이젠 나도 나이 들어 선가!
질서 잃은…….
옛 기억들이 모래알같이 흩어진다

안식처로 돌아오는 길
고갯마루엔
억새풀 꽃이 풍성한 몸으로
실바람에 몸을 허락을 하고 있는데
늘 뒤를 밟아 오면서 잔소리를 하던
날선 떠돌이 바람의 입도 잠잠하다
여우 빗소리크기 만큼 이별의 노래를 부르며
우리 예쁜 각시 보려고 귀향을 서둘렀다

⇩

"애비야! 별일 없지야?" 그 목소리 듣고 싶어 전화기 자판을 눌러도 어머니 목소리를 들을 수 없다는 사실에 자꾸 나를 울컥거리게 한다. 아마도 시간이 가면 갈수록 더욱 그리워질 것이다!

나는 또 다른 기억을 위해 고향을 찾아간다. 고향은 어떤 풍경일까? 종잇장처럼 얇은 호기심이 여행이란 호사로 지칠 줄 모르고 나를 유혹하기에…….

삶에 얽매임을 잠시 내려놓고 작은 손가방을 들고 길을 나섰다.

한참이나 걸어가다가 되돌아서서 바라보면 손을 흔들 것 같은 풍경에 익숙하게 자주 들여다보고 싶은 것은 고향의 풍경이 있기 때문이다. 바라보이는 곳곳마다 만추 된 풍요가 넘쳤다. 소리 없이 갖가지 이야기를 품고서 내려앉은 계절의 아름다움이 눈부시지 않고 소박함이 더 아름다운 곳……. 조그마한 산허리를 돌고 야트막한 고개를 넘으면 산 끝자락 양지바른 언덕에 고만고만한 색색의 집들이 다닥다닥 붙어 앉은 마을이 고향이다. 눈앞에 펼쳐진 풍경은 도시의 번거로움을 씻어주는 한가한 모습이 빠르게 지나가는 세상의 속도를 내려놓게 한다. 자연의 시간과 속도에 순응하면서 사는 것이 어떤 것인지 알 것 같다. 빨간 슬레이트 모자를 쓴 집 외양간을 지나면 키 낮은 돌담 벽이 꽁꽁 둘러쳐진 고샅길로 꼬부라진 골목길을 따라 산책 나온 떠돌이 바람이 낙엽을 빗질하고 있었다. 쩨쩨하였던※……. 골목길도 이젠 넉넉하게 시멘트로 포장이 되어 큰 차도 쉽게 집 마당까지 들어가게 되어있다. 고택을 지키는 경비견의 고함소리도 "먼 길 오느라 고생 했지야?" 언제나……. 반겨 주시던 어머니도 이젠 없다. 어머니 흔적을 찾으려올 때 마다 회한과 눈물은 한 세트로 찾아왔다. 그럴 때마다 그간에 뭉쳐있던 그리움의 덩어리를 쉽게 아주 쉽게 나는 부담 없이 토해 냈다. 차라리 소리 내어 엉엉 울어버리면 숨을 못 쉬게 만드는 그 단단한 그리움의 덩어리들이 한꺼번에 빠져나올 것 같아 고향을 자주 찾지만……. 그러나 가슴만 미어지게 아플 뿐 이젠 울음도 잘 나오지 않는다. 좀 더 많은 시간이 해결해 줄 것이다.

"……."

401

사립문을 나서며 뒤 돌아보면 삶의 터전으로 돌아가는 자식을 위해 부엌 문턱을 넘나드는 어머니의 치마 자락 끝에선 회오리바람이 일어나고! 음식을 담는 손엔 힘이 들어가는 모습이 아른 거린다. 아스라이 "조심해가거라. 싸게 싸게 가지 말고"하울링처럼 들려오는 것은…….

어머니 살아생전 목소리다! 오늘도 어김없이 무언의 인사는 길어지고 나는 한가득 넘어오는 목울음을 삼킨다.

※ 좁은 골목길

세상의 어머니 손은 약손입니다
나 어려서 배가 아프다고
데굴데굴 구르면 따뜻한 품에
어머니는 조심스레 끌어안고
손바닥으로 아픈 배를
살살 문지르거나 쓰다듬어주면
거짓말처럼 씻은 듯 배앓이가 나았습니다

정년퇴직

정년퇴직이 없는 그리움은…….

밤하늘에 떠있는 만삭의 달이
어머님의 얼굴인데
닿을 수 없는 그리움이 막막하다

목젖에 걸려있는 그리움 한 모금
아~어머니!
별빛처럼 쏟아지는 그리움들이
대기표를 들고 줄서있는
산모롱이를 돌아 나오면서

"……."

고향을 찾아 왔다 가는 길엔
아름다웠던 기억들이
잊어지길 바랐는데

또
나는
고향을 찾아와 곳곳을 누비며
어머니의 흔적을 찾아
어김없이 그리움을 구걸할 것이다

어머니 손은 약손

세상의 어머니의 손은 약손입니다
나 어려서 배가 아프다고
데굴데굴 구르면 따뜻한 품에
어머니는 조심스레 끓어않고
손바닥으로 아픈 배를
살살 문지르거나 쓰다듬어주면
거짓말처럼 씻은 듯 배앓이가 나았습니다

…….

세상엔 경애하는 인물이 수 없이 많다
나는 부모님을 제일로 삼고
다음은 의사와 간호사이다
거의 죽음에 다다른 나를 살려준 사람은
그들이었다

통화의 혁명을 이룩한
스티브잡스의 생명도
45조원의 거금이 있었지만
돈이 그를 살리지 못했다
치료를 하는 의사와 간호사가 있는
병원을 찾지 않았다는 것이다

……. 바보! 믿는 종교가 있었나?
모든 신들을 믿는 신도와 성직자들이여
한번 된통 아파보아라
누가 치료를 해주나

동행KBS

남편이 친구의 빗을 보증해주는 바람에
남편은 닭장차에 실려가
※ 피아노치고……
교도소에 수감 중이란다

집이 경매에 넘어가 살 곳이 막막한 어머니
친정집에서라도 빌붙어 살아보려 했건만
친정 엄마와 다툼으로 인하여
십 개월 된 어린아이와 4살 딸아이를 데리고
길거리로 나왔다

거처할 곳이 없어
허름하고 값싼 여관을 전전하며
생활비가 없어 시간제 일을 하려고
아이를 돌보아주는 쉼터에 맡겨두고 돌아서는데
어린아이가 엄마와 떨어지지 않으려고 울어댄다

음식점에 파트타임 허드렛일을 하는
어머니의 얼굴을 보니
나 딱히 믿는 신은 없지만
아무래도 오늘은 염치불고하고

하느님!

천사님!

선녀님!

용왕님!

귀신을 마음대로 부리는 무당님!

무엇이나 알아내는 점쟁이님!

"⋯⋯."

저 불쌍한 어머니와 어린남매를 위해

이번 주 로토복권Lotto 당첨번호를 가르쳐주세요

　　- 너는 급하지 않고?

　　소원을 못 들어주면 위에서 열거한 이름들의 신통력은

　　모두가 거짓말이제⋯⋯. 아니면 사기꾼이제!!!

　　　　　　　　　※ 피아노-경찰서에서 조서 받으면서 지문찍는 것

어머니의 흔적 妡迹

오늘도 찾아가는 고향은
첫날밤 불을 끄는
신랑 신부의 설렘처럼 들떠있다
그러나
안방 쪽문위에 걸려있는
어머니의 흔적만 남아있는 영정사진이
조용한 미소로 퇴색해간다

시간의 껍데기인 주름살이
마음의 문을 두드리니
저만큼 멍들어간 흔적들이
그리움은 그토록 아픈 거라 말한다

"……."

잔설위에 질서 없는 발자국 남아 있으면
어머니를 가장 그리워하는 아들이
슬픔을 눈 밑에 그리며 마당을 서성이다가
새벽녘에 떠난 흔적인줄 알아주세요

빠름과 느림의 미학이 공존하는
고향을 뒤로하고 나서니
뒤 따라오던 갈바람의 손사래에 따라

409

손사래를 치던 억새꽃이
허리를 굽혀 온몸으로 이별의 노래를 한다

근심스러워 고갯마루까지 따라온 하현달에게
울컥거림을 설명을 해주어도
모르나!
달리는 차를 따라 앞서거니 뒤서거니 보폭을 맞추는데
바삐 달리던 차 걸음을 붉은 등이 막아선다
멈춘 채 왔던 길 돌아보니 너무 멀리 와 버렸다

어머니와
보이지 않는 끈을 풀 수 없는 이유가 존재하는 것은
모자母子라는 고리다

⋯⋯차곡차곡 쌓인 그리움을
두드리고 문질러서 헹구어야겠다

어머니의 교훈

"부부간에
불만스런 말은……. 아끼고
칭찬의 말은……. 절대로 아끼지를 말거라"

결혼 후 고향을 찾아 갔을 때
밥상머리에서 받은 교육입니다

우리 어머니가 자주하신 말씀입니다

※ 독자님들…….
　부부의 인연으로 살아가면서 위의 글귀를
　잊지 않고 살아간다면 행복한 가정이 지속 될 것입니다

위의 꼭지하나만이라도 답습 한다면…….
책값으로 충분하리라 생각이 듭니다!

한 낮의 꿈

고단한 삶의 흔적이 배어있는 사기사발에
정화수를 한가득 채워 부뚜막위에 올려놓고
검게 그을린 얼굴에
마디마디가 굵어진 손으로
자식들이 잘되라고
파리손이 되어 조왕竈王 님께 빌고 계신
가슴앓이 하는 어머니의 기도 모습

"……."

어머니!
나의 외침이 고샅길을 따라
살며시 볼 부비며 긴 산울림이 된다

실개천을 따라 번지는
늦가을 햇살이 길어 올린
서걱거리는 마음을 씻어
마당 한 가득 널어 말리고 싶은
가을을 두고 오는 길
아련한 기억을 되묻듯
내 눈썹을 닮은 낮달이 내려다보고 있다.

걱정이 되어 뒤를 밟아오던

떠돌이 바람이
수목의 머리채를 휘감아 난타 한 뒤
저 멀리 앞서 달아난다

어머니를 떠나보내고
간혹 눈물로 세운 날들이
내 눈에 아픔으로 젖어들었다

⇩

    그리움이 넘나들던 고갯마루 추억이 어린 풍경 속으로 들어서니 언제
나 마지막장이 남은 그림책처럼 설렌다. 고향보다 고향 밖에서 살아온
시간이 더 길다. 언제나 삶이 고단했던 고향이었건만⋯⋯. 자연만은 넉넉
했던 고향이다. 돌아서면 그리워지는 고향풍경과 흘러넘치는 정을 가슴
에 담고 여정을 갈무리 할 시간이 다가오는데⋯⋯. 태양도 쉬 갈 길을
가지 못하고 긴 그림자를 드리운다.

기상관측소

"내일 비가 올 것 같다 비설거지해야겠다
팔 다리 뼈마디가 욱신거리는 것을 보니"

다음날 어김없이
줄지은 암봉岩峯 사이에 먹구름이 피어나더니
물기를 잔뜩 머금은 구름 속에서 비가 옵니다
100% 맞는 기상예보입니다

몇 백억을 들인 기상관측소 예보는
70% 적중률이라는 방송 뉴스입니다

농촌에서 일하시는 어머니들의 뼈마디는
자식의 영원한 울타리역할을 하느라
관절염에 걸려 보행도 불편하지만
또 다른 기능을 하고 있습니다

어머니! 어머니! 부르고 또 불러보아도
언제나 감사의 이름입니다

경계

이승에 살고 있는 아들의
외로움과 슬픔의 깊이를
아시는지 모르시는지
희끗희끗한 머리 결을 흩날리며
살래살래 손사래를 치시는
…….
시나브로 사라지는
장지문에 오버랩 된
어머니의 얼굴에
먹먹한 가슴이
금세 훤히 뚫릴 것만 같다

가슴은
잃어버린
엄마를 찾으려다니는 망아지처럼
펄쩍펄쩍 뒤뚱거리고
꽃을 찾은 나비의 날개처럼
한들한들 잔주름을 일으키며
슬금슬금 따라오다가 움찔 멈춰
애 살을 떠는데

늘
이승과 저승의 경계선에서

저만치 앞선
어머니의 마음은 알 수가 없다
오늘따라
언제나 비바람을 막아주던
어머니의 넓은 등이 그립다

한풀이 노랫가락

내가 알고 있는 아버지의 기억은
술이 거나하게 되어 마을 고개를 넘어오면서

  "함평 천기 늙은 놈이 광주고을을 보려고"

육자배기를 거창하게 뽑아내는 소리를 듣고
긴장을 한 채
사립문을 응시하며 기다리는 것이었다

아비가 집에 오기 전 먼저 잠을 자면 안 되는
어머니의 만드신 우리 집만의 가풍이었다

안방 아랫목에 이불을 뒤집어쓰고
보글거리며 발효되어가는 술 단지 때문에
동짓달 긴긴밤에
문풍지 사이로 들어오는
칼바람에 어깨가 시려도
꾹꾹 참고 견딜 정도로
아버지는 술을 좋아했다

10남매에 어린자식까지 두고 일찍 떠난 남편이
많이도 원망스러웠고
번거롭고 애달픈 일들이 수 없이 많았을 텐데

내색하지 않은 어머니였다

어쩌다 남편이 그리웠을까
느리고 느린 육자배기 아버지 애창곡을
주저리주저리 풀어놓는데도
오랫동안 정제된 슬픔은
이미 가루로 흩어져버렸는가!
서편제의 노랫가락이 되어주지 못했지만
선율은 꿋꿋하고 음색은 처연했다

막내 남동생 걸음마를 배울 때
5남 5녀의 자식을 두고 일찍 세상을 떠났기에
아버지에 대한 그리움은 없다
많은 글을 쓰면서 아버지에 대한 추억이 없기에
모티브를 잡은 글이라곤…….
장편 "눈물보다 서럽게 젖은 그리운 얼굴하나"
주인공 최 노인일 것이다

부자 집 곡간에서 생쥐가 울고 나올 일 없듯
부지런한 어머니 곳간에서도 그럴 것이고
동내 참새 방앗간이라고 소문난 어머니의 집엔
마을 사람들의 잦은 발걸음이 분주할 것이다!

낙동강

하늘이 낮아지고
떠돌이 바람이 강둑에 서있는
수양버들 머리채를 휘감아 돌자
곁가지 하나가 외마디 비명을 지르며
강물로 다이빙을 한다

곧 이어
심술궂은 시어머니 얼굴 같이 보이던
하늘의 구름보자기가 갈라지더니
우르르 쾅쾅 고함을 냅다 지르며
불 회초리를 휘두르자
이내 폭우가 쏟아진다

천삼백 리 낙동강 주위에서
온갖 잡쓰레기와
오염물이 뒤 섞여 모여든다

강은
아무 거리낌 없이 받아드린 후
행여 모여든 것들이 넘칠까봐
오염물을 삼키고 토악질을 참으며
산더미 같이 모여든
쓰레기를 가슴에 안고 있다

배가 터질까 지켜보는 사람이 걱정이다

강은 건재하다
모든 것을 불평 없이 받아드린 뒤
정화시켜 바다로 보낸다.

낙동강은
수많은 사람의 삶에 보탬을 준
김해평야 젖줄이고
생명의 근원인 물을 공급해주었다
그렇게 강은 사람을 살리고
사람은 강을 돌보고 살아가는 것이다

아 ~
아름다운 낙동강
나의 짧은 문장력으로는
아름다운 모습을 표현할 길이 없다
가장이란…….
수식어를 붙여줄까
세상에서 가장 아름다운 이름
상생의相生 강은
어머니를 닮은 낙동강이다

어머니의 모습

"촌티 나게 쪽진 머리를 단장하려면
귀찮으시니 파마를 해버리세요"

일평생 비녀를 사용하시는 어머니에게
머리단장이 궁금해서
불쑥 튀어나간 나의 말에

옥골선풍의 玉骨仙風
무협지속의 고수 모습이었던
어머니는
이제 나이 듦에 듬성듬성 빠진
흰 이를 드러내며 환하게 웃은 뒤

    - 생선을 싼 포장지에선 비린내가 나고
      향을 싼 포장지에선 향내가 나는 것이다

고향을 찾을 때마다
안방 장지문을 열면 제일 먼저 들어오는
양장보다 한복차림이 더 어울린
어머니의 모습은 뒤쪽 창문 벽에
덩그렇게 걸려 있는 영정 사진이다

고전 무용을 하는 각시도

쪽진 머리를 자주한다
그러한 모습을 보면
불현듯 어머니가 그리워 가슴이 멍해진다

어떨 땐
고이고 고인 그리움이 커지면
한 것 배부른 풍선처럼
경고도 없이 "펑" 하고 터지는 것이다

인연 因緣

지나온 세월의 길을 꿰어 놓고
흩어지는 그리움을 모으고 있는데
세월이란 주는 것도 많았지만
뺏어가는 것도 많았다

어머니와 아름다웠던 추억 두어 소쿠리 훑어서
고봉으로 쌓인 그리움의 우듬지 뿌리고 싶지만
이젠 내 나이가 저승 문턱에 다다르니
얄궂은 세월의 기억들이 점등되어 깜박일 뿐이다

숨을 헐떡이고 있는 기억에게
잠시 호흡을 고르게 한 뒤 생각에 잠겨보니
살아생전 어머니와 아들과 인연의因緣 도리를
무수히 쌓고 쌓았지만 부족함이 훨씬 많았다

불만스런 한 평생이
서로가 비슷한 사연이 있어서일까!
하늘이 낮아지면 후회를 하며…….
슬퍼서 우는 청개구리처럼
들려오는 청개구리 울음소리가 귀청을 헹구고 있다

세상 살아보니 후회가 더 많았지!
눈을 지그시 감고 앞으로 남은 생을 그려본다

고향

바지런 했던 어머니의 손톱처럼
온몸이 듬성듬성 갈라진
늙어버린 당산 느티나무아래서
옛 생각에 잠기니

안방장지문에는
실루엣 어머니 모습이
108염주를
시계바늘 역방향으로 돌리고 앉아있다

야윈 어머니 얼굴은 쓸쓸히 사위어가고
하현달이 내려다보며 갈 길을 재촉하는 시간
별들도 잠 못 이루고 뒤척이며
저수지 물속에 누워 속살거린다
나 혼자 버텨야 할 시간을 가늠해 보니
시간은 녹녹치 않을 것 같아보인다

강평원 작가님께!

안녕하십니까?

저는 한 순간의 화를 참지 못하고 어리석은 생각과 행동으로 소중한 것들을 잃어버리고 서울남부 교도소에서 부끄러운 삶을 살아가고 있는 희서겸입니다. 제가 이렇게 편지를 보내서 많이 놀라셨지요?

죄송합니다. 제가 드리고싶은 말씀이 있어서 실례를 하게 되었습니다. 힘들고 어려운 수용생활이지만 책 읽기를 좋아하고 글쓰기도 좋아했기에 적은돈이지만 아껴서 책을 구입해 보고있답니다.

사실 저는 가족이 없기에 외부에서 영치금을 넣어주지 않거든요 ··· 에휴!
죄송하네요. 도움을 청하려고 이글을 쓰는것이 아닙니다. 오래 마시긴 ···
얼마전 신문에 난 작가님의 책 광고를 보았습니다~

"지독한 그리움이다". 이곳에서는 신문이나 잡지등에 난 광고를 보고 신간서적 들을 구입해 봅니다. 한번 구입하면 반품도 안됩니다. 책내용도 볼수 없고 그냥 광고면에 난 글들을 보고 구입을 하지요.

작가님의 책은 제가 참 좋아하는 주제를 가지고 글을 쓰셨기에 꼭 보고 싶었답니다.

"기다림", "그리움", "외로움" ···

참 많은 부분이 좋았으며 눈시울이 젖었답니다.

그런데 한가지 실망했답니다. 2014년 신간이 아니고 2011년에 나왔던
책이었기에 많이 속상하고 보했습니다. "10년 10개월"을 이곳에서 살면서
수많은 책들을 빌려도 보고 얻어서도 보고 사서도 보았는데 …… ㅠ、ㅠ、ㅠ …
지난4월에는 "해냄" 출판사에서 발행한 "이외수" 작가 책을 구입해 보게 됐는데
보너스북을 한권더 준다고 광고가 되었지요 -- 그것을 믿고 구입했는데
이곳으로는 보너스책을 보내지 않았지요 … 속았다 생각했고 실망도 컸었지요.
그러나 이번에는 2011년에 인쇄된 책을 신간처럼 광고해서 또 한번 속았네요.
지금 이 편지가 작가님의 주소로 제대로 갈수있을지도 의문이 들지만
보내봅니다. 다음부터는 신문에 책 광고를 하실때는 예전에 인쇄한 것을
새롭게 해서 출간 한것이라고 **명확**하게 인쇄하여 새시길 바랍니다.
언제나 강평원 작가님의 가정에 행복과 평화가 영원하시길
기원해 드리면서 이만 두서 없는 맺음 합니다.

2014、7、6、

서울남부교도소에서 최선규 드림

※ 제가 쓴 습중 2편을 보냅니다. 미흡하지만
평을 부탁드립니다. 건강하십시요.

427

삶 그리고 기다림 …   허 선규.

삶이 있는곳

그 어느 곳이든 기다림이 있다.

우리네 삶은 시작부터 기다리고 있음에

위로받고 부탁하며 살아간다.

봄을 기다림이 꽃으로 피어나고

가을을 기다림이 열매로 익어가듯

일생을 두고

기다림에 설레이는 마음

기다릴 여유가 있는것은 기쁨

기다릴 사랑이 있다는것   그것은 행복

나또한

그기다림의 순간을 위해

시계바늘 되어 살아가고 있지 않은가 ----

오직 한사람

최선규

그대에게는

높고 파아란 하늘처럼 영원한 생명이고 싶어요.

죽음이 온것처럼 웅크리지 말아요.

그대를 위해

이렇게 눈물흘리며 기도하고 있잖아요.

어느 누구인들

깊게 패인 상처와 서러움의 흔터 하나 없을까요.

그대에게는

국화향 가득한 가을처럼 구김없는 친구이고 싶어요.

혼자라 생각하며 외로워하지 말아요.

그대를 위해

이렇게 함박웃으며 노래하고 있잖아요.

어느 누구인들

검게 물든 가슴속 아련한 그리움 하나 없을까요

429

그대에게는
따사롭고 포근한 햇살처럼 무지갯빛 사랑이고 싶어요.
하얗게 야윈 눈들어 슬퍼하지 말아요.
그대를 위해
이렇게 마음문 열고 기다리고 있잖아요.
기도하며 노래하고 사랑하며 즐거워하고
기다리어 행복해 하는 오직 한사람!
여기 있으니까요 ‧ ‧ ‧ ‧ ‧

＊ 정이 부족한 글입니다.

삶을 저축하는 방법

"책은 돈입니다.
돈이 없으면 우리배를
채울수 없듯이
책이 없으면
마음의 허기를
달랠수 없습니다.
책은 사람입니다.
그안에 우정과 사랑과
큰 희망이 있습니다.
따뜻한 가르침과
밝은 웃음, 그리고
뜨거운 눈물이 있으며
인생의 진로를 바꿔줄
훌륭한 조언자가
거기에 있습니다.
책을 읽는것
그것은 삶을
저축하는 일입니다."

〈행복가득 하소서〉

슬픔을 눈 밑에 그릴 뿐

~. "강형원" 작가님 —.

안녕하세요.

우연한 기회에 작가님의 사랑을 접하게 되요. 작가님의 사랑을
새벽이나 반복하여 읽어보면서 집에 계신 어머니 생각에
눈물을 여러번 흘렸었습니다.

사실 지금에 살아오면서 이렇게 하정 작가님에게 글을
쓰는것은 이번이 처음입니다. 또한 전 지금 자유의 몸이 아닌
하나의 신분의 제소자의 입장에 있는 죄인의 몸입니다.

사회에서 뜻하지 않게 살인을 하여 홀로 되신 어머니를 남겨두고
이곳 교도소에 수감중인 죄인의 신분입니다.

하루에 반바닥이라는 시간을 책을 보면서 보내는 저에게
작가님의 사랑은 여러번 감동을 주었습니다.

집에 계신 어머니가 생각나게 되요. 나 자신이 후회하게
후회였던 지난 시간들을 되돌아보게 되요. 무력있었던 저의
지난 일들을 반성하는 계기가 되었습니다.

그러나 이곳에 있는 아는 형. 동생들에게 작가님의 사랑을
한번씩 읽어보라고 추천을 하고 있습니다.

저에게는 아주 많은 감동을 준 책이 였거든요.

어머니도 제가 감명깊게 읽은 책이 있다고 하니 많이 기뻐
하시더라구요. 그래서 앞으로 "강형원" 작가님의 책을
시간을 두고 한번 읽어 보려고 합니다.

433

앞으로 인생에 있어서 저에겐 많은 도움이 될것 같아요.

아참 ～ 저의 소개도 하지 않았네요.

전 대구에 사는 37살의 총각인, 건강한 남자 입니다.

인생에서 한번의 실수로 넘어져 지금 다시 일어나기 위해서

저 자신의 지난 삶을 많이 반성하고 있는 중입니다.

그러던중 이곳에서 지인을 통해서 작가님의 사랑을 접하게

되었고, 많은 감동도 받았고, 많은 배우침도 느꼈습니다.

앞으로 '강경원' 작가님의 팬이 되어 보려고 합니다.

지금도 열심히 작가님의 책을 읽으며 인생에 대해서

다시 느끼고 생각을 하고 있는 중입니다.

전 늘 적기가 좋지도 못하고, 읽는것은 좋아하거든요.

"강경원" 작가님 ～

앞으로도 좋은 책으로 작가님을 만났수 있었으면 합니다.

늘이 조금 쑥쓰렀했것 같네요.

늘 건강하시구. 언제나 행복한 웃음을 잃지 않는

하루 하루가 되시길 바래요 ―.

~ 22일 화요일밤 오후에

대구에서 차영의 팬이 보냄 ―

※ 꼭. 작가님. 제가 이곳에서 어머니 생각이 날때마다
쓰고 외워본 졸인데 어떤가 좀 봐주세요 ^^

_____ ◦ _____ ∴ _____ ◦

"어머니"
　　　　　・이현천・

시간의 흐름속에서　　　　　가슴속에 박히지 않는 것은
한사람의 사랑을 받으며　　　 겉으로도 박히지 않는다는 것을
세상 가장 소중한 인연을 주신　함께해 주신 나의 어머니.
나의 소중한 어머니.
　　　　　　　　　　　　　당신의 믿음과 소망이
이 세상 모든것이　　　　　　저를 만들고.
인연으로 가득차 있고.　　　　당신의 기도와 사랑이
특별한 사랑으로 깊어진것을　 저를 만듭니다.
열려주신 나의 소중한 어머니.
　　　　　　　　　　　　　세상에서 가장 큰 사랑을 주신
빛이 없어도　　　　　　　　나의 소중한 어머니
비추어도 빛이없는
좋은 자식 아니어서 죄송하지만　사랑합니다.
나의 소중한 어머니.　　　　　사랑합니다.

　　　　　　　　　　나의 소중한 어머니 ─ ◦

서울시 수정 창원세자 대구 성화

15번길 이 승한 (축신)

7 0 6 - 6 0 0

광주시 전남 성균대교 15 85번호.

가 정 입 (개하)

□ □ □ - □ □ □ □

강형원 사백께

그동안도 안녕하시지요?
귀한 선집 "흩어버린 잔소리"
라 CD 보내주신지 한참됐는
데 이제 답장 드립니다.
강사백의 관향 노래는 모든
고향없이 사는 사람들의 노래
이겠지요. 앞으로도 더좋은
노래, 좋은 소설 창작 많이
하시어 빛나는 생애로 우뚝
하시길 바랍니다.   오하룡 드림
2008. 5. 2.

강평원 시인께

그간도 안녕하시려라 믿습니다——.
귀한 시집 〈노을로 옷을하니〉 잘 받았
습니다. 노년 세월 이처럼 熱心 스럽게
다듬기가 쉽지 않으실텐데 역시
대단하시단 생각을 합니다.

강 시인의 어머니가 내 어머니요 만인의
어머니입니다. 읽는분들은 다같이
하고 감동이 크오리라 봅니다——.
앞으로도 열심히 시작을 열심히
좋은詩 많이 남기시기 바랍니다.
2014. 8. 31
오 ― 하 룡 드림

도서출판 경남

창원시 마산합포구 봉고정길 2-1(추산동 19-6) 2층
TEL) 055-245-8818-9 | FAX) 055-223-4343
e-mail: gnbook@empas.com

631-130

경상남도 ...

820-080

컴퓨터를 끄면서

"천상까지 가려면 일마가 무거워서 운임을 더 받아야합니다."

"일마의 노자 돈이 이것뿐인데 와 그라노? 한번 봐주소!"

"안 됩니다. 지옥으로 보내소. 발로 차버리면 간단한 일인데 그랍니까? 나 시방 바쁘요."

"일마가 2년 전에 갑자기 왔을 땐 몸무게가 41킬로였는데 지금 52킬로라니! 머가 그리 급해서 왔노? 여기서 천상까지 8억 킬로 더 되는 기라! 화물차 기사가 널 싣고 천상까지 갈려크면 너가 무거워서 운임을 더 달라는 기라 아이구 일마야! 카드라도 가져 왔으면 될 긴데!"

"이곳이 어데입니껴?"

"일마가 정신이 있나? 없나? 천상과 지옥 분리소다 일마야!"

저승사자와 천상으로 인간의 영혼을 나르는 화물차 기사와 운임 때문에 다투고 있는 곳에 내가 와서 있다니……. 내가 죽어서 이곳 분리 소에 있단 말인가!

"일마야! 정신 차리레이 18년 전에 네놈이 하늘에다 하도 욕을 많이 하여 내가 교통사고로 식물인간으로 맹그라가꼬 데꾸와 갱상도지역을 돌면서 죄를 지은 자를 벌하여 천상과 지옥으로 보내는 일을 하고 있는데……. 황우석이란 글마가 게놈을genome=염색체=chromosome의 합성어로 유전 물질인 디옥시리보 핵산 DNA의 집합체·완성하였다는 말에 천상에 보고하려고 너를 깨어나게 하고 헤어졌다아이가? 그것도 모르나? 2년 전에도 찾아 왔을 때 국가를 위해 좋은 일을 많이 하여서 내가 다시 돌려보냈는데 와 왔노? 일마야! 현금결제카드를 가져왔으면 되는 긴데! 돌아가라. 왜 인간이 죽으려면 병원에 입원하여 고통을 주고 뼈마디만 남을 정도로 살을 없앤

후 죽게 하는 것은 운송비 때문이다. 국가를 위해 너무 신경을 쓰지 말거라 니가 2000년 10월 11일 출간한 "저승공화국TV특파원" 책 하권 58페이지에 상제된 글을 보니 환갑에環甲=60세·저승에서 데리러 오거든 지금은 부재중이라고 하고 고희에占稀=70세·데리러 오거든 아직은 이르다 말하고 희수에喜壽=77세·데리러 오거든 지금부터 여생을 즐겨야 한다고 하고 산수에傘壽=80세·저승에서 데리러 오거든 이래 뵈도 아직 쓸모가 있다고 대답하고 미수에米壽=88세·저승에서 데리러 오거든 쌀을 조금 더 축내고 간다 하고 졸수에卒壽=90세·저승에서 데리러 오면 그렇게 조급하게 굴지 말라 하고 백수에白壽=99세·저승에서 데리러 오거든 때를 보아 내발로 간다고 버티어보라는 글이 있더라. 그라 놓고 너는 연락도 없이 불쑥 불쑥 오노 말이다!"

"저승사자님! 어떻게 그러한 내용을 전부 알고 계십니까? 인제서야 생각이 나는군요! 천상회의를 할 때……. 나는 결과가 나올 때까지 문화해설사와 천상을 구경을 다녔지요. 1999년 8월에 대한민국에서 일어난 최대 참사인 삼풍백화점화제사건과 성수대교붕괴사건 아니지! 어린이 24명이 희생된 화성 씨랜드 어린이 집 화재사건 때 어른들의 잘못으로 희생된 아이들이 나비 천사가 되어 꽃밭에서 놀고 있는데……. 꽃밭 울타리에 앉아있는 독수리가 잡아먹을까봐! 겁이나 쫓으려 하자. 어른들은 술 쳐 먹는다고 아이들을 돌보지 않아 불타죽는 것도 모를 때 자기목숨을 내놓고 아이들을 구하려다 숨진 아르바이트 대학생들이다. 라고 하여 내가 눈물을 흘렸는데 지금도 잘 돌보고 있는지요?"

"두말하면 잔소리고 세 번하면 숨차지! 그런 내용도 상재되어 있어 그 책이 신문학 100년 대표 소설이지 않느냐? 그 책이 너희 나라가 IMF가 터져 어려울 때 니가 하느님은 무었을 하느냐? 매일 욕을 하니 교통사고를 당하게 하여 내가 천국으로 데려와 천상을 구경시켜주고 저승공화국 신들을 모아 회의를 하여……. 너희 나라에 삼신 할매와 조물주 너의 혼신과 같이 내려와 조물주는 하늘과 지옥으로 보내는 지리산 TV중계소에 남고 삼신할매·나·니놈과 함께 경남 지역을 돌며 죄지은 자를 벌을 주고 지옥으로 보내고 착한 자는 천상으로 보내는 이야기로 책을 집필하여 출간을 하지 않았느냐? 모두 7부로 끝났으며 마지막에 1개월간 식물 인간이었던 주인공인 너가 말짱하게 깨어나고 나와 삼신할매 조물주는 황우석 박사 등이 게놈genome프로젝트를 성공하여 인간을 주문 생산한다 하여 급하게 천상에 연락하고 영상매체를 가지고 너와 헤어졌다. 글코 2005년 10월 "신들의 재판"이라 소설집에 그 야기를 쪼간 다루었지 않았느냐? ……. 김정은 글마 때문에 너가 다시 나를 부를 줄 알았다! 그런데 네놈이 연락도 없이 자진해서 올라 온기라. 김정은 글마 일은 내가 해결 못하고 저승공화국회의를 거쳐서 해결해야 될 문제이니까 나는 너를 천상으로 보내고 싶어서……. 그란디 앞서 보다 몸 중량이 많아서 너를 다시 지구로 보내야겠다."

"글먼 천하장사 같은 뚱뚱한 몸으로 죽은 사람은요?"

"그때나 지금이나 코치코치 캐묻는 것은 변하지 않았구나! 뚱뚱한 사람은 지옥이다. 왜? 묻겠지? 혼자 많이 먹고 살이 찐기라! 남을 도와주지를 않고 배고파 죽은 사람이 지구상에 바글바글 하지 않더냐? 예수도 가난한 목수 집에서 태어나 노숙인 생활을 하지 않았느냐? 그래서 살찐 사람은 무조건 지옥으로 보내라는 법을 만들었다."

"그래서 프란치스코 교황이 미국 노숙인 센터에서 예수도 노숙 인이라 했나!"

"나도 들은 이야기다. 쩌번에 이야기 했을 텐데!"

"사자님 인자서 기억이 나는데! 인자 나도 늙어서 그랍니다! 그 머신가 하니 치매가 있어라! 어떤 때는 냉장고에 무었을 꺼내러 갔다가 문을 여는 순간 잊어먹어라. 이해를 하십시오! 이번에는 머신가 하면은 김정은 핵폭탄을 만들어 글마가 약을 올리고 있는데……. 정치인들이 밥그릇 싸움이나하고 있어서 그랍니다. 북한은 세상에 하나밖에 없는 사회적 종교 국가입니다. 이 세상에서 최고의 성직자와 최고의 영업사원은 최고로 거짓말을 잘합니다. 글마 할배 놈이 저질은 한민족 간에 벌어진 전쟁으로 인하여 1,000여 만 명의 이산가족이 생겼고 200여 만 명이 죽었으며 20여 만 명의 과부가 생겼고 10여 만 명의 고아가 생겼습니다. 할배와 애비를 닮아 이놈은 이복형도 죽인 악질입니다. 우리나라 두 명의 대통령이 북한을 방문하였고 잘살게 해주려고 개성에 공업단지를 만들었으며 또한 금강산 관광지를 만들어 이산가족을 비롯하여 남한의 수백만 명의 관광객이 찾아가 많은 수입을 얻었는데도……. 관광객을 조준 사격하여 결국은 패쇄되고……. 하여간 악질집단입니다!"

"머라켓노? 늙어서 치매가 있다고? 그라면서 책을 집필하고? 그건 그랬다 치고 머~하려고 연락도 없이 갑자기 오노? 말이다. 노자 돈도 없이……. 유엔보고에 의하면 300년 후면 지구상에서 가장 먼저 없어질 나라가 너희나라라고 하는데 뭐가 걱정이냐?"

"왜요?"

"소설가를 작은 신神이라 카드니 너도 모르는 것이 있구나? 너희 나라가 아기 출산율이 점점 저조하지 않느냐? 이러하든 저러하든 아무튼 간에 네놈이 국가를 위해 평생 고생을 하는 구나! 너가 생을 다하고 오든 못하고 갑자기 오든 너 부하가 말하는 선녀탕 때밀이로 보내 줄게."

"난 지금 총각이 아니요. 나가 너 죽이고 나 죽는다는 세상에서 제일 악질인 북파공작원 테러부대 팀장이지라. 2017년 12월 4일 오후 8시 뉴스를 보는데 미국에서 세상에서 최고로 성능이 좋은 비행기 4개종이 우리나라에 온다는 말과……. 비행기 4개종 사진이 화면에 나타나는 것을 보는 순간 집이 무너지는 느낌과 토악질이 나올 것 같으며 어지러움이 나서 병원응급실에 실려 갔는데 CT 촬영과 혈압을 검사를 한 결과 혈압이 177이라는 결과가 나와 응급처치 주사를 맞고 1주일분의 약을 가지고 퇴원을 하였습니다."

"조·최·강 성을 가진 사람 성질……. 네놈이 그것하고 무슨 상관이냐? 무슨 충신이냐? 정치인들이 할 것 아니냐? 그 뉴스 때문에 와! 혈압을 받노?"

"그러한 정보를 각 방송 뉴스에 보내는 바보들이 어디에 있습니까? 김정은을 제거하려면 극비로 해야 하며 방어를 않고 느슨할 때 순간적으로 제거를 해야 합니다. 그런 뉴스를 보고 방어체계를 우리보다 더 강력한 태세를 할 것 아닙니까! 국가와 국민을 지키기 위해 대통령이 쓰는 마지막 카드는 무엇인지 아십니까?"

"일마가 나를 바보로 아나! 나가 너희들이 말하는 귀신이다. 국가의 최고의 통치자가 국가를 지키고 국민을 지키기 위해서 마지막 쓰는 카드는 바로 전쟁이지!"

"늙어서 치매가 있어 모를 줄 알았는데! 전쟁을 하여 이기려면 무기와 군인이 많아야 되고 상대방보다 월등한 무기가 있어야 되지라."

"그래서 우방국인 미국에서 신형무기가 오지 않느냐? 한국전쟁 때도 너희 나라를 지키기 위해 미군이 7만 여명이 죽었지 않았느냐?"

"많이 희생 되었지요! 지금 신형무기가 오는 것은 말짱 황입니다."

"……"

"핵을 개발하고 있어 지상의 모든 나라가 북한을 비난하고 유엔에서 제제를 가하자 동참을 하고 있습니다. 그러나 김정은은 엿 먹어라! 할 것입니다! 핵무기를 개발하여 우리나라를 적화통일하고 세계경찰이라고 하는 미국과 전쟁을 하겠다는 것이지요!"

"핵무기 한방이면 300여 만 명의 부산시민이 전부 죽는다고 까더라. 허기야 세계 전사에 보면 프란시스코 피사로가 이끄는 총으로 무장한 200명의 스페인 기병대가 칼과 창으로 무장한 8만여 명의 잉카제국의 군인을 전멸시켜……. 그 찬란한 잉카제국을 지구상에서 사라지게 했지. 아무리 너희 나라가 경제적으로나 재래식 무기가 수 십 배나 월등한 우위라도……. "

"일부 사학자들은 스페인과 싸울 때 전염병 때문에 패망했다고 하지만……. 인간이 전염병을 정복한 것은 20세기에 들어서 예방약과 주사가 개발되어서 지 스페인 군도 전염병 때문에 죽었으면 그러한 전승을 못하였을 것입니다"

"그라면 너는 무슨 뾰쪽한 수라도 있느냐?"

"핵무기를 만들거나 아니면 안면생체인식顔面生體認識 지피엑스 미사일수 백기를 만들어 김정은과 북한군 최고 군 지휘관들의 사진을 미사일꼭지에 내장시켜 살아있는 그들을 끝까지 찾아가 폭발하여 죽이는 무기를 개발하여야 한다는 것이지요. 지금의 기술로는 얼마든지 만들 수 있다고 생각합니다. 요즘 드론이나 차량에 장착된 지피엑스로 모르는 곳도 찾아가고……. 달도가고 화성에도가고……. 우리 어렸을 때는 닭이 알을 품어 병아리가 태어났지만 지금은 기계로 하고 마약에 그런 무기를 만들었다면 서울 불바다 소리는 없어 질 것인데! 이 세상은 내가 있으므로 내가 존재하는 것이므로……."

"글마 자석 대갈통하나는 끝내주네! 그라면 되는데 뭐하려 나를 데리려왔느냐?"

"사자님이 해결을 한다면 못된 자들을 모두 잡아가겠지요!"

"너를 천상으로 보내려 했는데 다시 뒤돌아가거라. 너가 북파공작원 훈련 때 부하들이 팀장님은 숫총각이니 죽어서 저승으로 오면 선녀들의 목욕탕 때밀이로 보낸다 했는데……. 너희 부하들은 전부 죽어서 경비병으로 있다. 두 번이나 북에 침투하여 너의 명령에 의해 북한군이 많이 죽고 장애자도 생겼었다. 너는 지옥으로 갈 것이나! 내가 특별히 천상으로 보내 마 일단 내려가서 좋은 일 많이 하거라? 필요하면 부르고 그러면 집필 중단한 저승공화국 TV특파원 계속 집필하면 수십 권을……."

"내말은 신이면 뭐든 할 수 있잖아요?"

"아이구 쪼다! 그러면 프란치스코 교황과 전 세계 성직자들이 모여 하느님과 그의 아들 예수에게 부탁하여 김정은을 비롯하여 지상에 죄지은 자를 모두 지옥으로 보내게 해 달라하면 될 것 아니냐? 그러면 너와 다시 만날 날이 없겠지만……. 눈 곱게 뜨거라! 시리아 내전으로 도망치

다. 수많은 사람이 바다에 빠져죽는데 모세의 기적처럼 바다를 갈라지게
하면 배가 뒤집혀 죽은 난민도 없을 것 아니냐? 교황은 그런 능력도 없다
더냐?"

"아이구! 느그미 씨. 그라면 전 국민이 종교를 믿어 하느님께 김정은을
저승으로 보내라고 하지! 저승사자가 그것도 모르는가?"

"일마가 씨 그리고 발을 쳐다보았으니! 씨발 욕이 아니가?"

"영감은 나를 때리려 씨 하고 팔을 들었으니 씨팔이니! 내가 씨를 판다
는 뜻 아닙니까?"

"일마! 주둥바리하고는…… 아이구 골 아프다. 자! 찢어지자! 다음에
만나려오거든 꼭 연락을 먼저하고 오거라?"

"……"

"아침 회진回診입니다."

신경과 담당의사 강성진과장이 아침회진을 하러왔다.

"과장님! 저 오늘 퇴원해야합니다."

"아버님! 오늘 안 됩니다. 일주일은 더 있어야 될 것 갔습니다!"

"오늘 영화감독과 서울에서 만나기로 약속이 되어 있어 꼭 퇴원을 해야
됩니다."

"빈혈증상이 있어 안 됩니다."

회진을 돌고 간호사실에서 처방전을 이야기하는 것을 보고……. 국가
유공자이어서 약 처방도 무료인데 저는 약국으로 달려가 생체철 Ferritin
함유 빈혈예방 치료제인 훼로모아 시럽 1mL x15바이알 두 박스를 8만원
에 사와서 강 과장에게 보여주면서 "이것을 먹으면 되지 않느냐?"는 말에
"그렇다면 수혈을 하고 가세요."간호사에게 지시를 하여 두 봉지 수혈을
하고 퇴원하게 되었습니다. 12월 4일에 응급실에 실려와 처치를 받고
귀가하였는데……. 12월 22일에 저녁 뉴스를 보는데……. 김정은 참수斬

부대 1,000명을 창설하여 훈련에 들어간다는 뉴스를 보고 혈압이 올라 병원에 실려가 MRI를 찍고 수혈을 하고 입원을 하여 퇴원과정에서 벌어진 일들입니다. 앞서 저승사자 이야기는 퇴원하려고한 저녁에 꿈을 꾸었던 이야기 입니다. 그런 뉴스를 보내는 게 한심합니다! 그렇다면 김정은이가 바보입니까? 철저히 대비를 하겠지요! 제가 공작원 시절에는 극비에 극비입니다. 당시만 해도 김신조 일당 31명의 북한 테러부대가 박정희를 죽이려 서울 한 복판에 나타나 우리 군경에 의해 모두 사살되고 김신조만 사로잡혔습니다. 박정희는 전쟁을 하려고 하였습니다. 미국 프에블로 정보 함이 평양 대동강으로 끌려갔고 비무장인 미군 정찰 헬기가 공격을 당하여 30명 전원이 사망하는 사건이 일어나 월남으로 가려던 엔터프라이즈호와 기동함대 2척이 동해로 와서 응징하려 했지만……. 미국은 포기를 했습니다. 당시 미군과 우리나라 군이 월남전에 같이 싸우고 있는데 두 개의 전쟁을 할 수 없다는 것입니다. 이에 화가 난 박정희는 김신조가 속해있는 부대와 똑같은 부대를 만들어 김일성 목을 가져오라는 부대 즉 "북파공작원"부대를 만들게 하였고 155마일 휴전선에 토끼 한 마리도 넘나들 수 없게 철조망울타리를視界不良制舉作戰 1969년까지 완성시키라는 명령을 하였던 것입니다. 1968년 4월 각 부대에서 신원이 확실하고 신체 건강한 사병을 차출하여 80명이 훈련을 받아 교육 중 38명이 떨어지고 42명만 정식 대원이 되어 북한에 침투 때 8명의 부하를 데리고 갑니다. 그런데 1,000명이라니요? 제가 그 부대 출신이며 팀장이 되어 8명의 부하를 데리고 두 번이나 북파 되어 적의 초소를 괴멸시키고 돌아왔던 것입니다. 원칙적으로 한 번 침투로 끝나지만 2조가 실패하여 내가 지원하여 적의 초소를 괴멸시키고 왔던 것입니다.

훈련을 받을 때 김신조를 만났고 훗날 국방부 홍보영화 3부작 "휴전선은 말한다"에서 1부에 김신조와 같이 출연을 했습니다. 저는 전역과 동시에 가족을 비롯하여 학교 등 모두 삭제되었고 이름 두 번 주민등록번호 3번 본적지가 3번 바뀌었으며 10년간 중앙정보부에 자리를 옮길 때마다.

현제 살고 있는 거주지를 보고를 하였고 그 후로 안기부로……. 암살과 납치 방지를 위해 국가에서 보호를 하였던 것입니다. 그런데 신형 무기 또는 참수부대창설 했다는 뉴스로 보내다니요! 김정은이가 바보입니까? 우리각시도 그러하지만 담당의사도 정치인들이 할 일인데 신경 쓰지 말고 건강을 챙기라고 합니다. 내 나이 올해 71세입니다. 국가를 위해 목숨을 기꺼이 바칠 각오가 되어있습니다. 지금이라도 조준경이 달린 M14총을 주고 대동 강변에 랜딩 시켜주면 합니다. 저야 살만큼 살았습니다. 우리 후손들은 전쟁 없이 잘 살았으면 하는 마음에서 혈압을 받고 합니다. 한동안 조선일보도 TV뉴스도 보지를 않았습니다. 자기 패거리에서 밀려났다. 해서 우는 여성 국회의원이 있는가하면 어떠한 수단을 써서라도 정치의 자리를 지키려는 정치인들의 꼬라지를 보면 짙은 가래를 끌어올려 얼굴에 뱉어버리고 싶습니다.

작금의 대통령특사들이 방북하여 김정은을 만난 결과……. 문재인 대통령과 트럼프미국대통령과 만난다고 하여 뉴스장식을 하고 있습니다. 그로인하여 일부 국민과 어리바리한 일부정치인들이 들떠있지만……. 역대우리나라 대통령 두 명이 그들의 속임수에 속아 김일성과 그 아들놈 김정일을 만나고 하였을 때와 영변원자로 냉각탑이 파괴될 때 박수를 치고 좋아 할 때 그들은 핵폭탄을 만들고 있었습니다. 설혹 그들이 핵을 포기 한다고 해도 기술자가 있는데……. 내가 김정은이라고 해도 엿 먹어라 할 것입니다. 우리 정치인들 보십시오. 정치인이란 다 똑같습니다. 합쳤다 갈라지고 어떤 수단과 방법을 통하여 권력의 자리를 보존하려는 것을 우리국민은 너무나 잘 알고 있습니다. 북한의 핵폭탄 몰수한 후 핵을 만드는 기술자를 데려와 유엔에서 보호를 하지 않는 이상 절대로 안심할 수 없는 집단입니다. 북은 세상에서 하나밖에 없는 사회주의 종교집단입니다. 인류가 생성되고 종교로 인하여 36억 여 명 이상 죽었다고 합니다. 지금도 종교다툼으로 인하여 전쟁을 하고 있는 것입니다. 자기가 믿는 종교가 최고라는 종교인들 때문입니다. 전 세계 종교인 25%가 무학자라는 것입니다. 그러하니 성직자의 거짓말에 속아 그렇게 다투고 있는 것입니다. 세상의 성직자 우두머리치고 거짓말 못하는 사람은 없습니다. 최고의 영업사원처럼 그들의 성공은 얼마나 거짓말을 잘하느냐! 못하느냐! 에 달려있습니다. 이 글을 읽고 길거리에서 나를 보면 부부간에 싸움으로 남편에게 얻어맞고 친정집에 피신해있는 마누라를 찾으려 사립문에 들어서는 사위 놈을 바라보는 장인영감 눈보다 더 고약한 눈으로 나를 바라보겠지만! 우리 어머니가 내가 어렸을 때 말썽을 부리면 마루에 앉혀놓고 "남이 너를 볼 때 고운 눈으로 바라보는 사람이 되어라"교훈인 인성교육을 시켰는데…….

"……."

그간에 18세 어린 몸으로 입영하여 육군부사관 학교를 졸업하고 국군 창설 이래 처음 만들어진 "북파공작원"팀장으로 두 번의 임무를 완수하고 제대 후 방위산업체 기술 간부를 끝으로 개인 업체와 법인체 회장 등 두개의 사업을 운영하다가 승용차 급발진 사고를 당하여 입원 중 책을 집필하여 언론에 큰 관심을 받아 작가의 길로 들어섰습니다. 출간된 첫 번 책에 실린 휴전선 고엽제 살포사실 폭로로 인하여 그간에 무슨 병인지도 모르고 고생하고 죽어간 동료들이 보상을 받고 국가 유공자가 되게 하였고 치료도 무료로 받게 하였으며 "북파공작원상·하권"책을 집필하여 그들의 실체를 밝혀 그들의 근무기간에 따라 보상을 받는데 힘이 되었고 "지리산 킬링필드"란 책을 집필하여 노무현대통령 장인 권오석이 빨치산이아니라는 당시의 증언자를 찾아 집필하였으며……. 연이어 그 책의 개정판인 다큐실화소설 "살인이유"집필하여 한국전 전 후 군경에 저질러진 빨치산과 보도연맹에 희생된 제주도를 비롯하여 전남과 경남 전북 등에서 벌어진 학살사건을 다루어……. 군경의 잘못된 판단으로 억울하게 희생됨을 밝혀 정부에서 4조 8,000여억 원을 유족에게 지급한다는 발표가 있었습니다. 나름대로 좋은 일을 했다고 위안을 삼지만……. 북파공작원 생활 중 1차 침투 때 8명의 부하를 데리고 개성을 지나 평산까지 갔으나 미국이 두개의 전쟁을 동시에 할 수 없다는 말에 박대통령의 철수명령에……. 그 때 난수표를비밀암호 · 못들은 척하고 작전을 하였으면 김일성 가족은 지구상에 사라졌을 텐데 하는 아쉬움이 있습니다. 북파공작원 책 출판 후 조선일보 보도와 기타 여러 신문보도 월간지 주간지등에 특집기록 등으로 서울MBC 초대석과 국방부홍원에서 제작한 "휴전선은 말한다"3부작에 남파공작원 김신조와 1부에 출연하였으며 KBS 정전 60주년 특집 다큐멘터리 4부작 DMZ 1부 "금지된 땅"휴전선 철조망작업이야기 증언 2부 "끝나지 않은 전쟁"은 내가 북파공작원 팀장이 되어 2번 북에 침투하여 테러를 가한 증언을 한 이야기입니다. 그로인하여 "북파공작원(설악단 · HID)등록신청 시 구비서류 라는 것이 저에게 왔습니다. 13가지 종류인데 인우보증서 2부를 작성을 하여야 하는데 저는 교육당시 팀장은 어깨에 견장만 있지 부하들도 몇 번 소총수 등으로 불리거나 성을 붙여 계급을 불리었으며 저 같은 경우 분대장 · 조장 · 팀장으로 부하들이 부르는 명칭이었습니다. 부대 흔적이란 까만 박쥐표식이었습니다. 부하들의 이름도 기억 못하는데 그들의 주소를 어떻게 찾아 인우보증을……. 앞서 이야기 했듯 우리는 전역과 동시에 국가에서 흔적을 없애버렸습니다. 나는 1966도 논산훈련소 28년대 군번 11678685이며 원주에 있었던 1군하사관학교 1967년도 80074223군번입니다. 하사관학교를 졸업하면 병과를 비롯하여 군번도 바뀌는 것입니다. 전역할 때 논산훈련소에서 받은 760행정병참 그대로였습니다. 그러니 어떻게 공작원 부하를 찾을 수 있겠습니까? 제가 KBS 방송에 출연 전에는 우리가족 아무도 내 행적에 몰랐습니다. 그렇게 철두철미하게 비밀을 지켰습니다. 근무 기간에 따라 1억에서 2억 정도 받은 걸로 알고 있습니다. 저는 포기를 했습니다. 책이 지금도 베스트셀러이고 방송을 비롯하여 신문과 잡지 등에 수없이 저의 활약상을 다루었지만 연락이 없었습니다. 제가 1948년 11월생이기 때문에 저의 부하들은 모두가 저보다 4세 이상 나이에 15세까지 이였으니 저의 병을 보다시피 전부 저 세상으로 가지 않았나! 그래서 영화를 만들고 싶은 것입니다.

영화 "실미도"를 보았는데 엉터리부분이 많습니다. 영화이니까? 살아 있는 사람을 내가 직접 만났으니까요. 우리지역에 북파공작원 회원이 있다고 하여…… 연락이 와서 찾아갔는데 이해가 안 되더군요. 저보다 나이가 어려 보였습니다. 1969년도 철조망이 완성이 되자. 남해안까지 무장공비를 침투시키던 북한이 육로로는 침투가 할 수가 없게 된 것입니다. 한국전쟁 때 남침을 하여 유엔이 참전을 하여 적화통일을 못한 김일성이가 월남전에 허덕이는 미군과 우리나라를 보고 북침을 유도하기 위해 수없이 테러부대를 전후방 가리지 않고 침투를 하였던 것입니다. 1969년에 우리부대는 해체되어 차출되기 전 부대로 복귀시켜 전역을 하게 했는데……. 저는 1948년 11월생인데 1966년에 입영하였으니 만으로 따지면 16세입니다. 제가 1969년 11월에 전역을 하였습니다. 저보다 나이가 적은 공작원이라니! 적지에 가서 작전을 하지 않았다면 특수 임무종사자가 아니라는 뜻입니다. 실미도의 다른 명칭인 684부대란 제가 집필한 책에 상재된 1968년 4월에 공작원부대에 차출 된 시기가 상재되어 있습니다. 그들은 1971년 8월 사건인데 1969년에 모든 공작원 특수부대는 해체하라는 지시가 떨어졌는데 그런 부대가 육군도 아니고 공군에 남아있다니 저로서는 도저히 이해가…… "선생님은 조선일보보도와 MBC와 공영방송 특집 1편과 2편에 또한 국방부 3부작 특집 1부에 출연하였으니 국가에서 보상을 받을 수 있다."하였지만 근무기간을 따지면 2억정도 보상을 받을 수 있겠지만……. 여자는 남자를 위해 화장을 하고 남자는 여자를 위해 목숨을 바친다하지만 난 국가를 위해 인간으로서 감내하기 힘든 훈련을 이겨내고 한 번의 북파를 하게 되었지만……. 책을 읽어본 독자들과 특수부대 출신들이 세상에 그렇게 인간이하의 훈련도 있느냐? 연락이 오기도 했습니다. 국내에 수많은 영화가 제작 상영되었고 외국전쟁영화도 개봉되었지만……. 저희가 훈련받는 장면은 없었습니다. 아마 저작권 때문이겠지요! 책 출간 후 영화계약이 이루어졌지만 중간 계약자 잘못으로……. 저는 침투를 자원하여 두 번을 하였던 것입니다. 실미도 이야기를 보면 부대를 해체를 하면 간단하게 해결될 것을 모두 사살하라 이야기는 웃기는 실화입니다. 영화이니까? 각부대로 한명씩 배치시키면 될 일을 모두 사살하라 명령에 반감을 사고 무장을 하고 최고 통수권자를 죽이러 간다. 그게 어찌 특수임무 종사자입니까? 너 죽이고 나죽는다는 세상에서 최고 악질인 테러부대지만 국가를 위해서 철두철미한 정훈교육을 받는 겁니다. 제가 1차성공하고 돌아와 2조가 실패하여 철수 중 중상을 입은 부하를 못 데려오게 되자 부조장이 너를 두고 갈수 없다며 부하를 껴안고 준비해간 청산가리 극약을 먹고 같이 죽은 것입니다. 얼마나 부하들을 사랑했으면 같이 죽겠습니까. 한 번의 침투로 끝나지만 2조의 실패로 나는 그들의 복수를 위해 자원하여 적의 막사와 중대본부를 완전 괴멸시키고 성공하여 복귀를 했습니다. 그 부하가 힘이든 훈련을 할 때 8세나 어린 나를 보고 강 하사님은 숫총각이니 작전 중 죽으면 선녀들의 목욕탕 때 미리로 보내준다 하여 훈련에 지친 대원들의 교육장을 웃음바다로 만들었습니다. 지금도 4명의 부하들 시체를 가져오지 못함을 가슴에 큰 명울로 남았습니다. "위와 같이 한민족 간에 벌어진 서글픈 복수전에 희생된 북파공작원은 남과 북의 최고의 통치자의 희생물이었습니다" 영화가 제작되면 엔딩 장면에 자막을 삽입하라는 독자들의 전화였습니다. 북한 이야기를 잘 풀릴 것처럼 언론 매체에서 많이 다루고 있습니다만……. 문재인 대통령이 공수 특전사 폭파 병으로 근무했다는 말을 들었습니다. 그런 특수 병으로 근무했다면 김정은 정도는 무릎아래정도로……. 문재인대통령의 생각처럼 잘 풀리면 얼마나 좋겠습니까? 유리 그릇 다루 듯 해야 한다고 했습니다. 맞는 이야기입니다. 스텐그릇은 땅에 떨어져도……. 유리그릇은 박살이 나고 마는 것이니까요. 북한이 핵을 없애고 민족의 통일이 된다면 당연 문대통령은 노벨평화상이고! 트럼프는 우리 국민이 인류평화상을 만들어 주어야할 것입니다. 김정은을 만나고 트럼프미국 대통령을 김정은이가 만나고……. 정말 한민족 간에 평화가 이루어지면 얼마나 좋겠습니까? 그러나? 우리 정치인보다 김정은은 더 권력의 자리를 지키려할 것입니다. 그들에게 우리는 25여 년을 속았습니다. 악의 집단의 핏줄은! 혼자 집을 지키고 있던 애완견이 집으로 돌아온 주인을 보고 아양을 떨듯 지금의 김정은을 보고 제발 속지 말 길. 제 생각이 잘 못 일 줄 모르지만! 체제를 보장해준다 해도 지금 탈북민이 3만여명이라 하는데 붕괴될까봐 김정은은……

"……."

이 한 세상 태어나 머묾만큼 머물었으니 훌훌 털어버리고 가면 좋으련만 그게 어찌 인간의 마음이겠습니까! 마음속에 포기하지 못한 마음을 가지고 있는 것이 아닌 가 싶습니다. 누구나 터무니없는 꿈이라 생각하겠지요? 그 누군들 한번은 뼛속까지 바꾸길환골탈퇴=換骨脫退 원하지만 세상사란 원하는 만큼 되지를 않는다는 걸 살아오면서 깨달았습니다. 이제 나이 들어 더 건강하게 행복하게 오래살고 싶은 마음은 굴뚝같지만 세상에서 제일 잔인한 병인 심장병을 가지고 있어 오래살고 싶다는 욕망에서 멀어진 마음이지만 인간이라서 욕망에서 초탈해질 수는 없었습니다. 떠남이 있으면 머묾이 있고 상처의 뒷면엔 치유가 있었으며……. 그게 나의 삶이었습니다. 인간에겐 삶이란 무엇을 손에 쥐고 있는가가 아닙니다. 혼자 있을 때 자기 마음의 흐름을 떠올리고 집단 안에 있을 때는 말과 행동을 살피며 살았습니다. 이 세상의 생물은 언젠가 꼭 죽는다는 사실은 새로운 사실이 아니라는 것을 알기에 살아간다는 게 살아가는 이유를 하나씩 줄여간다는 게 얼마나 쓸쓸한 이유인가를 이제야 알았습니다. 늘 그 자리에 있을 줄 알았던 부모형제 일가친척 수많은 지인들이 없어진 이별마당의 하루해는 길었다고 생각했는데 계절의 변화에서 인가! 세월의 빠름과 계절의 변화를 말해주듯 주변의 색깔이 초록으로 변해가고 있습니다. 인간에겐 이별이 있으면 그 뒤엔 그리움이 있는 것입니다. 현재 김해 중앙병원에서 6명의 의사에게 진료를 받고 하루 30알정도의 약을 먹고 있으며 매 주 한 번씩 영양제 주사를 맞고 있습니다. 담당 의사선생님들이 나의 이력과 성격을 알고 있어 좋은 조언을 갈 때마다 해줍니다. 특히 정신과 유은라 과장님은 천사 같은 미소를 지으며 자기 오빠를 대하듯 합니다. 하늘에 천사가 있다면 아마도 유은라 과장님과 같으리라 생각을 합니다. 신경안정제 두 알과 수면제 네 알을 매일 먹기 때문입니다. 나는 부모님을 존경하고 의사선생님과 간호사 선생님들을 존경합니다. 누가 이때까지 살아 있게 하였습니까? 그들입니다. 독자님! 아프면 하느님이 마리아가 예수가 아닙니다. 특히 북파공작원 책 하권 107페이지와 108페이지에 실렸지만 나의 두 번의 작전으로 북한군이 많이 희생되어 제사를 지낸 장면이 있는데 독자가 그 사연을 내 블로그에 올려 두었는데…….

『지리산킬링필드』책 표지엔 "노무현 대통령과 권양숙 여사의 시대적 아픈 상처"란 글이 상재되어 있고 332페이지엔…….

『그리고 무엇보다도 필자는 노무현 대통령께서 퇴임 후 유모차에 어린 손자를 태워 김해시 연지공원 산책로에서 필자와 서로 만났으면 한다. 또한 서울뿐만 아니라 대도시 공원 같은 번잡한 곳에서 경호원 없이 노부부가 다정히 손을 잡고 산책을 다니는 모습을 보았으면 한다. 우리나라 역대 통치자는 통치기간에 무슨 죄를 그리도 많이 지었기로서니 퇴임할 즈음 담장을 높이고 경비를 강화하며 외출 시 경호원과 대동하는가! 통치자는 통치 기간이 끝나면 우리와 같은 평범한 시민이 되어야 하지 않겠는가!』

그 책의 밑줄은 권양숙 여사 아버지 권오석의 당시 재판기록입니다.

이 책이 저자에게 오기 전 아침 7시경에 연합뉴스 신지홍기자에게서 전화가 걸려왔습니다. 책 집필 동기와 빨치산이 산속에 포위되어 식량이 떨어지자 개고기와 인육을 섞어서 국을 끓여먹었다는 증언 이야기 등을 전화 인터뷰를 했습니다. 8시 20분경에 김해경찰서 형사과장이 만나자하여 예총사무실에서 만났는데 "청와대"서 연락이 왔다는 말과……. "초판 몇 권을 찍었느냐?"는 말에 "유명 작가도 초판 1,000~2,000부를 인쇄하는데 출판사에서 초판 5,000부를 인쇄했다는 연락이 왔다"말을 해주었고 내 근황에 대한 자세한 이야기를 듣고 헤어졌는데 그분의 운명이지만! 내 책을 보고 고향으로 내려왔는가! 하는 마음을 떨쳐버릴 수 없었습니다. 후보가 되어 고향에 왔을 때 만났고 퇴임 후 몇 번 만났습니다. 이 책은 노무현 대통령당선 되기 3년 전부터 피해지역을 돌면서 가해자와 피해자들을 어렵게 만나 증언을 녹음인터뷰를 하여 집필한 책입니다. 그분의 운명이지만! 세상을 떠났습니다. 나에게는 "눈물보다 서럽게 젖은 그리운 얼굴 한사람이"되어버렸습니다.

북파공작원 때의 일과 노무현 대통령의 일로 투라우마에Buig Trauma 시달리고 있습니다.

도서출판 학고방에서 출간한 살인이유에 더 자세한 이야기가 상재되어 있고 이 책에 상재된 마산 진동에서 한국전쟁 때 우리 해병대와 같이 싸운 미군 "킨 특수부대"이야기를 영화로 만들기 위해 시나리오 작가협회에 책이 들어갔으며 영화감독과 이야기중입니다. 지난해는 영화에 신경을 썼고 이제 시간이 있으면 주먹의 세계 즉 조폭들의 이야기를 집필을 하려고 준비 중입니다. 지금까지 "학고방"에서 6권을 출간을 하면서 단한 번도 출판사를 가보지를 않아 사장님을 비롯하여 직원들을 만나지 못하였습니다. 전화상으로 조연순 팀장님과 출판계약을 하여 계약서가 내려오면 도장을 찍어 보내는 것입니다. 저에 대하여 모든 사정을 알고 있기에 특별히 신경을 쓰셔서 잘해주시는 것 같습니다. 봄이면 출판사가 바쁘다는 것을 알고 있습니다. 두개의 출판사를 운영하시는데도……. 정말로 출판사에 감사합니다. 앞서 이야기 했지만 우리나라에 현존하는 등단된 문인 약 16,000여명의 문인 중 베스트셀러를 가장 많이 집필한 작가입니다. 모든 출판사에서 광고도 많이 하기도 했지만! 작가와 출판사의 편집부의 노력의 결과라고 생각을 합니다. 영화 "북파공작원"과 "살인이 유킨특수 부대"두 편의 영화도 언젠가는 독자님들과 만날 것입니다. 북파공작원 추천사에도 그러한 내용이 상재되어 있고 살인이유를 읽은 교수들께서는 노벨문학상을 받을 수 있겠다는 것입니다. 지구상에 단 하나밖에 없는 민족분단의 아픔을 다룬 작품이라는 것입니다. 왜? 대한민국은 노벨상이 없는가? 를 물었더니 민족의 아픔을 다룬 책이어야 받지 않겠느냐! 라는 미국 작가들의 이야기를 들었다는 것입니다. 문인들의 약력에 보면 수많은 문학상이 많이 있습니다. 어떤 문인은 변변치 않은 작품 2~3권에 수개의 상을 받았다는 것입니다. 이상하지요? 저는 군에서도 상을 받고 사회서도 상과 감사장을……. 군에서 받은 상은 통치자가 살인을 하고 통수권자가 되었고 그래서 전부 찢어버렸습니다. 지역에서도 각 종 상을 준다 해도 받지를 않았습니다. 저는 어떻게 하면 나라가 평안하고……. 그래야 제가 시간이 남아 있으면 독자님들에게 더 많이 다가 갈수 있을까 입니다. 두꺼운 책을 읽어 주심에 독자님들에게 감사드립니다. 올해 김해시는 책의 수도로 선정되어 큰 축제가 있을 것입니다. 지난해에 출판 된 "꽃을 든 남자보다 책과 신문을 든 남자가 매력적이다"이 책을 독자님들에게 "꼭" 읽어보시라고 권합니다. 이 책은 정신과 의사가 읽고 전 국민이 읽어야할 책이라 했습니다.

  김해시 북부동 "화정 글 샘 도서관" 앞뜰엔 수 년 만에 찾아온 매서운 동장군이 무서워 발 거름을 머뭇거리던 봄 전령인 개나리가 늦게 찾아와서 미안했던지! 수줍은 미소를 띠우고 나를 보고 있습니다.

저자 강평원

나 혼자 어쩌란 말입니까?

슬픔을 눈 밑에 그릴 뿐

초판 인쇄 2018년 4월 20일
초판 발행 2018년 4월 30일

지 은 이 | 강 평 원
펴 낸 이 | 하 운 근
펴 낸 곳 | 學古房

주   소 | 경기도 고양시 덕양구 통일로 140 삼송테크노밸리 A동 B224
전   화 | (02)353-9908   편집부(02)356-9903
팩   스 | (02)6959-8234
홈페이지 | http://hakgobang.co.kr/
전자우편 | hakgobang@naver.com, hakgobang@chol.com
등록번호 | 제311-1994-000001호

ISBN   978-89-6071-746-6   03800

값 : 25,000원

이 도서의 국립중앙도서관 출판시도서목록(CIP)은 서지정보유통지원시스템 홈페이지(http://seoji.
nl.go.kr)와 국가자료공동목록시스템(http://www.nl.go.kr/kolisnet)에서 이용하실 수 있습니다.
(CIP제어번호: CIP2018011965)

■ 파본은 교환해 드립니다.